Ben Tewaag

# 313

Ben Tewaag

# 313

Roman

TAG &
NACHT

*Vorbemerkung*

Dies ist ein Roman. Die nachfolgenden Schilderungen erheben keinen Faktizitätsanspruch. Sie behandeln trotz gelegentlicher Nennung vermeintlich realer Namen typisierte Personen, die es so oder so ähnlich geben könnte. Diese Urbilder werden durch künstlerische Ausgestaltung des Stoffs und dessen Ein- und Unterordnung in den Gesamtorganismus Teil eines Kunstwerks und gegenüber den im Text beschriebenen Abbildern so stark verselbstständigt, dass das Individuelle, Persönlich-Intime zugunsten des Allgemeinen, Zeichenhaften der Figuren objektiviert ist. Für die Leser erkennbar erschöpft sich der Text nicht in einer reportagehaften Schilderung von realen Personen und Ereignissen, sondern besitzt eine zweite Ebene hinter der realistischen Ebene. Es findet ein Spiel des Autors mit der Verschränkung von Wahrheit und Fiktion statt, das bewusst Grenzen verschwimmen lässt.

MIX
Papier aus verantwortungsvollen Quellen
FSC® C014496
www.fsc.org

Verlagsgruppe Random House FSC-DEU-0100
Das für dieses Buch verwendete FSC®-zertifizierte Papier
*Pamo House* liefert Arctic Paper Mochenwangen GmbH.

1. Auflage

Satz: Uhl + Massopust, Aalen
Druck und Bindung: GGP Media GmbH, Pößneck
Printed in Germany
ISBN 978-3-442-83004-6

www.tagundnacht-verlag.de

Amicus certus in re incerta cernitur.
*Quintus Ennius*

Für Sandy, Bernd & Daniel.

# 1

Dafür, dass ich heute ins Gefängnis komme, habe ich ganz gut geschlafen. Einen Moment lang liege ich so auf meinem Bett, durch den halb geöffneten Vorhang dringt die kalte Wintersonne und wirft einen schmalen Lichtbalken zu mir ins Zimmer. Dann schießt mir das Adrenalin ins Blut. Es ist neun Uhr morgens. Jetzt sind es noch drei Stunden in Freiheit.

Ein Jahr lang habe ich auf diesen Tag gewartet, ein Jahr lang hab ich mich vor ihm gefürchtet. Ich war völlig am Durchdrehen, wollte abhauen, mich totsaufen, sonst irgendwas. Jetzt ist er da, und ich bin ganz klar. Sogar meine Taschen habe ich genau so gepackt, wie es die Justizvollzugsanstalt von mir verlangt hat.

Nachdem ich einmal durch die Wohnung bin, sitze ich nackt auf dem Küchenstuhl und stecke mir schon die sechste Zigarette an, trotzdem kriege ich das Adrenalin nicht unter Kontrolle. Das letzte Mal, als es mir so ging, musste ich auf ein Musik-Internat nach England, da war ich fast noch ein Kind, ich konnte nicht mal die Sprache. Bei meinem ersten Ausgang in die Stadt hat mich damals eine Bande Hooligans kaputt getreten, am helllichten Tag, Gehirnerschütterung, Nasenbeinbruch, Blutspur, alles dabei. Die hatten wohl was gegen Deutsche. Aber weil ich währenddessen gedacht hab, ich überlebe es sowieso nicht, war ich hinterher richtig glücklich.

Ich ziehe mich an, Jeans, Shirt, den Kapuzenpulli, den ich habe bedrucken lassen. Es gibt zwei davon, einen trage ich, den anderen hat meine Süße. Zwei Unikate, die uns verbinden sollen, solange wir getrennt sind. Das ist die Idee, das ist der Plan, so steht's auf dem Pulli: »Omnia vincit amor« – »Liebe besiegt alles«. Latein, eine tote Sprache. Ob der Spruch auch tot ist, wird sich zeigen. Wir kennen uns erst seit ein paar Wochen. Jetzt ist sie gerade beruflich in Südamerika. Wär schön, wenn sich das mit der Liebe bestätigt. Das ist mir im Augenblick eigentlich gerade das Wichtigste.

Ich habe den Kühlschrank abgetaut, stelle die Heizung aus und ziehe die Stecker raus von allem, was anfangen könnte zu brennen. Als würde ich in den Urlaub fahren. Ich war schon immer ein Kontroll-Freak, doch diesmal ist es anders. Ich fahre nicht in den Urlaub, ich gehe in den Knast.

Mein Handy klingelt. Jörg ist da. Er wartet unten.

Ich stehe in der offenen Wohnungstür, die Taschen geschultert, und drehe mich um, alle Lichter aus, alles klar. Dann ziehe ich das Schloss hinter mir zu und laufe die Treppe runter. Ich bin extrem gefestigt, mir geht's wunderbar, ich bin total fit. Mit einem Mal hab ich meinem Schicksal gegenüber so eine sportliche Attitüde entwickelt. Mein Blick ist nicht nach unten gesenkt, sondern absolut horizontal. Wir werden ja sehen, wer hier wen fickt, nicht in Bezug auf Gefangene natürlich, sondern grundsätzlich. Komm her, du Termin! Morgen um diese Zeit werde ich mehr über mein neues Leben wissen.

Jörg steht vor seinem schwarzen Range Rover und nickt mir zu.

Einer der wenigen Freunde, die ich nicht verstoßen habe.

Ich hab mich zuletzt nur noch mit Leuten getroffen, mit denen ich sonst niemals zu tun hätte: mit Brandstiftern und anderem Gesocks. Nur keine Leute, die mit sensationellen Ideen für mich rüberkommen, wie ich bis zum Knast vernünftig bleibe. Hauptsache, die Leute haben genauso viel konsumiert wie ich und waren genauso verrückt. Es wundert mich eigentlich, dass ich nach dem Urteil keine weiteren Straftaten begangen habe, ich war die ganze Zeit kurz vorm kompletten Abschnallen. Nach dem letzten Prozess vor einem Jahr hat Jörg mich nach Hause gefahren, jetzt fährt er mich zum Gefängnis.

»Siehst gut aus, Alter«, sagt er.

Und ich: »Kann schon sein.«

Ich werfe die Taschen in den Kofferraum und lasse mich in den Sitz fallen. Meine erste Packung Marlboro ist leer. Siebzehn Zigaretten in zwei Stunden, das habe ich nicht mal auf Koks geschafft. Jörg gibt die Adresse der Justizvollzugsanstalt ins Navigationssystem ein. Jetzt sind es noch zweiunddreißig Minuten bis zu meinem Haftbeginn.

Ich bin die Strecke vorher mit Absicht noch nicht gefahren, ich wollte nicht wissen, wie es dort aussieht. Du kannst dir den Knast nicht mal eben anschauen. Solange du ihn nicht erlebt hast, ist er nur eine Vorstellung in deinem Kopf. Darum hängen sich manche Leute ja auch auf, kurz bevor sie überhaupt einfahren. Weil sie nicht wissen, was auf sie zukommt. Das weißt du erst, wenn du drin bist, aber dann kommst du nicht mehr raus. Das ist das Problem. Das letzte Jahr über war es mir nicht möglich, auch nur einen klaren Gedanken zu fassen. Es ging immer nur: Knastknastknast.

Stehe ich da jeden Abend auf dem Gang und muss mich boxen? Werde ich beleidigt, angegriffen, gefoltert? Als Kind bin ich einmal in einem Aufzug stecken geblieben, zwei, drei Stunden hat es gedauert, bis sie mich rausgeholt haben, ich wäre fast wahnsinnig geworden. Bis heute habe ich Angst in engen Räumen. Werde ich ausflippen, wenn die da abends die Zelle absperren? Kann ich da überhaupt überleben? Es braucht ja gar nicht viele, die einen plattmachen. Es braucht nur einen, der spinnt, und das reicht.

In dieser amerikanischen Dokumentation, die ich mir reingezogen habe, »Days of the Gladiator«, hab ich gesehen, wie ein Häftling ausrastet und einen anderen vor laufender Kamera absticht, achtzig Messerstiche, und die Beamten stehen daneben und machen nichts, weil sie selber Schiss haben. Läuft das tatsächlich so?

Die Hells Angels, die ich gefragt habe, sagen: »Kommt drauf an, wie du dich verhältst.«

Und ich: »Wie soll ich mich denn verhalten?«

»Mach keine Schulden und reiß dein Maul nicht auf.«

Jörg rollt uns durch die Stadt. Die Leute, die Straße, die Läden, alles sieht aus, als würde es im nächsten Moment von einer riesigen Atombombe zerstört werden. Irgendwie so unberührt, so ahnungslos, so gefährdet. Da fällt mir ein, dass meine Bewährungshelferin meinte, ich solle unbedingt Telefonkarten mitnehmen, das sei sehr wichtig.

»Fuck!«, sage ich. »Ich habe was vergessen!«

Ich springe raus auf den Gehweg und laufe einen Kiosk nach dem anderen ab. Jörg fährt nebenher. In einem Call-Shop lege ich meinen letzten Hunderter auf den Tisch und nehme alles an Karten mit, was sie da haben. Telefonkarten. Ich wusste gar nicht, dass man die heute überhaupt noch benutzt.

Wir sind nur noch zehn Minuten von der Justizvollzugsanstalt entfernt, da erkennt das Navigationssystem auf einmal die Straße nicht mehr. Nun kommt doch langsam Hektik auf. Wir kurven rum, aber sehen niemanden, den wir nach dem Weg fragen können, dann ist da eine Einfahrt, aber die führt ins Frauengefängnis, und ich denke, jetzt bin ich schon so weit, dass ich endlich in den verdammten Knast will, und dann finde ich nicht den richtigen.

»Ich hoffe nur, die Scheißpresse ist nicht da«, sage ich.

Jörg meint: »Woher sollen die denn wissen, wann du eincheckst?«

Aber ich hab schon zu viele Erfahrung gesammelt, um mich von denen überraschen zu lassen. Ich bin für deutsche Verhältnisse durch meine Musik recht berühmt und wegen meiner Skandale berüchtigt. Ein gefundenes Fressen für die Boulevard-Presse. Seit dem ersten Skandal bin ich für die der Bad Boy und die kleben an mir.

»Das ist deren Job«, sage ich.

»Jetzt wart erst mal ab«, rät mir Jörg.

Dann biegen wir endlich in die richtige Straße ein. Wir sehen sechs, sieben Meter hohe Gitterzäune, darüber so fiese Stacheldrahtrollen und Suchscheinwerfer. Mir bleibt die Luft weg. Vor der Einfahrt stehen auch schon die Typen von der Presse: Kameras, Fotografen, Schreiber.

Als ich das letzte Mal vor Gericht stand, haben dreißig bis vierzig von denen meinen Prozess mit schadenfrohem Grinsen verfolgt, sicher, dass ich dieses Mal einfahre. Ich hatte ja schon drei Bewährungsstrafen, und es ging wieder um Körperverletzung. Vor den ganzen Affen war mir nur wichtig, dass ich nach dem Urteil nicht zu heulen anfange oder einen Nervenzusammenbruch kriege, sondern mir einfach die Packung abhole und nach Hause gehe. Am Ende stand ich vor dem Richter wie ein Gladiator, der sein Schicksal in die Hände des Kaisers legt. »Ave Caesar, morituri te salutant.« – »Heil dir Caesar, die Totgeweihten grüßen dich.«

»Diese Ratten«, sagt Jörg. »Und was jetzt?«

Jetzt gehe ich raus und haue jedem dieser Geier schön eins in die Fresse. Bei dieser Tat wär ich allerdings mal nicht zugedröhnt, wie die anderen Male, wo sich Kokain und Wodka in mir zu einer dritten, unguten Droge vermischten, die ich nicht mehr im Griff hatte. Diese Tat hier hätte ausnahmsweise mal Hand und Fuß und ein klares Motiv, das ich sogar vor mir selbst rechtfertigen könnte. Das lässt sich von dem Mist, den ich ansonsten begangen habe, nicht immer behaupten. Es hat oft die Falschen erwischt. Die, die es verdient hätten, gingen seltsamerweise immer leer aus. Mein Fehler.

»Fahr mich bloß nah an den Eingang da«, sage ich.

Der Eingang besteht aus einem Pförtnerhäuschen aus grauem Beton und kugelsicherem Glas und einer echt brutalen Panzertür aus Stahl. Mein Plan ist, auszusteigen, meine Taschen zu nehmen, mich von Jörg zu verabschieden und sofort nach drinnen zu verduften. Dieser Spießrutenlauf durch diesen geifernden Pulk war schon vor Gericht jedes Mal demütigend. Ich gehe mutig los. Aber ich komme nicht weit.

»Sie heißen?«, fragt die Beamtin durch das Mikro hinter dem Panzerglas.

Mit zittriger Hand schiebe ich ihr meinen Personalausweis durch und sag freundlich meinen Namen: »Oliver Stein. Ich soll mich hier stellen. Könnten Sie mir bitte die Tür aufmachen?«

Die Arschlöcher von der Presse stehen jetzt richtig dicht

neben mir, fotografieren mir direkt ins Gesicht und fragen allen Ernstes, wie ich mich fühle. Aber die Beamtin schaut sich in aller Ruhe meinen Ausweis an.

Dann sie total emotionslos: »Und wo ist der Stellungsbefehl?«

Der Stellungsbefehl. Mein Ticket in die Hölle. Scheiße, wo hab ich den? Hab ich den dabei? Liegt der zu Hause?

»Ohne Stellungsbefehl kann ich Sie nicht reinlassen.«

Ich mache meine Taschen auf und fange vor laufenden Kameras an, den verdammten Stellungsbefehl zu suchen. Jörg versucht unterdessen, die Pressewichser abzudrängen. Sie jammern rum, dass sie doch auch nur ihren Job machen, und filmen weiter. Ich krieg die Vollkrise. Was, wenn die mich jetzt nicht reinlassen? Zählt das dann als nicht gestellt? Geht dann als Nächstes ein Haftbefehl raus? Oder treiben die hier nur ihre Späßchen mit mir?

In dem Moment drückt die Beamtin freundlicherweise doch noch den ausschlaggebenden Knopf, und mit einem kurzen, harten Hupen öffnet sich die Stahltür. Es ist ein Ton, den ich nie vergessen werde. Das weiß ich jetzt schon.

Ich stehe da, Jörg umarmt mich und flüstert mir irgendwas zu, das gleich nur noch eine Erinnerung sein wird an eine Welt, die ich jetzt verlasse. Egal, was hier draußen läuft, da drinnen werde ich in wenigen Minuten allein unter vielen sein. Das wird mir grade bewusst.

Ich nehme meine Taschen und mache die letzten fünf Schritte in Freiheit. Danach ertönt wieder dieses kurze, scharfe Hupen. In einem Computerspiel hätte jetzt jemand den Reset-Knopf gedrückt. Alles, was ich bis jetzt war, was ich bisher erlebt und wo ich im Leben gestanden habe, ist nun tot oder weg oder sonst irgendwas. Zumindest spielt es keine Rolle mehr. Der verrückte Junge, der im Partykeller seiner Eltern wie besessen Gitarre spielt und singt, der im Sommer mit der Familie zum Segeln fährt, der versucht hat, was aus seinem Leben zu machen, jemand zu sein. Alles weg. Hinter mir gibt es nur diese Tür. Vor mir liegt ein neuer Level.

Und ich bin drin.

# 2

Ich stehe in einem leeren, beige gestrichenen Gang, eine Kamera sieht mich an. Ein Stück weiter vor mir öffnet sich die nächste Panzertür, und ich komme in einen großen Raum, der aussieht wie die Sicherheitskontrolle auf dem Flughafen. Vier Kameras, Metalldetektor, X-Ray-Maschine, daneben ein junger Beamter mit Strubbelhaaren, der eigentlich ganz nett wirkt. Ich geh zu ihm rüber und will ihm die Hand geben. Aber er nimmt einfach die Arme hinter den Rücken.

»Legen Sie bitte Ihre Taschen auf das Band und nehmen Sie alles ab, was Sie abnehmen können«, sagt er.

Okay, also so läuft das hier.

Ich gehorche und bin so aufgeregt, als würde ich nach Nordkorea einreisen. Die Hells Angels haben mir auch gesagt, dass ich absolut clean sein muss, wenn ich mich stelle, sonst ist sofort Sense. Ich habe zwar seit Monaten keine Drogen mehr genommen und die Taschen zu Hause mehrmals gecheckt, das schließt aber nicht aus, dass ich nicht doch irgendwo ein Bröckchen Hasch oder ein paar Krümel Koks übersehen habe. Wie oft hab ich bei Umzügen schon verloren geglaubte Päckchen wiedergefunden. Als die Möbelpacker beim letzten Umzug meine Wohnung geräumt haben, lag am Ende so viel Zeug auf dem Boden, dass es für sie und mich eine ganze Woche gereicht hätte. Zum Glück waren die Jungs selber Nasen und sind nicht petzen gerannt. Jetzt wäre so ein Fundstück die Katastrophe schlechthin.

Da sagt der Beamte: »Können Sie bitte diese Tasche öffnen?«

Ich gehe hin und ziehe den Reißverschluss auf, aber statt meine Sachen zu durchwühlen, will er nur meinen elektrischen Haarschneider sehen.

»Tut mir leid«, sage ich mit zitternden Händen, »ich bin zum ersten Mal hier.«

Und er sagt: »Schon okay.«

Meine Taschen scheinen für ihn auch ohne große Durchleuchtungsaktion sauber zu sein. Mich hat er nicht mal abgetastet. Ich trage nach wie vor alle Klamotten und bin irritiert. Eigentlich hatte ich mit einer komplizierten Leibesvisitation gerechnet. Stattdessen soll ich dem Beamten folgen.

»Was ist mit meinen Taschen?«, frage ich.

»Was soll damit sein?«

»Tragen Sie die oder ich?«

»Ich trag doch nicht Ihre Taschen.«

Es ist nur ein blödes Missverständnis. Ich wusste nicht, ob ich die Taschen schon anfassen darf, wo ich noch nicht richtig gefilzt worden bin. Ich hätte ja ein halbes Pfund Heroin im Arsch haben können. Andererseits ist es nicht mein Problem, wenn sie mich nicht kontrollieren. Ich bin der Häftling, die sind die Vollzugsbeamten. Ich muss ihren Job nicht besser machen als sie selbst, denke ich und merke, was mir bald noch häufiger auffallen soll: Ich denke zu viel.

Wieder ertönt dieses üble Hupen, die nächste Panzertür öffnet sich, und wir stehen im Innenhof des Gefängnisses, im Freien.

Ich hatte eher so etwas wie eine Ritterburg erwartet, verbaut, mit engen Höfen und kleinen Winkeln, schwarz, dunkel und dreckig. Aber die Anstalt ist übersichtlich und funktionell. Erinnert eher an eine Kaserne. Es sind mindestens dreihundert Meter bis zum nächsten Gebäude, einem großen Backsteinbau, der richtig schön aussieht. Daneben stehen kleinere Häuser mit Gittern vor den Fenstern. Drumherum erstreckt sich eine Wiese mit großen Bäumen und kleinen graubraunen Steinen.

Als ich durch den Gitterzaun nach draußen schaue, sehe ich die Kameraleute, die gerade ihren Kram zusammenpacken und mich nicht mitkriegen, die Deppen.

Ich laufe mit dem Beamten über den Hof. Das Pflaster ist kreuz und quer mit schmalen Betonwegen durchzogen. Auf die Wege sind verschiedenfarbige Pfeile gepinselt, die ich nicht verstehe. Auf einmal hoppeln die graubraunen Steine auf der Wiese davon. Eine Gruppe Kaninchen, die in der Wintersonne gechillt haben. Sonst ist da niemand, kein Mensch in dieser Geisterstadt, nur der Beamte und ich, wie zwei Männer im Wilden Westen.

In den folgenden drei Stunden schaffe ich es lediglich nur weitere zweihundert Meter tiefer in den Anstaltskomplex hinein.

In der sogenannten Kammer muss ich meine beiden Taschen vor einem Beamten leeren. Alles, was ich mitbringe, wird aufgeschrieben. Klamotten, Bücher und der aufwändige Kalender, den mir meine Freundin gebastelt hat, werden genehmigt. Der Haarschneider wird verplombt, damit ich ihn nicht aufschrauben und etwas darin verstecken kann. Ich hatte gehofft, dass sie mir den iPod und die Playstation lassen, aber beides wird bis zur Entlassung beschlagnahmt. Ich hab nicht mal ein Radio, und den Fernseher mit DVD-Player, den ich mir extra gekauft habe, bekomme ich erst zurück, wenn er ebenfalls verplombt ist. So war ich mit zwei Taschen reingegangen, mit einer kam ich wieder aus der Kammer raus.

Danach muss ich wieder über den Hof zur Hauptzentrale: Drogenkontrolle und Alkoholtest. Diese Hauptzentrale sieht aus, als hätte einer die Sternenzerstörerbrücke aus »Star Wars« direkt in den Knast gebeamt: massivste Türen, schusssicheres Glas und auf dem Dach überall Antennen. Ich muss mich immer noch nicht ausziehen, das wundert mich jetzt wirklich sehr. Der Beamte schaut nur zu, wie ich in den Becher pisse. Vor ein paar Jahren hätte der Kontrollsteifen noch bei allem aufgeleuchtet, was das Betäubungsmittelgesetz so hergibt, außer Heroin, das hab ich nie genommen. Jetzt zeigt er gar nichts an. Der Beamte wirkt enttäuscht.

»Das hätte ich jetzt nicht gedacht, Herr Stein.«

»Was dachten Sie denn?«, frage ich.

»Ich denke, damit haben Sie sich einen Gefallen getan.«

Ich möchte, dass es jetzt mal losgeht. Es ist unglaublich, wie lange du in einer JVA darauf warten musst, bis endlich ein langer, schlaksiger Beamter kommt, so eine völlig peinliche Erscheinung mit hochgegelten Haaren, und dich auf die Zelle bringt. Wir stehen in Haus C, meinem neuen Wohnort. Ein ewig langer Gang zieht sich einmal durch, in der Mitte befindet sich ein Panzerglaspavillon, in dem Beamte sitzen und das Geschehen überwachen. Ich stehe am Anfang des Ganges und verschaffe mir einen ersten Überblick. Es gehen vierzehn Zellen auf jeder Seite des Ganges ab. An der Decke Neonröhren, am Boden das hässlichste Linoleum, das man sich nur denken kann, Hellgrau mit Schwarz gesprenkelt. Durch ein Fenster am Ende des Ganges scheint die Sonne. Der Boden ist blitzblank. Wir gehen bis zur allerletzten Zelle auf der rechten Seite, die 108, massive Stahltür, kein Guckloch. Der Beamte schließt auf. Das soll meine Zelle sein.

Ich stehe in der Tür und denke: »Das ist der kleinste Raum, den du in deinem Leben je gesehen hast. Hier kratzt du nachts an den Wänden und keiner hört dich.«

In der Mitte Schreibtisch und Stuhl. Unter dem Schreibtisch ein Kühlschrank. Neben dem Schreibtisch ein Bett, ein Schrank, dann schon die Zellentür. Vergilbte Wände, Energiesparlampe an der Decke, vor dem Fenster kein Gitter, immerhin.

Ich gehe den einen Schritt hinein, den ich gehen kann, bis ich auch schon vor dem Stuhl stehe, und versuche, die Wände mit beiden Armen zu berühren. Das klappt, ohne dass ich sie durchstrecken muss. Ist das überhaupt erlaubt, Gefangene auf so engem Raum zu halten?

»Ziemlich klein«, sage ich zu dem Beamten. Mein Herz klopft. Ich denke an den Aufzug. Bloß ruhig bleiben. Aber warum sind die Fenster nicht vergittert?

Dann verpasst mir der Beamte eine umfangreiche Belehrung, die klingt, als würde er sie aus einem Buch ablesen.

»Herr Stein, Sie befinden sich ab heute im Regelvollzug. Das hier ist Ihre Zelle, das ist Ihr Zellenschlüssel, den benutzen Sie als Haftausweis, bis Sie einen bekommen. Auf Ihrem Schlüssel steht 108, das ist Ihre Nummer. Verlieren Sie den Schlüssel unter keinen Umständen. Wenn Sie ihn verlieren, melden Sie es sofort, aber verlieren Sie ihn einfach nicht. Wenn Sie Ihre Zelle verlassen, sperren Sie Ihre Zelle ab. Wenn Sie Ihre Zelle nicht absperren, verstoßen Sie gegen die Anstaltsordnung. Sechs Uhr dreißig ist Morgenzählung, sechzehn Uhr Abendzählung, dazu haben alle Gefangenen im Innenhof anzutreten. Wenn Sie eine Zählung versäumen, ohne dass Sie vom Arzt krankgeschrieben sind, verstoßen Sie gegen die Anstaltsordnung...«

Und so geht das weiter. Zahlen und Regeln. Wann ich auf den Gang darf, wann ich duschen darf, wann ich aufs Klo darf, wann ich mit anderen Gefangenen reden darf, wie viele sich grundsätzlich auf einer Zelle aufhalten dürfen, wann Nachtruhe ist.

Am Ende sagt er: »Angenehmen Aufenthalt.«

Zu diesem Zeitpunkt hab ich durch die ganze Scheiße vor lauter Stress schon so viele Kalorien verbrannt wie ein Fallschirmspringer beim Sprung. Ich hab aber nichts zu essen dabei, nur Tabak. Also setze ich mich an den Tisch, drehe die erste Zigarette auf der Zelle und benutze den Aschenbecher, den sie mir hingestellt haben.

Den Foto-Kalender, den meine Süße gebastelt hat, und die Schnappschüsse, die ich von ihr habe, will ich so aufhängen, dass ich sie vom Bett aus sehen kann. Aber dann kommen mir auf einmal die Tränen, weil meine Zelle so hässlich ist. Meine Freundin wird draußen ein ganz anderes Leben leben als ich, das wird mir so was von klar. Der Unterschied zwischen den Problemen und dem Spaß, den sie in Freiheit haben kann, und dem, was mir hier bevorsteht, ist so groß, dass es schwierig werden wird, den anderen zu verstehen, ganz kompliziert, da zusammen zu bleiben. Das Aufhängen läuft wie in Zeitlupe. Ich stehe da und weine, und bei jedem Foto überlege ich, warum ich das überhaupt mache und ob das eine Art Selbstgeißelung ist. Ich häng hier Bilder von ihr im Bikini auf, in Mexiko, am Strand oder sonst irgendwo, und die Zelle ist so winzig, dass ich die ganze Zeit draufgucken muss. Das wird nun exakt der Horror, den ich unbedingt vermeiden wollte.

Eigentlich hatte ich nach meiner Verurteilung versucht, so allein wie möglich zu bleiben, damit ich im Knast nichts vermisse. Nur keine Achillesferse. Aber dann hab ich sie durch Zufall kennengelernt. Wollte aber wirklich nur was Trinken gehen, und vielleicht landet man miteinander im Bett, vielleicht auch nicht. Ich habe nicht daran gedacht, mich zu verlieben, das fand ich völlig ausgeschlossen damals, so freundinunkompatibel, wie ich war.

Ich denke über Knast und Weinen nach und ob das 'ne vorteilhafte Sache ist, mit verheulten Augen auf dem Gang rumzurennen, wenn ich jetzt pissen muss. Ich warte besser, bis ich mich beruhigt hab und die Augen wieder fit aussehen. Ich darf nicht als verletztes Tier unter die Meute, dass die denken: »Ach, das ist dieser Musik-Vogel, der grad ordentlich auf der Zelle abgeheult hat, weil er mit vier Stunden Knast nicht klarkommt.«

Auf einmal hör ich Leute reden auf dem Gang, Getöse, Türen knallen. Da kommt's mir: Sechszehn Uhr! Zählung!

Ich schließe mich den Leuten an, die raus auf den Hof gehen. Wir biegen nach links, und da steht eine Schlange von schätzungsweise hundertsechzig Mann, ein Potpourri von allen Styles. Typen mit vollgepinkelter Trainingshose und Badeschlappen, denen unterm Hemd schon die Plauze vorguckt, Typen mit Anzug und Ledertasche, die wie Banker aussehen, daneben voll aufgemuskelte Jungs, die sich so stabil ins Hohlkreuz zurücklehnen und Kaugummi kauen.

Die stehen alle hintereinander, wie an der Abendkasse zur Opernpremiere.

Ich versuche nicht so anfängermäßig auszusehen, als hätte ich keine Ahnung, was abgeht, mehr so als sitze ich jetzt auch schon zum zweiten, dritten Mal. Ich freu mich, dass ich meine Tätowierungen die kompletten Arme hoch hab. Es ist zwar kalt, logisch, wir haben Februar, aber ich zieh mir die Ärmel vom Pulli nach oben, damit die Leute gleich kapieren, das ist einer, der hat schon auch was erlebt im Leben.

Ein paar von denen gucken mich an, sagen aber nichts.

Ich versuche, nicht auf den Boden zu schauen wie ein Mäuschen, aber den Kopf auch nicht zu sehr zu heben, um keinen eitlen, zu chefigen Eindruck zu machen. Ich schau einfach so, wie ich normalerweise durch die Stadt gehe, geradeaus, nach vorne.

Es ist eine ganz merkwürdige Situation, die Umgebung völlig skurril. Du stehst neben Deutschen, Türken, Russen, Albanern und Marokkanern, bist umgeben von Stacheldraht und Kameras, alles sieht nach sehr strikter Kaserne aus, aber es wirkt gar nicht wie Militärdrill. Die Leute reden miteinander, schlagen ein, machen Sprüche, ein paar super Clowns erzählen Witze. Ich muss grinsen, weiß aber nicht, ob ich mitgrinsen darf.

Du siehst bei den Jungs sofort, wer hier ein echter Meister ist. Ein mordsmäßig großer Türke, zwei Meter groß, zwei Meter breit, würde ich sagen, tritt da im Armani-Anzug auf, bester Zwirn, todschick. Er humpelt auf dem linken Bein schwer und hat ein Gesicht, als ob die Nase schon achtmal gebrochen war. Ein richtiger Stier, Narben auf der Glatze, Kopf und Hals gehen ineinander über, aber der Bart ist auf den Millimeter getrimmt. Er hat voll die Nullmiene drauf. Keiner geht zu ihm hin, niemand redet mit ihm. Auf einmal schaut er mich böse an.

Gegen diesen Brecher hätte ich fair keine Chance, dem müsste ich schon den Kehlkopf rausbeißen. Ich werde im Knast hundertprozentig nicht kuschen, mich auch nicht unterkriegen lassen, das hab ich im Vorfeld mit mir ausgemacht. Im Zweifelsfall – auch wenn das wahnsinnig dramatisch klingt – geht's halt um Leben und Tod.

Nach einer halben Stunde komme ich endlich an die Reihe. Ich stehe vor einer breiten Holzbank, hinter der ein kleiner, dicker Beamter sitzt und abhakt, wer bei der Zählung aufgetaucht ist. Die Gefangenen zeigen ihre Ausweise und nehmen sich die Post weg, die in einem Fach mit ihrer Zellennummer liegt.

»Wer sind Sie?«

»Stein.«

»Ihr Name interessiert mich nicht. Wo ist Ihr Ausweis?«

»Hab noch keinen.«

»Dann Schlüssel raus.«

Ich krame meinen Scheißschlüssel raus.

»Was steht da drauf?«

»108.«

»108 – das sind Sie, okay? Genau das sind Sie.«

»Okay.«

Der Typ hinter mir tippt mich an und sagt, ich solle nicht vergessen, ein paar Anliegen mitzunehmen. Ich hab das Wort noch nie gehört. Er schiebt seine Brille die Nase hoch und erklärt mir, dass ich für alles, was ich von der Anstalt will, so ein Anliegen ausfüllen muss, Fernseher, Kabelanschluss, Arztbesuch, alles. Er gibt mir einen Packen vom Stapel, der auf der Holzbank liegt, dazu noch ein paar Besucherscheine. Er hat gecheckt, dass ich keine Ahnung habe.

»Hast du Briefumschläge?«, fragt er.

»Nee.«

»Dann frag den Beamten nach Briefumschlägen.«

»Okay.«

»Was ist mit Papier?«

»Hab ich auch nicht.«

»Dann frag, ob du Papier bekommst.«

»Okay.«

»Geht doch«, sagt er und gibt mir einen Klaps auf den Hinterkopf.

Ich gehe zurück in Haus C. Die Zellentüren stehen offen, im Aufenthaltsraum läuft der Fernseher volle Lautstärke, aus der Küche kommen Brutzelgeräusche. Im Gang stehen Gefangene, und ich merke, jetzt mustern sie mich mal richtig. Ich mache keinen weiten Bogen um sie, gehe aber auch nicht geradedurch, so nach der Art: Ich respektiere euch, aber übertreibt's nicht. Dann stelle ich mich vor meine Zelle und rauche eine.

»An deiner Stelle würde ich das lassen«, sagt der Glatzen-Typ mit Brille, der gerade noch in der Schlange hinter mir stand.

»Was lassen?«, frage ich.

»Rauchen auf dem Gang«, sagt er. »Ist nicht erlaubt.«

Er ist gut einsneunzig groß und zutätowiert bis zum Hals. Sein Name ist Dragan, und wir kommen ins Gespräch. Er fragt, warum ich sitze und wie viel ich bekommen habe. Ich sage Körperverletzung, sechs Monate, und er sagt, das ist doch Kindergarten. Ich sage, kann aber sein, dass noch 'ne Bewährungsstrafe widerrufen wird, und er sagt, ist auch Kindergarten. Er sitzt jetzt das dritte Jahr und hat immer noch eins.

»Wegen was bist du drin?«, frage ich.

Er: »So was fragt man nicht.«

Und ich so: »Sorry, wusst' ich nicht.«

»Du kannst hier nicht rumrennen, mit jedem quatschen und jeden fragen, wegen was er sitzt und sonst was. Du hast wahnsinnig viele Arschlöcher im Knast, du musst aufpassen. Es werden Leute zu dir kommen und Sachen wollen, gib denen nichts. Sei vorsichtig, such dir die Leute genau aus, mit denen du dich abgeben willst.«

Er hält mir 'ne mordsmäßige Standpauke, und ich freue mich, dass mir mal einer, den ich cool finde, sagt, wie es läuft. Dragan ist Freigänger, arbeitet draußen für die Stadtwerke. Das bedeutet, man darf auch ein bisschen Freizeit draußen verbringen. Acht Uhr morgens raus und um neun Uhr abends wieder da sein. Halbfrei sozusagen. Dann könnte das mit meiner Süßen wahrscheinlich weiterlaufen und der Anschluss an die Welt, sowohl die private als auch die berufliche, könnte bleiben. Denn Regel- und geschlossener Vollzug bedeutet ja auch erst mal EDEKA, Ende der Karriere.

Ich denke gleich, wenn hier lauter Freigänger sind, werde ich auch einer.

Da sagt Dragan: »Haste Bock, mit auf die Zelle zu kommen?«

Dort sitzt schon Miro auf dem Bett, definitiv auch ein Jugo, wirkt sogar noch größer als er, aber totales Babyface, völlig friedlich. Ihre Doppelzelle sieht ganz anders aus als meine, ist super eingerichtet, Deckchen auf dem Tisch, Fernseher, Playstation, Pflanzen, Vorhänge vor den Fenstern und Poster an der Wand. Ich bin beeindruckt. Also von der Gemütlichkeit her ist das Welten von meiner entfernt.

Ich erzähle den beiden gleich meine ganze Geschichte, sämtliche Ungerechtigkeiten vom Prozess bis zur Kammer, wo sie mir vorhin meinen Fernseher, iPod und meine Playstation abgenommen haben. Die Jugos zeigen mir ihre Playstation, die locker zehn Jahre alt ist, und legen sofort los von wegen Bestandsschutz. Das heißt wohl so viel wie: Wenn dir einmal etwas im Knast genehmigt wurde, darf es dir nicht genommen werden, auch wenn sich intern die Richtlinien ändern.

Ich sage: »Ich hab leider seit heute Morgen nichts mehr gegessen.«

Und Dragan sagt: »Anfängerfehler, ganz normal.«

Wir schlendern los in die Gemeinschaftsküche, wo noch ein paar andere Gefangene hocken. Zu dem Zeitpunkt fühle ich mich recht wohl, weil ich zwei Schränke an meiner Seite habe, insgesamt zwei beeindruckende Kandidaten vom Erscheinungsbild. Ich stehe mit denen in der Küche, flachse ein bisschen rum, wir schieben drei Tiefkühlpizzen in die Röhre und essen sie auf der Zelle.

Dragan sagt: »Is 'n Willkommensgeschenk.«

Seiner Ansicht nach sitze ich die Haftstrafe, die ich habe, auf der linken Arschbacke ab. Selbst wenn es nicht bei einem halben Jahr bleibt und noch 'ne Bewährung hochgeht, hab ich nur acht Monate bis ein Jahr. Die meisten Gefangenen würden ja eh ihre Chance auf 2/3-Entlassung nutzen und nicht einen auf Endstrafe machen. Die 2/3 hält die Jungs ruhig und gibt ihnen was zu hoffen. Eine gute Möglichkeit, alle im Zaum zu halten. Ein Häftling in Deutschland mit neun Jahren kann bei guter Führung nach sechs Jahren frei sein, das ist die klassische 2/3, dafür muss man jetzt Beamten keinen blasen. Nur nicht durchdrehen, dann haste deine 2/3. Die beiden werfen mit Monaten und Jahreszahlen rum, als wenn es Peanuts wären. Sie sagen, achteinhalb Monate seien wenig, aber in der Zeit kriegt 'ne Frau ein Kind. Mir fällt auf, in welch anderen Dimensionen hier gedacht wird. Es ist mein erster Tag, und ich überleg mir, wie überlebst du vierundzwanzig Stunden, und die erzählen mir, dass sie hier schon zum dritten Mal Weihnachten feiern. Das erschreckt.

Ich will wissen, wann ich das erste Mal Freiheit sehe, aber wie's aussieht, komme ich hier die nächsten vier bis sechs Wochen nicht raus. Danach geht vielleicht was mit ersten kleineren Ausgängen, und ich kann für zwei Stunden meine Süße sehen. Aber bis ich Freigänger bin wie Dragan und nur zum Schlafen in den Knast komme, dauert es noch mindestens zwei, zweieinhalb Monate.

»Dann kannst du am Wochenende bei ihr schlafen«, sagt Dragan, »und schnarchst sie unter der Woche nicht voll.«

Und Miro sagt: »Damit kannst du locker eine Beziehung haben, Oli.«

Die beiden haben etwas Herzliches, ich glaub, die erkennen sich in mir, wie sie den ersten Tag hier saßen. Sie sehen, der Typ hat überhaupt keine Ahnung von der Veranstaltung. Mir wird klar, dass ich zu offen, zu freundlich bin. Im normalen Leben kann man die Leute mit Freundlichkeit und Humor entwaffnen, aber im Knast ist das der falsche Ansatz.

Ich sage: »Hoffentlich geht das gut mit meiner Freundin.«

Und Dragan sagt: »Wenn sie die paar Monate nicht packt, ist sie eh die Falsche.«

Es ist schon dunkel, als ich mit meinen Telefonkarten und einer Schachtel Marlboro bewaffnet, die vierte heute, über den Hof in Richtung Telefonzellen gehe. Ein paar Gefangene stehen da und warten in der Kälte, aber irgendwann wird endlich auch für mich eine frei und ich wähle die unglaublich lange Nummer des Hotels in Südamerika, wo meine Maus gerade jobmäßig ist. Ich lasse mich mit ihrem Zimmer verbinden, und tatsächlich, da ist sie, mit ihrer supersüßen Stimme.

»Hallo?«

»Und hier ist der Oli.«

Sie lacht und weint und schluchzt, verschluckt sich und bringt kein Wort raus. Sie hat nicht damit gerechnet, dass sie so schnell was von mir hört. Eigentlich wollte ich direkt loslegen mit Erzählen, aber jetzt stehe ich hier, die anderen Gefangenen neben mir, und ich denk nur, bitte, lass dich das nicht so berühren, wie's dich in Wahrheit berührt, dann kannst du gleich mitheulen.

Das ist genau das, was ich nicht wollte, dass es ihr wegen mir schlecht geht, und ich kann ihr nicht helfen. Nähe, Zärtlichkeit, das Gefühl, dass du da bist, alles, was die Person grade braucht, kannst du ihr als Typ nicht geben. Alles, was dich zum Mann macht, angefangen von Schutz bieten, Sachen tragen, Sachen reparieren, Auto fahren, Sex oder sonst was, dafür fällst du aus. Du bist nur noch 'ne Idee, du bist nur noch 'ne Stimme am Telefon, weit weg.

Es ist ein sehr langes Telefonat, sie weint immer wieder und ist zu dem Zeitpunkt fünfmal fertiger mit der Welt als ich, dabei sitze ich im Knast. Das Einzige, wofür ich sorgen kann, ist, dass sie draußen wegen mir nicht eine noch härtere Zeit hat, und sie hat schon eine harte Zeit. Aber es muss ihr nicht noch schlechter gehen, nur weil es mir schlecht geht und ich es nicht schaffe, mich zusammenzureißen. Einerseits. Andererseits sitzt sie grade in Südamerika rum und geht gleich mit ein paar Kollegen in ein lustiges Lokal und danach irgendwo Cocktails trinken, und ich geh in die Zelle.

Wie willst du dich da nicht verrückt machen?

Das hat wahnsinnig viel mit gegenseitigem Vertrauen zu tun. Für sie ist das sehr einfach, Vertrauen in mich zu haben, ich bin eingesperrt. Aber ich merke, wie viel Vertrauen ich brauchen werde, um mich ihr gegenüber nicht unkorrekt zu verhalten, nichts in Frage zu stellen, nicht zu spekulieren und immer gut aufzupassen, dass sich meine Gedanken nicht verselbstständigen.

Ich überlege, wie die Situation andersrum wäre, wenn meine Freundin ins Gefängnis müsste. Ich würde durchdrehen, wahrscheinlich würde ich sie in den Kofferraum sperren und mit ihr flüchten. Ich hab ja sogar schon in der Freiheit Mädchen und die Liebe vermisst, sodass das zu einem Lebensstillstand geführt hat oder zur völligen Motivationslosigkeit, noch irgendwas zu machen.

Zurück in der Zelle gucke ich mir die ganzen unausgefüllten Anliegenblätter an und denke, jetzt beginnst du mit der Arbeit. Als Erstes bitte ich darum, dass mein Fernseher verplombt wird, beantrage einen Kabelanschluss und fülle gleich noch den Besuchsschein aus. Auf Platz eins schreibe ich meine Freundin, Platz zwei und drei lasse ich frei. Auf diese Weise kann mich außer ihr niemand besuchen. Ich hab nur eine Stunde alle zwei Wochen, da hab ich keine Lust, dass mir andere Leute die Zeit wegnehmen mit irgendwelchem Quatsch. Ich fühle mich ansonsten wie der alleinste Mensch auf der Welt.

Als die Bürokratie erledigt ist, setz ich mich hin und schreibe meiner Süßen den ersten Brief. Ich hab mir gedacht, ich schreibe ihr alles auf, damit sie absolut im Bilde ist, dass sie meine Mitgefangenen kennt, die Waschräume kennt, dass sie alles miterleben kann. Ich schreibe acht Seiten in meiner Krakelschrift, ab der dritten hab ich Krämpfe in der Hand und muss Übungen machen, damit ich weiterschreiben kann. Ich finde Schreiben super. Ich schreibe nicht verbittert, sondern sehr humorvoll, ich male auch Karikaturen an den Rand, ein paar Kaninchen, Gitter und Stacheldraht, kleine Kunstwerke, kann man sagen. Das mache ich jetzt jeden Tag.

Als ich die letzte Zigarette meiner vierten Schachtel geraucht habe, gehe ich auf den Gang. Es ist mucksmäuschenstill.

Ich war in den letzten Jahren völlig spaßorientiert, konsumorientiert, sexualorientiert, alkohol- und drogenorientiert, ich war die ganze Zeit auf so 'nem Wahnsinnstripp, auch beruflich nur Tourneen, Krawall und Chaos. Die Ruhe, die ich jetzt auf einmal ganz brutal auf dem Gang spüre, diese Ruhe, die war für mich eigentlich immer unvorstellbar. Und ich denke, was macht dieser Körper, was mach ich hier auf diesem Gang?

Das wird jetzt also meine erste Nacht im Knast. Ich hab keine Nachttischlampe, darum ist es vollkommen dunkel in meiner Zelle, als ich das Deckenlicht ausknipse. Ich mache es mir im Bett gemütlich. Die Plastikmatratze ist nur fünf Zentimeter dick, aber ich finde sie nicht schlecht, ich liebe harte Matratzen. Ich überlege kurz, wie viele verschiedene Menschen bereits in diesem Raum gewohnt haben, was er alles schon gesehen hat. Das frage ich mich manchmal auch in Hotels. Und dann überlege ich mir, was meine Süße, was meine Freunde und was all die anderen Leute machen, während ich hier liege.

Ich hab 'ne Zeitlang eine Bar geleitet, Musikvideos produziert und eben mehr oder minder erfolgreich immer Musik gemacht, in einer Band gesungen. Jetzt bin ich eben im Knast. An sich ist das nur 'ne weitere Lebenserfahrung.

Dann fällt mir ein, dass meine Zellentür nicht abgeschlossen ist.

Man kann sie von außen aufmachen, aber von innen nicht absperren. Du sitzt in einem Haus mit hundert Häftlingen, keine Nachtwache, kein Beamter im Haus, nur in der Hauptzentrale mitten im Hof. Jeder hier weiß wahrscheinlich, auf welcher Zelle ich sitze, und ich schlafe grundsätzlich tief, neben mir kann man ein Rockkonzert abfeiern, und ich wach nicht auf. Das ist doch lebensgefährlich.

Ich weiß nicht, wofür die alle eingesperrt sind, aber von Steuerhinterziehung bis Mord ist da bestimmt alles dabei, was das Strafgesetzbuch so hergibt. Wenn es jetzt jemand drauf anlegt, bin ich geliefert. Ich bin schon irgendwie eine bekannte Persönlichkeit, da gebe ich für die anderen Gefangenen ein interessantes Ziel ab. Um für ein bisschen Wirbel zu sorgen, um in irgendeiner Art und Weise ein Statement zu machen, um mich, theoretisch, als Geisel zu nehmen. Das ist ein ganz realistischer Gedanke. Du hast garantiert sehr viele Leute hier, die nicht logisch denken können, die wirklich doof sind oder in einer Traumwelt leben. Mit so einer Person kannst du nicht argumentieren, dass es sinnlos ist, mir ein Messer an den Hals zu halten und beim Radio anzurufen, um sich so die Freiheit zu erpressen. Das sind Leute, die sitzen doch hier, gerade weil sie aus Verzweiflung und nicht aus Überlegung heraus handeln.

Aber dann höre ich einfach auf, mir Gedanken darüber zu machen. Das hat überhaupt keinen Zweck, es ist nicht zu lösen. Wenn irgendeiner durchdreht, dann ist es halt Schicksal.

# 3

Ich schrecke hoch. Ich weiß nicht, wo ich bin. Da ist ein lautes Bollern an meiner Zellentür. Dann geht schon die Tür auf, und ein Typ, den ich noch nie gesehen habe, guckt rein.

»Die rufen dich schon die ganze Zeit.«

Zählung! Sechs Uhr dreißig ist Zählung! Jetzt ist es zehn vor sieben. Anscheinend haben die über Lautsprecher die ganze Zeit schon meine Nummer ausgerufen. Ich springe aus dem Bett, Puls auf hundertachtzig, zieh mir irgendeine Hose an, irgendein T-Shirt, renn aus der Zelle. Auf dem Hof sehe ich bereits Leute zum Frühstück gehen, während ich noch zur Zählung muss. Es gibt keine Schlange mehr, nur noch ein einsamer Beamter wartet auf mich.

»Sie sind zu spät.«

Ich sage: »Entschuldigen Sie bitte, ich hab verschlafen.«

»Sie sind neu hier, oder? Na, das geht ja gut los.«

»Ich habe keinen Wecker.«

»Das ist nicht mein Problem.«

»Ich bin's nicht gewohnt, um sechs Uhr dreißig aufzustehen.«

»Da sollten Sie sich ganz schnell dran gewöhnen, sonst ist der Regelvollzug nichts für Sie. Ich werde jetzt eintragen, dass Sie heute zu spät waren. Machen Sie das noch zwei Mal, gibt's einen Bericht. Wenn Sie davon mehrere sammeln, geht's für Sie ab in den geschlossenen Vollzug.«

Geschockt laufe ich zu meiner Zelle zurück. Ich merke, dass ich vorhin vergessen habe, sie abzuschließen. Wenn das jemand mitgekriegt hätte, wäre das für heute gleich mein zweiter Eintrag gewesen. So geht mein Tag los. Da weiß ich wieder, wo ich bin.

Ich zieh mir Pulli und Winterjacke an, es ist ziemlich kalt draußen, zehn Grad minus mindestens, und gehe rüber zum Frühstück. Der Speisesaal ist eine große Halle. Runde Tische aus lackiertem Holz, einfach gehaltene Stühle, auf dem Boden schon wieder Linoleum, an der Decke Neonröhren, an der Wand keine Bilder. Nicht hässlich das Ganze, aber völlig steril.

Ich stelle mich in die Reihe und sehe den Zwei-Meter-Türken mit der achtmal gebrochenen Nase an der Essenausgabe anstehen. Im Armani-Anzug, Seidenkrawatte, der Bart wie mit dem Lineal rasiert. Neben ihm steht ein Gefangener ohne Schuhe, nur in Schlappen, hat gelbe Flecken auf seinem weißen Tanktop und dampft einen säuerlichen Geruch aus. Aber der Türke verzieht keine Miene. Wenn der Typ neben ihm anfangen würde zu brennen, würde der den niemals löschen, völlig klar. Der würde vorbeigehen und sagen, endlich stirbt das arme Schwein.

Der lustige Essenausgeber mit seiner weißen Mütze und den Latexhandschuhen legt mir einen Apfel, zwei Scheiben Rindersalami und zwei Scheiben Gouda auf das Tablett, eingeschweißt mit Haltbarkeitsdatum und JVA-Siegel drauf. Brot kann ich mir nehmen, so viel ich will. Aber ich habe keine Lust, hier zu essen. Ich will nur auf die Zelle, weiterschlafen oder meine Ruhe haben. Die Nummer mit der Zählung ist mir auf den Magen geschlagen. Ich denke, ich bin neu hier, da müsste man doch Nachsicht haben. Der Essenausgeber gibt mir noch einen Diätjoghurt und eine große Packung Margarine, die eine Woche reichen soll. Ich hab gestern gesehen, dass es hier kein Abendessen gibt, damit ergibt sich aus dem, was ich vom Frühstück und vom Mittag mitnehme, anscheinend meine Tagesration. Ich packe alles in eine Tüte.

Als ich in Haus C an unserer Zentrale vorbeikomme, klopfe ich an die Panzerglasscheibe. Der Beamte da drin überwacht den ganzen Gang, er kann in den Gemeinschaftsraum gucken. Wenn die Tür zu ist, kann er nicht in die Küche schauen. Was da passiert, erkennt er nur an den Reaktionen im Gemeinschaftsraum. Er hat einen Computer, Walkie-Talkie, Schlagstock, Körperpanzer, seine Kaffeemaschine und zwei Pflanzen, von denen eine abgestorben ist. Er schaut von der BILD-Zeitung auf.

»Wie kann ich Ihnen helfen?«

Ich sage ihm, dass ich mordsmäßig Ärger bekommen habe, weil ich heute Morgen die Zählung verschlafen habe.

»Ja und?«

Ich sage: »Ich hab keinen Wecker.«

»Dann müssen Sie ein Sonderpaket beantragen. Dazu schreiben Sie ein Anliegen und fragen nach einer Sonderpaketmarke. Überlegen Sie sich ganz genau, was Sie an sonstigen Sachen brauchen. Ich werde Ihnen das Paket wahrscheinlich freigeben.«

»Was heißt ›wahrscheinlich‹?«

»Wahrscheinlich heißt vielleicht.«

Ich merke, wie ich aufpassen muss, dass ich nicht frech werde, wenn ich Dinge nicht verstehe, dass ich auf dem Boden bleibe. Wenn du dich einmal mit einem Beamten anlegst, legt der sich den Rest der Haft mit dir an, zumindest für ein paar Wochen. Das ist auch was, was ich noch lernen muss. Die Beamten zeigen dir mit jedem zweiten Satz, du bist hier der Gefangene, wir haben die Macht. Mal gucken, ob du den Wecker kriegst.

»Und was meinen Sie mit ›sonstige Sachen‹?«, frage ich.

»Alles, was Sie noch nicht haben, aber haben dürfen.«

Das Sonderpaket ist so 'ne Art zusätzlicher Freischuss. Das zählt nicht zu den drei Paketen, die ich pro Jahr bekommen darf. Ich muss Namen und Adresse desjenigen angeben, der es mir schicken wird, und ich muss den Inhalt genau beschreiben, sonst geht es wieder zurück. Wenn es zu schwer ist, geht es auch wieder zurück. Ich will gerade das Anliegen ausfüllen, da blafft der Beamte, ich soll das gefälligst auf der Zelle machen und es dann zurückbringen.

Draußen hätte ich gesagt, du, das ist 'ne ganz einfache Sache: Wenn ich keinen Wecker habe, komm ich zu spät, haste Pech gehabt. Gibste mir 'nen Wecker, komm ich pünktlich. Aber hier ist es jetzt der Beamte, der sagt: Pech gehabt.

»Ich kann Sie aber auch in den Geschlossenen schicken, Herr Stein. Da müssen Sie nicht aufstehen. Da gibt's keine Zählung. Da gibt's nur eine Lebendkontrolle. Da macht jeden Tag ein Beamter die Tür auf, schaut, ob Sie noch atmen, und dann ist die Tür wieder zu. Im Regelvollzug gehen wir davon aus, dass die Gefangenen die Verantwortung für ihr Leben übernehmen.«

Sensationelle Antwort dafür, dass ich nur so was Einfaches wie einen Wecker wollte. Ich verzieh mich auf meine Zelle.

Zehn Minuten später bin ich mit dem ausgefüllten Anliegen zurück. Ich beantrage, dass mir Jörg von draußen einen

Wecker schicken darf, eine Nachttischlampe, zwei Stifte und dass er den Rest des Pakets mit Tabak vollmachen soll. In einem Sonderpaket sind zwar normalerweise keine Zigaretten erlaubt, aber ich habe mit »Vielen Dank im Voraus« unterschrieben, weil ich dachte, das kennt der Beamte sicher nicht, dass sich einer bei ihm bedankt. Grinsend lege ich ihm den Zettel hin.

»Was soll ich jetzt damit?«

»Sie wollten den doch haben.«

»Sie müssen nicht alles zu mir nach vorne bringen. Wir sind hier nicht in der Schule. Da hinten ist der Hauspostkasten, da werfen Sie Ihre Anliegen ein.«

Ich denke, Oli, reiß dich zusammen, versuch nicht, das zu verstehen. Du bist an einem Ort gelandet, wo die Leute dich anscheißen für Sachen, für die du nichts kannst. Draußen würdest du zu dem Beamten sagen, Entschuldigung, ich rede gar nicht mit Ihnen, so kacke, wie Sie aussehen und so einen Schwachsinn, wie Sie erzählen. Sie kommen mir vor wie der dümmste Streifenpolizist der Welt, nur noch dümmer. Aber hier, Oli, hier bist du von so einer Person ultimativ abhängig.

Ich sitz auf meiner Zelle und schau mir die Wurst vom Frühstück an. Sie ist rotbraun und riecht komisch. Ich mach den Gouda auf, der ist super. Ich schmiere mir ein Käsebrot und putze den Apfel schön blank, bevor ich ihn esse. Der schmeckt wahnsinnig gut. Ich denke, wie geil schmeckt dieser Apfel. Normalerweise ist ein Apfel was, das bei mir vergammelt, jetzt hätte ich gern zehn davon. Da klopft es, und der Typ, der mich heute Morgen geweckt hat, steht schon wieder in der Tür. Er sieht aus wie eine alte Schildkröte und hat zwei Tassen Kaffee dabei. Er schaut auf die Fotos von meiner Süßen im Bikini.

»Du darfst die Bilder nicht an die Wand hängen. Du musst die an die Holzleiste machen. Hat dir das der Beamte nicht gesagt?«

Und ich: »Schon.«

Und er: »Wenn dir der Beamte das sagt, dann ist das auch so, Mann. An solchen Verstößen geilen die sich voll auf.«

Ich will kurz genervt sein, dass ich nicht mal auf meiner Zelle Ruhe habe, aber dann bin ich froh, dass jemand da ist.

Ich sag: »Ey, das fickt hier alles total meinen Kopf.«

Und er: »Ey, Mann, Regelvollzug ist der größte Kopffick der Welt. Da ist man jeden Tag kurz vorm Durchdrehen.«

Die Schildkröte gibt mir eine kurze Einführung, dass der Regelvollzug so übel ist, weil die Beamten einem dort immer mit der Freiheit vor der Nase rumwedeln. Eine Stunde Ausgang, einen Tag Urlaub, eine Woche Freigang. Diese ganzen mühsamen Schritte, die du gehen musst, bis du im offenen Vollzug bist, und die sie dir ganz schnell auch wieder wegnehmen können.

Und ich sag: »Wegen 'nem Wecker.«

»Sind auch schon Leute für weniger in den Geschlossenen gekommen«, sagt die Schildkröte. Er sitzt jetzt an meinem Schreibtisch und erzählt mir die Geschichte von den zwei Polen, die einen Vogel in ihrer Zelle gefangen hatten, keine Ahnung, was für 'n Vogel, ein Perlhuhn oder so was, jedenfalls ein großer. Er kam direkt durchs Fenster geflogen, und sie fangen ihn und schlachten ihn und essen ihn auf. Das Ganze kommt überhaupt nur raus, weil der eine Pole unbedingt den Kopf von dem Vogel behalten will und ihn in der Gemeinschaftsküche in einem Topf auskocht. Das kriegen die Beamten in der Zentrale mit und: Abschuss. Fünf Tage Bunker wegen Herbeiführen einer Seuchengefahr.

»Abschuss ist das Schlimmste, was dir hier drinnen passieren kann«, sagt die Schildkröte.

Du übernachtest während deines Freigangs nicht dort, wo du angegeben hast: Abschuss. Du prügelst dich mit anderen Gefangenen: Abschuss. Du klaust: Abschuss. Selbst, wenn es ein Versehen ist und jemand Scheiße erzählt hat: Abschuss. Für die meisten Leute geht's aus dem Bunker direkt in den geschlossenen Vollzug. Das sind die Häuser, die ich schon vom Hof aus gesehen habe, extra eingegittert, extra Stahltore, extra Kameras. Wenn du dorthin kommst, zu den echten Schwerverbrechern, dann können dir die Beamten nichts mehr nehmen, weil die eine Stunde Hofgang, die du dann pro Tag noch hast, im Gesetz steht.

»So sieht's nämlich aus«, sagt die Schildkröte.

Wir trinken seinen Kaffee. Ich habe in meinem Leben bis dahin vielleicht zwei- oder dreimal versucht, Kaffee zu trinken. Das kann ich gar nicht ab. Ich reagiere darauf, als wenn ich mir Koks ziehe oder noch schlimmer, Speed oder so. Ich drehe dann völlig auf. Aber dadurch, dass ich allen Suchtmitteln bis auf Zigaretten Adieu gesagt habe, denke ich: Nun gut, da musst du jetzt halt Kaffee trinken. Ist zwar doof, aber es ist auch ein Zeitvertreib. So habe ich das Kaffeetrinken angefangen, was dann später völlig eskaliert ist, weil ich natürlich nichts in Maßen genießen kann.

Auf einmal wird meine Nummer über Lautsprecher aufgerufen. Ich bekomme es zuerst nicht mit. Den ganzen Tag werden Sachen aufgerufen, und mein Unterbewusstsein ist leider noch nicht so weit, dass es meine Nummer da rausfiltert. Doch die Schildkröte hat aufgepasst.

»Häftling 108. Melden Sie sich beim Arbeitsdienst.«

Die Schildkröte schickt mich über den Hof zu einem kleinen Häuschen mit Büro. Darin sitzt Herr Fuchs, der unfreundlichste Beamte, dem ich bisher begegnet bin. Roter Vollbart, spitze Zähne, wie ein Fuchs eben. Er schaut mich nicht an. Er schaut immer nur in seine Unterlagen oder woanders hin.

»Herr Stein, ich hab Sie zur Arbeit in der Metzgerei eingeteilt. Lassen Sie sich von der Zentrale sagen, wo das ist, und vorher gehen Sie noch auf die Kammer und holen sich Ihre Arbeitskleidung ab. Morgen früh geht's los.«

»Das ist ja ganz schön schnell.«

Und er gleich: »Ist Ihnen das zu schnell oder was?«

Ich war gerade erst angekommen und in Gedanken noch beim Einrichten, wann ich meinen Wecker bekomme und die Nachttischlampe und so. Ich fand auch die Gespräche bei Kaffee und Kuchen nicht schlecht. Wieso denn jetzt arbeiten?

Aber was soll's.

Ich gehe also über den Hof zur Kammer und klingele. Macht der Beamte auf und meint, welche Probleme ich habe.

»Keine Probleme.«

»Hier stehen die Öffnungszeiten der Kammer.«

Er zeigt auf das Schild, das neben der Tür angebracht ist. Die Kammer hat zweimal am Tag für ganze zwanzig Minuten auf. Das ist der totale Eierschaukeljob.

»Das sind die Zeiten, wo die Häftlinge ihre Pakete abholen können, wenn eins da ist, oder Arbeitsklamotten tauschen.«

»Entschuldigung, aber der Herr Fuchs hat gesagt, dass ich mir jetzt meine Sachen holen soll für die Metzgerei.«

Ich merke, wie ich mich hier die ganze Zeit entschuldige.

Tür zu. Er funkt den Fuchs an. Tür wieder auf.

»Sagen Sie das doch gleich.«

Ich bekomme zwei Metzger-Outfits. Hose, Jacke, Gummistiefel, Unterhemd, Mütze, alles weiß, also eigentlich wie ein Koch, großartig. Damit stiefle ich rüber zur Metzgerei.

Ich stehe in einem riesigen Arbeitsraum, der sich an die Küche anschließt, mit Zerlegetischen, Kochbänken, einem riesigen Fleischwolf. Daran arbeiten die Häftlinge, alle in meiner Optik, überwacht von der Metzgerzentrale, in der Herr Wetzel sitzt, ein dicker, lustiger Beamter, der wie ein Metzger aussieht.

Ich sag: »Herr Fuchs hat gesagt, ich soll mich hier melden.«

Und Herr Wetzel: »Ja, ich hab Sie persönlich angefordert.«

»Warum haben Sie mich denn persönlich angefordert?«

»Weil Sie in Ihrem Leben mal richtig arbeiten sollen.«

»Ich hab in meinem Leben schon richtig gearbeitet.«

»Aber nichts Gescheites.«

Ich soll morgen halb sechs hier sein, und als ich sage, dass ich keinen Wecker habe, meint er, dann würde er mich holen. Ich bin den zweiten Tag im Knast, und sie schießen mich rum wie die Kugel in einem verdammten Flipperautomaten.

Die Beamten wissen natürlich alle, wer ich bin. Ich sehe das in den Augen der Leute, wenn sie mich erkennen. Dabei wissen sie nichts über mich. Aber hier sind sie wohl davon ausgegangen, dass ich mit Hummer und Champagner anreise. Ich freue mich schon auf die Enttäuschung in ihren Gesichtern, wenn die feststellen, wie ich mit den Dingen umgehe.

»Metzgerei?«, sagt die Schildkröte, als ich auf dem Rückweg in seiner Zelle vorbeischaue, »das ist doch 'ne feine Sache.«

Normalerweise wartest du zwei bis drei Wochen, um in der Metzgerei arbeiten zu dürfen, und wenn du mit der Arbeit klarkommst, ist das ein sehr guter Job. Du fängst früh an, bist Mittag fertig, musst am Nachmittag nicht mehr arbeiten und sitzt auf dem kompletten Kühlschrank. Es heißt Metzgerei, aber es ist eigentlich alles, nicht nur Fleisch und Käse. Du darfst natürlich nichts klauen, und du darfst dich schon gar nicht erwischen lassen, aber du kommst an Nahrungsmittel ran, davon können andere Gefangene nur träumen. Du hast ein super Frühstück und apropos Äpfel oder so, da gehst du in die Kühlkammer und stehst vor Europaletten voll Äpfel. Die reinste Goldgrube.

»Da erwarte ich mir schon, dass du immer mal was für mich abzweigst«, sagt die Schildkröte und lächelt verschlagen.

Ich denke, so läuft das also hier, und gehe auf meine Zelle. Ich will mich grade ein bisschen hinlegen, da werde ich auf die Hauptzentrale gerufen. Diesmal höre ich es sofort.

Zwanzig Minuten später steige ich in einen grauen Gefangenentransporter. Es ist ein VW-Bus, aber komplett umgebaut. Alle Fenster vergittert, nur zum Fahrer gibt es einen schmalen Schlitz, ansonsten ist das Auto ausgeräumt bis auf die Sitzbänke. Es gibt nicht einmal einen Griff, mit dem man die Tür öffnen könnte. Wenn wir mit dem Ding von der Straße abkommen und auf der Schiebetür landen, und es fängt an zu brennen, bist du verloren, dann sitzt du im Käfig, denke ich, während die Beamten draußen rauchen und neben mir ein derber Typ sitzt, der an Händen und Füßen gefesselt ist. Er trägt eine graue Hose und ein rotes Oberteil. Die Uniform des geschlossenen Vollzugs.

Sie bringen uns zur Untersuchung ins Frauengefängnis, Lunge röntgen, auf Tuberkulose. Ich hab die Krankheit eigentlich für ausgestorben gehalten, aber unter Häftlingen ist sie das offenbar nicht. In der Schleuse schauen Beamte mit Spiegeln unters Auto, und wir müssen unsere Schlüssel und Ausweise abgeben.

»Warum eigentlich?«, frage ich den Gefesselten.

»Damit du sie draußen nicht kopierst«, sagt er.

Er ist schon älter, aber gut auftrainiert, hat eine schräge Narbe unter dem Auge und eine eher nervöse Ausstrahlung.

Als wir auf die Straße rausfahren, erinnere ich mich daran, wie ich gestern mit Jörg hier aus dem Range Rover gestiegen bin. Jetzt sitze ich in einem verdunkelten Bus, wo »Justiz« draufsteht. Die Leute auf der Straße sehen den und denken sich bestimmt, da sitzen Gefangene drin, und ich schaue raus und darf nicht mehr bei ihnen sein.

Die Frauen-JVA ist ziemlich beeindruckend. Die kommt echt kerkermäßig rüber, uraltes Gefängnis, sechs, sieben Stockwerke, kleine Türmchen, verrostete Gitter, hier ein Kreuz, da eine Glocke, alles total verwinkelt. Sieht aus wie ein böses Kloster.

»Typisch«, sag ich so, »der Weiberknast ist mal wieder viel romantischer.«

Der Gefesselte sagt, dass er dort gesessen habe, früher, als es noch ein Männerknast war, vor fünfzehn Jahren. Damals war es noch ein richtiges Schweineloch, lauter Selbstmorde, darum haben sie dann auch den Neubau hochgezogen.

Er so: »Der Architekt hat sich auch erhängt.«

»Was?«

»Hatte sich verrechnet.«

»Und dann?«

»Mussten sie ihm das Seil vom Hals nehmen.«

Bisher war Selbstmord für mich ein Thema, das mit meinem Leben nichts zu tun hatte. Nur einmal habe ich gehört, dass der Freund von 'nem Freund sich umgebracht hat, aber das war's. Was kann denn noch kommen, dass du so schlecht draufkommst?

Wir fahren mit unserem Transporter in den Hof der geschlossenen Abteilung, zu den gefährlichen Frauen. Die Ladies machen richtig Radau, stehen an den Gitterstäben, ziehen das Shirt hoch, brüllen rum. Offenbar sperren die Richter vor allem die Hässlichen ein. Jedenfalls sind sensationelle Schabracken dabei.

»Hey Süßer, komm her«, ruft eine zu mir runter, »ich besorg's dir, ich lutsch dir schön dein Ding aus.«

Ein Beamter vor uns, einer hinter uns, so gehen wir ins Haus. Sie versuchen, jeglichen Kontakt zwischen den Frauen und uns zu verhindern, damit es nicht zu Unsinn kommt. Sie sind total angespannt, wir total neugierig. In jedem Stockwerk gibt es riesige Panzertüren aus Glas, durch die du die Mädels in ihren Gängen sehen kannst. Sobald sie uns mitkriegen, kommen sie nach vorne gerannt. Einige gucken nur, aber andere machen sofort 'ne Show, drücken ihre Titten gegen die Scheibe und sonst irgendwas. Die führen sich zehnmal klischeehafter auf als die Typen. Würde eine männliche Station so auf mich reagieren, dann würde ich denken: Heute werde ich hundertprozentig vergewaltigt.

Der Beamte vor uns fängt auf einmal an zu erzählen, dass er angeblich 'nen Kollegen hat, der im Frauenknast arbeitet.

»Wenn der da durchgeht und die Ladies einsperrt, fragt jede Zweite: Darf ich dir nicht wenigstens einen lutschen?«

Und ich so: »Und wie viele Beamte knicken da ein?«

»Herr Stein, das darf ich Ihnen leider nicht sagen.«

Und der Beamte von hinten: »Weitergehen! Weitergehen!«

Kurz darauf sitzen wir in einer Wartezelle, in der wirklich gar nichts ist. Wir sitzen zu dem Zeitpunkt zu dritt drin, aber es kann wohl auch passieren, dass du da zu zehnt oder zwölft hockst. Wir dürfen nicht rauchen, nicht trinken, nicht essen, du darfst überhaupt nichts. Du darfst nur da sitzen. Kann sein, dass du vier Stunden wartest, aber der Gefesselte hat auch von Leuten gehört, die acht Stunden hier verbracht haben. Darum versuchen einige Gefangene zu vermeiden, zum Arzt zu gehen. Die halten das nicht aus. Ich schaue aus dem Fenster in einen Innenhof, dort ist die Mauer bunt angemalt, im Sandkasten steht eine Schaukel, der »Frauen mit Kind«-Knast. Danach ist Röntgen. Dann heim.

Auf der Rückfahrt philosophieren der Gefesselte und ich ein bisschen über Frauenknast und wie die Mädels dort so drauf sind. Offensichtlich ist es so, dass sie unter diesen Bedingungen kein Blatt mehr vor den Mund nehmen. Draußen wollen Frauen ja eher nicht als Objekt angesehen werden, aber drinnen machen sie ganz bewusst einen auf Schlampe, wenn sie mit dir in Kontakt kommen. Um dich zu provozieren, um Aufmerksamkeit zu kriegen.

Der Gefesselte meint, dass Frauen hinter Gittern einfach notgeiler sind als Männer.

Und ich: »Warum sind die denn so heiß?«

»Weil die sich's nicht besorgen können, Alter. Die kriegen nicht mal 'ne Gurke ausgehändigt. Das wird denen alles klein geschnitten.«

»Echt?«

»Die Vaginalen sind eben schlechter dran als die Klitoralen. Die müssen sich erst was bauen.«

»Wie, was bauen?«

»Es haben schon Mädels angefangen, sich aus Haarschneidern Vibratoren herzustellen. Aber so was wird halt weggenommen. Bei Zellenkontrollen. Alles, was in die Richtung geht und als Stäbchen benutzt werden könnte, wird weggenommen.«

»Verstehe ich nicht. Warum?«

Er: »Die sagen, wegen Hygiene.«

Ich denke, jetzt könnte ich auch mal die Beamten im Fahrerhaus mit ins Gespräch einbeziehen.

»Haben Sie das gehört?«, rufe ich so durchs Gitter. »Das ist doch gemein. Uns werden ja auch nicht die Hände auf den Rücken gefesselt.«

Der Beamte, dessen Kumpel angeblich im Frauenknast zu tun hat, dreht sich um.

»Aber ihr seid doch diejenigen, die den Mädels die Gurken klein schneiden!«

Und ich so: »Das würde ich doch nie machen, Herr Beamter.«

Er: »Aber sicher. Die Frauenanstalt wird von der Männeranstalt bekocht. Ihr schneidet denen das Zeug klein. Außerdem sind Möhren beliebter als Gurken, die sind fester und halten länger. Und jetzt ist hier Ruhe.«

Den Abend verbringe ich auf der Zelle von Dragan und Miro. Es gibt Nudeln mit Käse. Danach rufe ich wieder meine Süße an. Als ich von der Telefonzelle aus ein Kaninchen über die Wiese hoppeln sehe, denke ich, dass sie die angenehmsten Häftlinge sind. Denen würden die Möhren auch geschnitten Spaß machen.

# 4

Es sind jetzt drei Wochen vergangen. Sieben Tage die Woche stehe ich halb sechs in der Metzgerei und verschweiße Wurst mit der Vakuummaschine. Das ist meine Arbeit. Wir sind vier Leute. Einer steht an der Wurstschneidemaschine, ziemlich großes Industriegerät, er schneidet, und es macht wutt, wutt, wutt, wutt. Die restlichen Leute nehmen die Wurstscheiben, immer zwei auf einmal, packen sie in Plastiktüten und kleben das Etikett von der JVA drauf. Dann komme ich mit meiner Vakuummaschine. Vier Packungen nebeneinander, Hebel runter, Luft raus, Tüte zu, Hebel wieder hoch, klack, klack, klack, klack. Mordsmäßig monotone Arbeit, aber die Zeit vergeht, und die Stimmung ist super.

Ich arbeite mit zwei Betrügern zusammen, beide Ende dreißig und komplett glücksspielsüchtig. Die sind immer mit fünfzigtausend Euro reinmarschiert ins Casino, haben alles verloren und dann die Betrügereien angefangen. Zuletzt hatten sie Casinoverbot in halb Europa, sie bleiben aber weiter der festen Überzeugung, dass ihre Sucht überhaupt nichts damit zu tun hat, dass sie im Gefängnis sitzen.

Meint der eine so: »Hey Oli, wenn du mir zwanzigtausend Euro gibst, mach ich dir in einer Woche fünfzig draus.«

Ich: »Fünfzig Euro?«

»Nee, fünfzigtausend.«

Sag ich: »Mann, Alter, wenn das funktionieren würde, warum sitzte dann nicht auf 'ner Insel und hast 'n Boot? Warum sitzte stattdessen im Knast und verpackst Wurst?«

»Ey, Moment mal, Alter, ich bin doch wegen 'ner ganz anderen Sache hier. Das war 'ne Betrugsgeschichte, Mann.«

Dann grinsen wir uns einen. So geht das hier jeden Tag.

Manchmal schickt uns Herr Wetzel, der Chefmetzger, aus der Zentrale seine rechte Hand vorbei, um zu gucken, ob wir noch arbeiten. Er heißt Herr Heino, und wenn er um die Ecke ist, singen wir leise »Heino, Heino, deine Welt ist die Wurstfabrik«. Wir haben das ganze Heidi-Lied so umgearbeitet, dass wir eine komplette Strophe mit Metzger-Begriffen durchsingen können. »Rinderwürste im Sonnenschein« und so. Sobald der Heino das hört, ruft er zu uns rüber: »Ihr singt so scheiße!«

Aber egal, wie lustig es ist, einer hat immer seine Betonmiene drauf: Ufuk, der türkische Brecher mit dem Armani-Anzug, der mir am ersten Tag auf dem Hof so den Blick gegeben hat. Er ist uns erst vor ein paar Tagen zugeteilt worden. Hat kein Wort gesagt, stellt sich einfach neben die Vakuummaschine mit seinen riesigen Fäusten und tut nix. Gar nix.

»Wenn das der Beamte sieht«, sage ich so.

Und er: »Wieso, ich mach doch nix.«

Laut Knastfunk muss der Ufuk früher mal ein bekannter Boxer gewesen sein, bevor er mit Drogen, Waffenhandel und Prostitution zu tun bekam und sie ihn mit Haftbefehl gesucht haben. Eine Weile hat er angeblich in der Türkei sein Unwesen getrieben, dann kam er zurück, weil er dachte, die Sache sei verjährt. War sie aber nicht. Sie haben ihn kassiert, er ist geflüchtet, sie haben ihn wieder kassiert, und jetzt hat er noch zwei Jahre. Ich weiß natürlich nicht, ob er ein Mörder ist oder so, aber ich mache trotzdem immer Späßchen mit ihm. Irgendwie scheint er mich zu mögen.

Gestern zeigt er mir sein Humpelbein. Er zieht das Hosenbein hoch, und ich sehe, dass sein Fuß in einem orthopädischen Schuh steckt, und auf der Wade sind überall Einschusslöcher.

»Hat jemand 'ne Kalaschnikow drüber gehalten«, sagt er.

Vor knapp einer Woche sah es noch so aus, als würden der Wetzel und ich Krieg haben.

Ich hab die Arbeit in der Metzgerei von Anfang an gemocht. Ich fand das viel besser, als Hausarbeiter zu sein und Toiletten zu putzen oder Hofdienst zu machen, im Sommer Rasen mähen, im Herbst Laub harken und im Winter Schnee schippen. Auf der anderen Seite wurde mir letzte Woche in der Metzgerei einfach zu wenig Wert auf Hygiene gelegt. Nicht bei den Geräten, die sind immer tipptopp, wenn wir sie geputzt haben. Aber da haben zum Teil Leute gearbeitet, die ich aus gesundheitlichen Gründen niemals da ranlassen würde. Da waren zwei Junkies, die hatten Löcher in den Armen vom Spritzen, nicht offen, aber tief. Der eine kratzte sich ständig am Arsch und hatte nicht mal Handschuhe an, der andere blutete, holte sich kein Pflaster, schnitt aber weiter Wurst. Du kannst doch in einem Küchenbetrieb keine Leute einsetzen, die noch nicht mal Interesse an der eigenen Hygiene haben. Da krieg ich die Vollkrise bei so was.

Ich also zum Wetzel: »Ich kann so nicht arbeiten.«

Und er: »Selbstverständlich. Und jetzt Abgang!«

Da hab ich schon gemerkt, dass der Wetzel es gar nicht leiden kann, wenn man ihm seine Metzgerei madig macht.

»Warum mischt du dich auch ein«, sagte Ufuk, als ich ihm an der Wurstschneidemaschine davon erzähle.

Am nächsten Tag bekamen wir eine Ladung Fleisch geliefert, keine Ahnung, woher die kam. Der Wetzel hängt immer am Telefon und versucht, irgendwo billig Lebensmittel abzugreifen. Die JVA muss sparen, und da ist er froh, wenn er zum Beispiel einer Keksfabrik eine Fehlproduktion abkaufen kann. Die Plätzchen sind dann vielleicht nicht rund, sondern eckig, weil die Maschine grade im Arsch war, sie sind aber absolut essbar. Die Anstalt spart Geld, die Gefangenen freuen sich, die Keksfabrik kriegt was für ihren Ausschuss. Sind alle happy. Nun war es bei dem Fleisch aber so, dass das Haltbarkeitsdatum schon um einen vollen Monat überschritten war. Da meinte der Wetzel, ist egal, Etiketten abmachen und runter damit in die Kühlkammer. Aber ich hab mich geweigert. Du kannst doch nicht beispielsweise als Betrüger in den Knast gehen, und dann zwingen dich Beamte, Haltbarkeitsdaten zu entfernen. Damit sagt man dir doch eigentlich, Betrug ist okay, zumindest, solange ihn die Anstalt begeht.

»So was darf doch nicht sein«, sagte ich zu Ufuk.

Und er: »Was machst du für Wind, Oli? Willst du hier der Märtyrer werden oder so? Der macht dich platt.« Ich bin trotzdem zum Wetzel und hab das angesprochen. Ich musste aber einsehen, dass Ufuk Recht hatte. Der Wetzel kann gnadenlos sein. Auf der anderen Seite waren am nächsten Tag die Junkies weg.

Wetzel verlässt die Zentrale nur mittags, wenn Feierabend ist und er kontrollieren muss, ob wir die Geräte sauber gemacht haben. Wenn er dann am Fleischwolf auch nur einen Fetzen findet, brüllt er rum, dass du denkst, er nimmt ein

Messer und sticht einen ab. Der Wetzel kann unglaublich rumkrakeelen, aber er beruhigt sich auch schnell wieder.

Dann sagt er gern: »Stein, gehen Sie mal in die Kühlkammer und holen 'n paar Steaks. Wir grillen uns jetzt noch was.«

Da stehst du dann hinter der Halle und grillst mit deinem Beamten, als wäret ihr zusammen bei der Freiwilligen Feuerwehr.

Es ist morgens halb acht, und wir albern grade wieder so herum, als mich der Herr Wetzel auf die Metzgerzentrale rufen lässt. Sie liegt am Ende der Halle, eine Stahltreppe hoch, und ist wie alle Zentralen von Panzerglas umgeben. Dahinter wackelt schon der rote Kopf vom Wetzel. Aber heute, das ist klar, geht's ihm nicht ums Essen. Ich stehe noch nicht mal in der Tür, da hält er mir die BILD-Zeitung hin.

»Haben Sie das gesehen, Stein?«

»Was gesehen?«

»Den Artikel über Sie, der da drinsteht.«

»Interessiert mich nicht.«

Er liest ihn mir natürlich trotzdem vor.

In dem Artikel heißt es, dass ich allein in einer Luxuszelle leben würde, mit Fernseher und Kühlschrank und allem drum und dran, dass ich in der Knasthierarchie ganz unten stehe, so eine Art Bettler oder Diener, und nichts zu melden habe und von allen Gefangenen nur »Opfer« gerufen werde. Aber vor allem das mit der Hierarchie ist absurd, weil es im Regelvollzug diese Art Hierarchie sowieso nicht gibt, und selbst wenn, wäre niemand so dumm, von sich zu behaupten, er sei da ganz oben. Ich? Hierarchie? Ich weiß überhaupt gar nicht, wie man Hierarchie schreibt.

Es ist der übliche Mist, angerührt aus dem, was ein paar Freigänger den Reportern, die vor dem Gefängnis warten, erzählt haben. Einer von ihnen ist sogar zitiert. Mir sagt der Name nichts. Aber Herr Wetzel scheint ihn zu kennen.

»Was ist denn das für 'ne Scheiße?«, brüllt er, nachdem er mir den Artikel vorgelesen hat. »War das dieser Typ aus Haus B, die halbe Portion? Wenn ich den sehe, der kriegt sofort eine rein.«

Ich noch so: »Lassen Sie mal.«

Aber Wetzel: »Wie, mal lassen? Scheiße, Sie machen hier anständig Ihren Job, Sie mucken überhaupt nicht auf und so, Sie bringen hier gute Stimmung rein und singen sogar tolle Lieder, und dann schreiben die so 'ne Scheiße. Ist das immer so?«

Ich erkläre ihm, wie das mit den Zeitungen läuft, und wundere mich, dass er das nicht weiß, wo er doch jeden Tag BILD-Zeitung liest. Aber er hört mir gar nicht zu, er redet immer weiter.

»Das ist 'ne Riesenfrechheit, ist das. Man müsste den Chefredakteur sofort einsperren und die ganzen Sesselfurzer aus dem Verlag gleich mit, die sollen mal sehen, was hier Luxus ist.«

Nach der Schicht stecke ich mir ein paar Äpfel in die Gummistiefel. Ich bring der alten Schildkröte regelmäßig was zu essen vorbei. Sie hat den Artikel natürlich auch gesehen. Jeder hat ihn gesehen. Überall herrscht ein Riesengezeter. Die BILD-Zeitung ist für die Gefangenen eigentlich verboten, aber die Beamten lesen sie alle, und wenn sie damit fertig sind, werfen sie das Ding aus ihren Zentralen raus in den Gang, Raubtierfütterung sozusagen. Darum glotzen mich auf dem Hof heute sogar Leute aus anderen Häusern an, die gar nicht wissen, in was für einer Zelle ich wohne, aber denken, dass es eine Luxuszelle ist, nur weil es in der Zeitung steht. Luxuszelle, Mann, Leute, kennt ihr euren eigenen Knast nicht?

»Was ist das für ein respektloser Dreck?«, sagt Dragan.

Es ist Abend, wir haben Lasagne gemacht und sitzen auf der Zelle. Das heißt, Miro und ich sitzen, Dragan steht. Er führt sich auf, als habe ihn jemand in seiner Jugo-Ehre angegriffen, dabei geht es in dem Scheißartikel um mich. Ich versteh das gar nicht.

»Easy, Dragan«, sag ich, »ich bin das doch gewohnt.«

Dann erklär ich ihm, wie das mit den Zeitungen läuft, anhand der Geschichte, die zu meiner ersten Verurteilung geführt hat.

Und Dragan: »Ja, das kannst du doch nicht auf dir sitzen lassen, das geht doch nicht. Da geht's um Respekt, Oli, um Ehre.«

»Ja, scheiß drauf. Da rein, da raus.«

»Nein, das geht nicht, da muss was unternommen werden. Du bist 'n Kollege von uns, du rennst mit uns rum, das geht nicht.«

»Dragan, du kannst da überhaupt nichts machen.«

»Ich geh raus, ich red' mit diesem Wichser, der das geschrieben hat. Morgen rede ich mit ihm.«

»Du willst mit ihm reden?«

»Ich red' mit ihm, Alter. Morgen, wenn ich zur Arbeit geh'.«

Aber ich sage: »Ich hab eine bessere Idee.«

Ich stehe auf und laufe über den Hof zur Telefonzelle. Ich

rufe bei einem Freund an, der mir bestätigt, dass der Knast immer noch von der Presse belagert wird.

Danach gehe ich zurück zu Dragan in die Zelle.

»Okay, du kannst morgen am Eingang mit den Leuten vom Fernsehen reden und die Sache gleich klarstellen. Aber lass dir dafür Geld geben.«

Und er so: »Wie, was, wie viel?«

Und ich noch mal: »Lass dir erst, sagen wir mal, 200 Euro geben. Dann machst du das Interview. Und fang keine Diskussionen mit denen an. Und bring Pizza und Cola mit.«

Und er: »Ich bring alles mit.«

Als ich am nächsten Tag in der Metzgerei Feierabend machen will, ich hab grad wieder Äpfel im Stiefel, steht da auf einmal der Direktor und will mit mir reden. Ich hab ihn bisher nur auf dem Hof gesehen, wenn er rüber ins Verwaltungsgebäude ging. Ein dünner Typ mit Anzug und Aktentasche. Der trägt keine Uniform wie die normalen Beamten, die Frontschweine, die auf uns aufpassen. Der hält sich schon für einen Politiker, das spürst du gleich. Ein Wichtigtuer, völlig humorfrei, völlig frustriert.

Aber jetzt kommt er mir ganz freundlich.

»Herr Stein, stimmt das denn? Sie werden von den Mitgefangenen schlecht behandelt?«

»Wieso?«

Er meint, also ja, er habe da gestern diesen Zeitungsartikel gelesen, darin habe was von Hierarchien gestanden und so. Die Hierarchien, das scheint ihn am meisten zu interessieren.

Ich gleich: »Es herrschen hier keine Hierarchien, ich werd' auch nicht schlecht behandelt, das ist halt die Zeitung.«

Aber er: »Sonst müsste man sich natürlich was anderes für Sie überlegen.«

Es klingt irgendwie nach 'nem Angebot. Was anderes überlegen. Andererseits, was will sich ein Gefängnisdirektor denn groß anderes überlegen für mich? Ich sitz doch schon im Knast.

Ich sag also schnell: »Nee, nee, ist alles wunderbar. Ich mache hier meine Arbeit, alles wunderbar. Ich möchte nur irgendwann Freigang haben. Es ist alles super, gar kein Thema.«

Und das war's. Der Direktor verabschiedet sich genauso freundlich, wie er sich vorgestellt hat, und verschwindet in seinem Verwaltungsgebäude. Kein »Aber«, kein »Wollen Sie nicht«, kein »Denken Sie drüber nach«. Komisches Gespräch. Als ich in den Knast kam, hatte ich mir gesagt, bloß keine Extrawurst, lieber ein bisschen mehr Scheiße fressen als die anderen, das ist 'ne Strategie, die ich immer schon gefahren habe im Leben. Ich mach's mir schwerer, weil sowieso alle denken, dass ich's mir leicht machen will. Aber jetzt stehe ich trotzdem da und überlege, ob es dumm war nicht nachzufragen, was er mir anbieten wollte – oder vielleicht doch eher schlau.

Es sollte dann allerdings noch eine ganze Weile dauern, bis ich darauf eine klare Antwort erhalte.

Am Abend kommt Dragan von der Arbeit zurück, voll bepackt, der hat sechs Kilo Lebensmittel unter'm Arm. Er grinst über das ganze Gesicht. Miro und ich setzen uns aufs Bett, es ist wie im Kino. Wir können es nicht erwarten, dass er endlich erzählt, wie's gelaufen ist. Aber Dragan füllt erst mal schön den Kühlschrank auf. Dann fängt er an.

Er kommt also früh aus der Schleuse, und da stehen schon 'ne Frau und 'n Kameramann, große Kamera, großes Mikrofon.

Sie so: »Kennen Sie Oli Stein? Würden Sie uns was zu ihm sagen? Können wir hier ein Interview machen?«

Und er: »Nein, können wir nicht hier machen. Aber wenn wir um die Ecke gehen, können wir machen.«

Er läuft 'n paar Meter die Straße runter, weg von der Einfahrt, damit die Beamten im Häuschen nicht denken, dass hier Geschäfte laufen oder so. Das sagt er den Fernsehleuten natürlich nicht. Er geht einfach voraus, ein komplett durchtrainierter, komplett zutätowierter Jugo-Dealer, und das Fernsehteam dackelt hinterher, ohne zu wissen, was er vorhat. Die müssen sich voll eingeschissen haben. Dann bleibt er an der Ecke plötzlich stehen.

»Los, dafür will ich aber Geld, ein Honorar! 200 Euro.«

»Und das Interview?«

»Nix da, erst das Geld.«

Sie geraten ins Schwitzen und geben ihm zittrig das Geld, das sie mühsam zusammensuchen. Nur kommen sie nicht mehr dazu, die Kamera aufzubauen, geschweige denn eine Frage zu stellen, weil Dragan schon loslabert, voll im Knastslang, von wegen was der Verräter aus dem Artikel für ein Vogel sei, den kenne im Knast keiner, der hätte keine Ahnung.

»Ich sitze hier mit dem Oli seit drei Wochen, oder was weiß ich, das ist ein so feiner, anständiger Kerl, da können sich 'ne Menge Leute was von abschneiden. Der ist einer der wenigen Leute, die nicht rumheulen, ein ganz stabiler Kerl, mit 'nem super Herz.«

Ich lieg auf dem Bett und kann nicht mehr vor Lachen:

Der Dragan, der immer sagt, ich soll nicht mit so vielen Leuten reden, gibt sein erstes ausführliches Fernsehinterview.

Das meiste davon interessiert die Fernsehleute allerdings überhaupt nicht. Sie fragen ihn immer nur, ob ich nachts nicht doch in der Zelle weine, ob ich nicht doch Sonderrechte habe und ob die Gefangenen mich anfassen.

Ich so zu Dragan: »Wie, anfassen?«

Und er: »Ja anfassen, ficken, was weiß ich, Oli. Das sind so doofe Menschen. Ist das immer so?«

Und ich sag: »Dragan, das ist Fernsehen, die sind so.«

Eine halbe Stunde später kommt die Sendung im Fernsehen, und wir schauen uns auf Dragans Zelle an, was sie aus seinem Interview gemacht haben. Da klopft es schon an der Tür und jemand fragt, ob Dragan weiß, dass er gerade im Fernsehen ist. Dabei läuft die Kiste im Knast sowieso rund um die Uhr. Aber dann wird der Beitrag auch noch abends, nachts und am nächsten Tag wiederholt. Dragan muss aus der Glotze praktisch in jede Zelle mindestens einmal reingeguckt haben. Es wird eine Riesennummer aus der Sache. Wildfremde Leuten quatschen Dragan auf dem Hof an und bitten ihn, ob er für sie noch mal die Stelle nachsprechen kann, als die Redakteurin fragt, wie das sei mit der Hierarchie im Knast, und wie er darauf antwortet: »Hierarchie? Was soll das sein, Hierarchie? Hast du Schnupfen, oder was? Im Knast gibt's keine Hierarchie. Wir werden hier resozialisiert.«

Kurze Zeit später ist auf den Gängen offenbar rum, dass es für das Interview massiv Geld gegeben hat. Es gibt Gerede. Jemand klaut meinen Haftausweis, auf dem mein Name neben meinem Foto steht. Ein paar Idioten glauben offenbar, dass man an mir was verdienen kann. Zwei dieser Idioten versuchen von ihrem Freigang Fotohandys mit in die Anstalt zu schmuggeln, wahrscheinlich weil sie Bilder von mir an die Presse verkaufen wollen. Sie werden erwischt und: Bunker. Abschuss. Jedes Kind weiß, dass Kameras im Knast verboten sind. Diese Vollpfosten. Selber schuld. Aber wie ich höre, sehen das meine Kollegen, mit denen ich jeden Tag in der Schlange bei der Zählung stehen muss, nicht so. Die sehen komischerweise nur, der eine wird berühmt, die anderen werden abgeschossen, und das finden die ungerecht. Alles nur wegen dieses einen Scheißartikels. Aber mit einem Mal liegt so ’ne Unruhe in der Luft, und das ist genau das, worauf Leute wie dieser Direktor keinen Bock haben, Unruhe.

# 5

Es ist Sonntag und wirklich schweinekalt. Ich steh an der gelben Linie im Innenhof, zusammen mit zwanzig anderen Kollegen, wir warten auf unseren Besuch. Keine fünfzig Meter vor uns wird sich gleich die Panzerglastür der Personenschleuse öffnen. Aber wir dürfen unseren Angehörigen nicht entgegengehen. Wir müssen an der Linie stehen bleiben, als seien wir irgendein Empfangskomitee.

Zum ersten Mal kommt mich meine Süße besuchen. Ich freu mich so wahnsinnig, dass ich fast in Ohnmacht falle. Besuch ist so was Großes im Knast, das kann sich eine Person von draußen gar nicht vorstellen. Den halben Tag habe ich mit Duschen verbracht und Fingernägel geschrubbt, damit ich auch gut aussehe. Danach lag ich nur noch rauchend auf meiner Zelle und hab darauf gewartet, dass endlich die Durchsage kommt.

»Nummer 108 – Bitte fertig machen zum Besuch.«

Seit vier Wochen haben wir jetzt eine Telefonbeziehung. Jeden Abend erzählt mir meine Maus eine Stunden lang ganz präzise, was sie draußen erlebt hat, und ich rauche die Telefonzelle voll, bis ich durch die Scheibe nicht mehr zu sehen bin und die anderen Gefangenen von draußen anklopfen, damit sie auch mal an die Reihe kommen. Im Anschluss setz ich mich in meiner Zelle an den Tisch und schreibe meiner Süßen meinen Tag auf, jedes Detail, die kompletten vierundzwanzig Stunden. Aber klar, es ist nicht dasselbe wie Zusammensein.

Ich stehe an der Linie und zittere mit meiner Süßen in Gedanken mit, die jetzt tapfer durch die Schleuse muss. Sie kennt das ja noch gar nicht. Dieses fiese Geräusch, wenn die Türen aufgehen. Wie die Beamten sie herumkommandieren. Stehen bleiben, Abtasten, Schuhe aus. Wie sie in diesem kleinen Zimmer warten muss, wo nichts ist, kein Fenster, keine Tür, nur ein Gitter, und das geht nicht auf, und sie kann nichts machen. Ich bin damals durch dieselbe Schleuse gekommen, ich weiß noch genau, wie beklemmend das war. Auf einmal hab ich Angst, dass der Kleinen das alles zu viel werden könnte und sie einfach abhaut.

Da öffnet sich die Panzertür, zwanzig, dreißig Leute drängen in den Hof. Ein Pulk aus Männern, Frauen, Müttern mit Kindern kommt auf uns zu, alle suchen schon nach ihren Leuten. Ein unglaublicher Moment. Den hätte ich gern auf Video. Jetzt sehe ich meine Süße. Sie trägt ihren langen, engen Mantel, ihr Haar fällt ihr auf die Schulter. Sie ist so schön in dieser hässlichen Umgebung. Ich winke. Sie sieht mich, sie läuft auf mich zu. Jetzt fragt sie sich bestimmt, warum ich ihr nicht entgegengehe, aber wir dürfen die Linie nicht übertreten, und ich kann nicht einfach über den Hof brüllen, dass ich hier stehen bleiben muss.

Sie sagt: »Hallo Baby.«

Wir fallen uns in die Arme und drücken uns aneinander. Mein Herz schlägt, als wär ich ein Kaninchen, auf das ein Raubvogel zuschießt und mit seinen Krallen packt. Ich muss aufpassen, dass ich nicht sofort losheule. Ihr kullert eine Träne über die Wange, ich schieb sie so mit dem Finger weg. Jetzt lacht und weint sie gleichzeitig.

»Dann werd ich dir mal die Anstalt zeigen«, sage ich. Muss aber an der Linie stehen bleiben und mache den Verkehrspolizisten. Zeige ihr mit dem Finger – hier die Kaninchen, da die Metzgerei, dort mein Haus – und führe sie dann direkt zum Speisesaal. Noch so eine Regel. Wir dürfen den Besuch nicht küssen, keine sexuellen Handlungen an ihm vornehmen und ihn auf dem Hof auch nicht anfassen. Ich nehme meine Süße trotzdem an der Hand und hab ein ziemliches Grinsen drauf, als ich sie an Stacheldraht und Suchscheinwerfern vorbeiführe. Mir fällt gerade ein riesiger Stein vom Herzen, dass es sie überhaupt noch gibt, einfach so, es gibt die Person noch.

»Du bist ja eigentlich genauso wie draußen«, sagt sie.

Und ich: »Ja, ich werd hier nicht gequält. Alles gut.«

Ich habe meinen Job in der Metzgerei, ich lese Bücher, die ich in der Bibliothek ausleihe, ich habe mich in einer Sportgruppe angemeldet und spiele jeden Nachmittag Tischtennis. Ich kenne meine Leute auf dem Gang, Dragan, Miro, die alte Schildkröte, und das Paket mit dem Wecker und der Nachttischlampe ist inzwischen auch angekommen, tabakmäßig bin ich also gut versorgt. Wir gehen in den Speisesaal und schnappen uns einen Tisch für uns alleine. Die ersten zehn Minuten reden wir gar nicht groß, sondern verbringen sie nur Arm in Arm. Die Kollegen machen das ganz ähnlich. Ich denke, so was gibt es draußen gar nicht, solche Räume, in denen die Leute alle so still miteinander sitzen wie wir gerade hier.

Als wir uns ein bisschen aneinander gewöhnt haben, komme ich ihr mit guten Nachrichten. Klar, ich hab noch nichts Schriftliches, aber so wie ich, mein Anwalt und auch Dragan das abschätzen, werd ich in zwei, spätestens drei

Wochen das erste Mal für ein paar Stunden rausdürfen. In vier Wochen müsste ich Freigänger werden. Das heißt, noch einen Monat überleben, dann gehe ich jeden Tag raus arbeiten, und wir können uns sehen, wenn sie mich besuchen kommt. Mein Anwalt sagt, wenn der Richter von den anderen Bewährungen keine mehr widerruft, bin ich nach vier weiteren Monaten ein freier Mann.

Meine Süße lacht, weil das auf einmal nach Zeiträumen klingt, die überschaubar sind, und wo wir beide grad so bester Dinge sind, lande ich gleich noch die nächste Nummer.

»Dann lass uns jetzt mal was Verbotenes machen.«

Sie weiß zuerst gar nicht, was ich meine.

Ein paar Tage zuvor hatte ich den Bibliothekar der Bücherei kennengelernt. Er sitzt schon seit drei Jahren und hat den Job für sich alleine, er darf sogar zwischen den Regalen schlafen und muss eigentlich nur hier und da mal ein Buch einsortieren. Ich unterhalte mich also mit ihm, und irgendwie kommen wir drauf, dass meine Freundin mich am Sonntag zum ersten Mal besucht.

Und er so: »Kennst du die beiden Toiletten im Speisesaal?«

Und ich: »Ja, und?«

»Naja, kannst du dir doch denken.«

Ich weiß zuerst nicht, was er meint. Da erzählt der Typ, dass während der Besuchszeit keine Beamten dabeistehen, dass es im Speisesaal keine Kameras gibt und die Scheiben nach außen hin leicht verspiegelt sind. Die beiden letzten Sachen wusste ich selber. Aber ich komme, wie meine Süße, immer noch nicht drauf.

Da sagt er: »Hallo? Zentrale? Hast du keinen Bock, mit deiner Freundin rumzumachen?«

»Und was, wenn dich da jemand erwischt?«, frag ich.

»Dann hast du wahrscheinlich ein Problem.«

Und ich frag: »Hast du das schon mal gemacht?«

Jetzt sitzt der Typ nur ein paar Meter von uns weg mit seiner Frau an einem Tisch und guckt so provozierend zu mir rüber. Keine Ahnung, ob ich ihm trauen kann, aber gerade hab ich eine fantastische Laune, obwohl ich im Gefängnis sitze, locker zehn von zehn Punkten würde ich sagen. Also weise ich meine Süße mal dezent auf die Toiletten da hinten in der Ecke hin und erkläre ihr meine Idee.

Sie sagt natürlich gleich: »Hey, hast du sie nicht mehr alle? Spinnst du? Wenn das jemand mitbekommt!«

Aber ich tue ganz locker: »Ich weiß gar nicht, was du hast. Wie viele Frauen können schon von sich behaupten, dass sie Sex im Gefängnis hatten.«

Sie wird ein bisschen weiß im Gesicht, aber sie denkt nach.

»Ja, nee, aber das ist zu krass. Vielleicht nächstes Mal.«

»Hey, das ist dein erstes Mal im Gefängnis und dann gleich Sex, da kann keine von deinen Freundinnen mithalten.«

»Aber die anderen Leute, die kriegen das doch voll mit.«

»Das ist mir doch scheißegal.«

Also stehen wir auf, gehen auf die Toilette. Sie hat total Lust, ich hab total Lust. Meine Maus ist da, und wir haben Sex. Mir geht's so gut. Danach, keine Ahnung, müssen wir lachen. Wahrscheinlich haben das alle anderen mitgehört. Normalerweise gucken die Leute ja immer schon interessiert, wenn sich bloß einer vom Tisch erhebt, obwohl er gerade Besuch hat. Aber jetzt steht gleich das nächste Pärchen auf und geht zusammen auf die Toilette. Was das bedeutet, musst du dann auch dem dümmsten Knacki nicht mehr erklären.

Als wir uns gerade wieder hinsetzen, geb ich dem Typen aus der Bibliothek demonstrativ einen Blick. Er macht so eine Geste, als ziehe er den Hut vor mir, und im nächsten Moment steht er auf und verschwindet mit seiner Alten auf der Toilette.

»Willst du eine rauchen?«, frag ich meine Süße.

Und sie voll ironisch: »Ja, super, die Zigarette danach.«

Wir setzen uns vor den Speisesaal auf die Treppe und machen uns eine Zigarette an. Das ist alles so absurd. Du sitzt mit deiner Freundin in einem Gefängnis mit der höchsten Sicherheitsstufe, sie trägt zivile Klamotten, du trägst zivile Klamotten, es ist kalt, die Sonne scheint, du rauchst und hattest gerade Sex. Ich freue mich extrem, dass wir so ein gutes Paar sind und Sachen durchziehen, die sich andere – wenn überhaupt – erst beim sechsten Besuch trauen.

»In zwei Wochen bin ich zum ersten Mal draußen, dann sehen wir uns. Dann noch mal dieselbe Zeit, und ich bin Freigänger. Das ist nichts, gar nichts, uninteressant, sag ich dir, interessiert nicht.«

Und sie so: »Supergut.«

Wir stehen auf, weil die Stunde Besuchszeit gleich um ist. Ich muss sie wieder über den Hof zur gelben Linie bringen. Jetzt werden wir doch kurz traurig, aber nicht dramatisch. Wie gut, dass wir heute Sex hatten, denke ich noch mal, wahrscheinlich war das sogar schon die letzte Chance, bevor ich draußen bin.

»Ich schreib dir pro forma noch mal ’n Besuchsschein aus«, sag ich, »aber ich glaub nicht, dass wir den brauchen werden.«

Nach dem Abschied schlendere ich über den Hof zu Haus C zurück. Ich bin so wahnsinnig gut gelaunt. Irre, wie gut gelaunt ich bin. In dieser verfickten JVA Sex gehabt zu haben. Keine Frage, dass das illegal ist, darüber muss man gar nicht reden. Aber allein der Gedanke daran. Minuten später lauf ich schon mit erhobenen Armen, Victory-Zeichen machend, bei Dragan und Miro auf der Zelle ein.

Dragan gleich so: »Alter, hast du sie noch alle?«

»Wieso?«

»Oli, da kann jederzeit ein Beamter reinkommen.«

»Is’ aber nicht.«

»Und wie viel Gefangene haben bitte gesehen, dass ihr da reingegangen seid?«

»Naja, halt die Leute, die Besuch hatten.«

Da hält mir Dragan plötzlich ’ne riesen Standpauke von wegen, dass sowieso schon der halbe Knast über mich ablabert, und wann ich endlich kapiere, was das hier eigentlich für ’ne krasse Waschweiberveranstaltung ist. Dabei weiß ich das längst. Ich war nur am Anfang so blöd zu denken, dass ich es hinter Gittern mit sehr harten Leuten zu tun kriege, die einen wahnsinnig hohen Ehrenkodex haben, wo es richtig krasse Regeln gibt und gewisse Sachen völlig ausgeschlossen sind. Inzwischen ist mir klar, dass die Leute zum Teil extrem eifersüchtig, missgünstig und auf sich selbst bedacht sind. Gerade stehst du noch witzig mit ’ner Gruppe rum, im nächsten Moment wird über dich hergezogen, dass jegliches Klischee von einem Friseursalon bei Weitem übertroffen wird. Die meisten Typen beschäftigen sich ausschließlich damit, warum sie sitzen, obwohl sie doch unschuldig sind, und aus welchem Grund es irgendjemandem besser geht als ihnen. Ständig wird verglichen, ständig gemutmaßt: Wer hat wen verraten? Wer schleimt sich wo ein? Wieso geht der schon wieder zur Zentrale? Warum hat der Beamte dem jetzt auf den Rücken geklopft? So geht das die ganze Zeit. Wo der Dragan auch hinkommt, hört er das.

Darum kommt er mir auch belehrend: »Jetzt erzählt doch jedes Schwein, dass der Stein seine Alte auf dem Klo gepimpert hat. Das dauert fünf Minuten, dann wissen es die Beamten.«

Aber ich sage trotzdem: »Na und?«

»Für so was können die dich abschießen, Alter, dafür gehst du in den Bunker und dann ab in die Geschlossene. Ich dachte, du versuchst hier so schnell wie möglich rauszukommen. Was ist denn nur in deinem Kopf kaputt?«

Ich hör ihn zwar reden, aber ich denk die ganze Zeit nur, dass das eben einfach mal wieder ’ne typische Oli-Rebellen-Aktion war, aber so was von auf den Punkt, gerade weil es der erste Besuch war. Ich hab es echt riskiert, Alter, gleich beim ersten Mal.

Am Abend stehe ich in der Telefonzelle und will bei meiner Süßen eigentlich gleich noch mal an die gewagten Ereignisse des Tages anknüpfen, da ist ihr in der Zwischenzeit aber schon die nächste krasse Geschichte passiert. Ihre Stimme ist noch ganz piepsig. Sie ist total aufgeregt.

Also Folgendes: Als sie nach ihrem Besuch vorne aus der Schleuse auf die Straße kommt, warten da schon vier Kamerateams auf sie. Meine Süße bettelt, sie sollen sie in

Ruhe lassen, und will nur schnell zum Auto, aber die machen richtig Terror. Da hat sie keine Chance. Auf einmal taucht hinter ihr ein riesiger schwarzer Schatten auf, sie fiepst das so in den Hörer, ein riesiger schwarzer Schatten, und nimmt sie zur Seite. Mit dem einen Arm packt er meine Süße und zieht sie hinter sich, mit der anderen Hand greift er sich eine Kamera vorn am Objektiv und meint, ob die Presseleute sich nicht schämen, ein weinendes Mädchen zu filmen und überhaupt, in was für einem heruntergekommenen Land er leben würde. Der Zurechtgewiesene setzt die Kamera ab, aber die anderen filmen fröhlich weiter. Da wird der Schatten richtig böse und sagt, wenn ich da irgendwo drauf bin, dann gibt es Tote, dann ist hier gleich alles vorbei.

»›Das ist mein Knast‹, hat der geschrien«, sagt die Süße.

Und ich: »Was für ein Schatten denn?«

»So ein riesiger Türke mit Anzug, in so 'nem superteuren Kaschmir-Mantel.«

Da muss ich lachen, ich kann nicht mehr aufhören. Wie sie das erzählt, mit ihrer Mickey-Mouse-Stimme, es ist so geil.

»Das ist der krasseste Mensch, den ich je gesehen hab.«

»Ja«, sag ich, »das war der Ufuk.«

Und sie: »Was kennst du denn für Leute?«

Ich sag ihr, du, das sind halt alles Leute, mit denen ich viel Zeit verbringe. Wenn so jemand dein Freund ist oder der mit dir gut kann oder dich mag, dann hast du hier drinnen einen super Begleiter. Wenn's andersrum ist, kannst du einfach nur noch sofort Leine ziehen.

»Der war so süß«, sagt sie jetzt, »wie ein Gentleman.«

Und dann lass ich mir die Geschichte von ihr nochmal und noch mal erzählen. Es ist mein schönster Tag im Knast bisher.

# 6

Eine Woche später soll ich zum ersten Mal Ausgang haben. Ich bin so aufgeregt, als würde ich gleich entlassen werden. Es sind zwar erst mal nur sechs Stunden Freiheit, aber dadurch, dass hier alles so brutal eng mit Regeln gestrickt ist und die von den Beamten auch absolut hart umgesetzt werden, baut auf diesem Ausgang alles auf. Wenn ich keinen Fehler mache, dann müssen die in ihr Vollzugsblatt reinschreiben: Hat Ausgang gehabt, kam ordnungsgemäß wieder. So einen Eintrag dürfen sie auch nicht mehr löschen, den können sie dir nicht mehr nehmen. Dann kannst du wieder ein Anliegen schreiben und kannst sagen, jetzt will ich noch einen Ausgang haben, und wenn das auch klappt, dann wirst du irgendwann Freigänger und kannst zwölf Stunden am Tag raus, das ist dann nur noch halber Knast, und all das soll schon innerhalb der nächsten vier Wochen passieren. Hier kommt also richtig was ins Rollen, das macht mich so glücklich. Ab jetzt gibt es immer mehr Freiheit.

In den letzten Telefonaten mit meiner Süßen haben wir nur noch die Tage gezählt, wir waren nicht mehr im Jetzt, in unserer Vorstellung lagen wir im Grunde schon in meiner Wohnung im Bett. Abends hab ich auf meiner Zelle nur noch versucht, so schnell wie möglich einzuschlafen, damit Zeit vergeht. Als ich heute Morgen um halb sechs bei klirrender Kälte – wir haben März – in die Metzgerei gestapft bin, hab ich extra noch 'n Schlenker zur Telefonzelle gemacht und meiner Süßen eine SMS geschrieben, dass ich mich wahnsinnig auf sie freue und dass sie bloß vorsichtig fahren soll. Sie kommt ja mit dem Auto, die kleine Maus. Danach bin ich zur Arbeit gegangen und war um halb elf fertig. Seitdem sitze ich auf der Zelle, bin brutal am Ketterauchen und denke nur: So jetzt, Uhr, lauf! Lauf!

Zufälligerweise will heute auch noch mein Anwalt kommen. Es gibt nicht groß was zu klären, die Gerichtssachen sind eigentlich alle durch, er will eher mal nach mir sehen, was ich nett finde. Speziell daran freut mich jetzt aber, dass die Zeit durch das Hinrennen, Labern und wieder Zurückrennen noch schneller vergehen wird. Als ich höre, dass ich auf die Zentrale gerufen werde, mach ich einfach los. Für die paar Meter über den Hof, denke ich, zieh ich mir noch nicht mal 'ne Jacke über.

Das Gebäude mit der Zentrale liegt absolut zentral in der Anstalt, eben wie so eine original Sternenzerstörer-Brücke, in die sich die Beamten verschanzen, wenn draußen die Revolution ausbricht. Ich geh dahin mit Ausweis und Schlüssel, wie sich das gehört, nehm die Metalltreppe, die Beamten sehen mich drinnen sofort durch die Kamera, drücken mir die Tür auf, und ich melde mich an der Scheibe.

»108, ich wurde gerufen.«

Da kommt ein Beamter, den ich sehr gut kenne und den ich eigentlich auch mag, nach vorn zur Scheibe und spricht ganz ruhig ins Mikro.

»Herr Stein, schlechte Neuigkeiten. Für Sie geht es jetzt erst mal in den Bunker.«

Ich bin etwas irritiert. Der Bunker ist die Arrestzelle. Die Zelle, in die du kommst, wenn du was gemacht hast und sie noch nicht entschieden haben, was als Nächstes mit dir passieren soll. Es gibt drei Zellen, Nummer 11, Nummer 12, Nummer 13, aber weil 13 nun mal 'ne Unglückszahl ist, nennen alle Gefangenen den Bunker nur die 13, und die Beamten haben das übernommen.

Da sagt er's noch mal: »Für Sie geht es jetzt in die 13.«

Ich denke, er will mich verarschen. Ich denke, der weiß, dass ich Ausgang habe und dass meine Süße zu mir unterwegs ist, und jetzt haut er mir so auf witzig 'n Spruch rein. Aber normalerweise machen selbst die Beamten keine Scherze über den Bunker.

Also sag ich: »Ja, ja, schon klar.«

Aber er: »Kein Spaß, Herr Stein. Kommen Sie bitte mit!«

Ich stehe da in diesem Vorraum und mir entgleisen die Gesichtszüge. Ich starre in die Zentrale. Der Beamte steht hinter der kugelsicheren Scheibe und noch mal drei, vier Beamte dahinter, sie glotzen mich alle an. Es ist, als ob sich in mir ein Loch auftut, durch das ich selbst hineinstürze. So ist das also: mein Abschuss. Und ich bin live dabei. Das muss ein Fehler sein. Das muss ein riesiger Fehler sein, hier ist irgendeine Scheiße gelaufen, ich hab doch überhaupt nichts gemacht. Aber stattdessen sage ich: »Okay, alles klar, ich komme mit.«

Der Beamte macht mir die Stahltür auf und führt mich in den Gang mit den Bunkerzellen. Zelle, Zelle, Zelle aneinander. Vor einer bleiben wir stehen. Er holt seinen großen Schlüsselbund raus, den er immer in einer Ledertasche versteckt bei sich trägt, damit die Gefangenen sich nicht die Schlüsselköpfe angucken und einprägen können, um sie später nachzubauen.

Ich sehe in eine Zelle, die überhaupt nichts mehr mit der Zelle zu tun hat, die ich kenne. Sie erinnert mich eher an die Ausnüchterungszelle, mit der ich schon mal Bekanntschaft gemacht habe. Tisch, Stuhl, Bett, Toilette, alles aus Edelstahl, alles komplett verschraubt. Es gibt in diesem Raum nichts, was du in irgendeiner Art und Weise abschrauben, bewegen, verschieben kannst, gar nichts. Die Wände sind aus Beton, und in den gegenüberliegenden Ecken gibt es zwei Überwachungskameras.

Gleich darauf stehe ich in der Zelle drin, und meine Stimme hallt so komisch, als ich zu dem Beamten sage: »Entschuldigen Sie, können Sie mir ungefähr sagen, was los ist?«

»Jetzt sind Sie erst mal hier, alles andere klären wir später.«

»Ich hab überhaupt keine Ahnung, was ich hier mache.«

»Bewahren Sie bitte Ruhe.«

Der Beamte sperrt hinter sich die Tür zu, und ich sitze allein im Inneren eines riesigen Tresors. Ich spüre förmlich, wie sich vor Stress die Adern in meinen Beinen ausdehnen. Ich muss mich dringend in eine Ecke hocken, ich hab das Gefühl, dass ich sonst umfalle. Jetzt sitze ich also im Bunker, denke ich, und zwar wirklich.

Jetzt verstehe ich, warum Dragan mir vor ein paar Wochen noch eingebläut hatte: Wenn du auf die Zentrale gerufen wirst, steck dir immer zwei Schachteln Zigaretten in die Hosentasche, nimm zwei Feuerzeuge mit, einen Stift und eine Liste mit deinen wichtigsten Telefonnummern. Es ist jederzeit möglich, dass irgendwas Furchtbares passiert, und dann möchtest du nicht nur in einem T-Shirt dastehen, ohne Kippen und ohne Feuer. Danach hatte ich mir auf einen großen Zettel meine wichtigsten Telefonnummern notiert und das Ding in der Metzgerei mit der Vakuummaschine verschweißt. Der Zettel ist bombensicher, der kann nicht nass werden, weder im Regen noch wenn einer Kaffee drüberkippt. Aber als ich losgegangen bin, habe ich weder den Zettel noch Zigaretten noch Feuer mitgenommen. Man darf im Anwaltszimmer nicht rauchen, und außerdem rechne ich grade auch überhaupt nicht damit, dass irgendwas Furchtbares passieren könnte. Gearscht.

Erst vor einer Woche hatte ich einen Abschuss auf meinem Gang miterlebt, der fand drei Zellen weiter statt, und dann vor zwei Tagen noch einen, der war nur eine Zelle weiter. Das läuft immer gleich ab. Du wirst auf die Zentrale gerufen und ahnst nichts Schlimmes, es kann immer mal sein, dass du wegen irgendwelcher Kleinigkeiten auf die Zentrale gerufen wirst, aber diesmal kommst du nicht wieder. Stattdessen kommt das Rollkommando. Das sind zwei Gefangene, die in der Kammer arbeiten. Sie laufen mit einem Bollerwagen auf und packen den kompletten Inhalt deiner Zelle in Kartons, sodass sie danach wieder so aussieht wie am Anfang. Es sind zwar auch noch zwei Beamte dabei, aber nur als Zeugen, die machen sich logischerweise die Hände nicht schmutzig. Ich sehe mich da noch im Gang stehen, auf die Schwelle meiner Zelle zeigen und die Typen mit dem Bollerwagen zum Spaß anpfeifen: »Ich hab das Gefühl, ihr lauft in meine Richtung, aber hier, Leute, hier ist die Grenze! Genau hier!«

Manchmal bin ich am Bunker vorbei, wenn sich rumgesprochen hatte, dass wieder jemand abgeschossen wurde, dann hab ich den Leuten durch das Bunkerfenster Glück gewünscht. Das ist ja das Fiese am Abschuss, das man sich gar nicht mehr von seinen Kollegen verabschieden kann. Natürlich ist es total verboten, mit denen im Bunker zu reden, die könnten dich ja bitten, dass du ihre Geschäftspartner im Knast für sie warnst oder so, aber das Fenster ist immer gekippt. Also gehst du vorbei, guckst geradeaus, guckst gar nicht zum Fenster hin und rufst: »Hey, alles Gute! Weißt du, wo sie dich hinbringen? Schreibst du mal?« Und der drinnen guckt auch nur unauffällig gradeaus und brüllt die Tischplatte an: »Danke, Mann! Keine Ahnung! Ich versuch's.« Alles ohne Blickkontakt, sodass es für die Kameras so unverfänglich wie möglich wirkt.

Nach zehn Minuten raffe ich mich vom Boden auf, setz mich an den Edelstahltisch und gehe im Kopf durch, was passiert sein könnte. Mir fällt aber nichts Illegales ein, außer dem Sex. Irgendwas muss hinter meinem Rücken gelaufen sein, und es ist so heftig, dass die mir nicht erst was in die Akten eintragen, einen Verweis geben oder sonst irgendwas, sondern mich sofort abschießen. Im Bunker sitzt du nicht, wenn es noch was zu debattieren gibt. Die lassen dich hier nicht warten für irgendeinen Kleinscheiß.

Ich überlege wirklich, ob ich träume, aber es ist zu real.

Das Problem ist, dass ich mit den Beamten überhaupt nicht argumentieren kann. Du kriegst keinen Hinweis. Es ist nur klar: Irgendwas wird mit mir passieren, vielleicht heute, vielleicht morgen, aber ich kann überhaupt keinen Einfluss drauf nehmen. So muss sich ein Kriegsgefangener fühlen, der von irgendwelchen Leuten, deren Sprache er nicht versteht, in ein Zimmer gesperrt wird. Das ist der Gehirnfick sondergleichen.

Es gibt ja Leute, die gehen in den Knast und haben draußen noch jede Menge heikle Sachen am Laufen. Bei denen kann es jederzeit sein, dass ein Zeuge auspackt, oder einer zieht blank und macht ’n Lebensgeständnis. Diese Art von Gefangenen rechnet natürlich jeden Tag damit, abgeschossen zu werden. Die haben jeden Tag den psychischen Stress, die wissen, da kann noch so viel kommen. Aber bei mir kann doch eigentlich nichts mehr kommen. Was soll denn da noch kommen?

Am liebsten würde ich sofort die verdammte Notruftaste neben der Tür drücken und die Jungs in der Zentrale fragen, ob die mich jetzt einschläfern lassen oder was. Aber dann nehme ich mir vor, ruhig zu bleiben. Einfach nur ruhig zu bleiben.

Meine einzige Hoffnung ist, dass es einfach ein mordsmäßiges Missverständnis ist, irgendein schlechter Zufall oder so. Da wird halt irgendeiner von den eifersüchtigen Freaks behauptet haben, dass ich hier drinnen mit Drogen deale oder so. Oder jemand von der Presse hat sich einen Spaß erlaubt. Und vielleicht kann ich in einem Gespräch, hoffentlich innerhalb der nächsten Stunde, alles aufklären, sodass ich rauskomme und meine Süße sehe.

Aber es bringt ja überhaupt nichts, dieses ganze Gedenke.

Da höre ich durch das Fenster den Bollerwagen. Ich sitze hier drinnen in dieser Edelstahlzelle und höre, wie sich der Bollerwagen draußen original über den Scheißhof bewegt. Die Holzplanken klappern lose über den Asphalt. Dieses Geräusch, das hat immer wieder was von Beerdigung. Jetzt ist es meine eigene.

Nach einer Stunde fange ich schließlich doch an durchzudrehen. Diese Zelle macht, dass ich durchdrehe. Sie ist bis in den letzten Winkel ausgeleuchtet, es gibt keine Möglichkeit, sich irgendwo zu verkriechen. Auf dem Bett liegst du wie eine Leiche in der Gerichtsmedizin, die gleich aufgemacht werden soll. Und überall diese Kameras. Es gibt keine Ecke, in der sie mich nicht sehen. Die sind nur dafür da, damit die Leute, die hier einlaufen, gar keine Möglichkeit haben, sich vorsorglich schon mal umzubringen, weil die Neuigkeiten, die auf sie warten, so beschissen sind. Das sagt dir die Zelle: So weit ist es mit dir gekommen. Du kannst nichts mehr zerstören außer dir selbst.

Und ich denke: »Super, jetzt musst du sogar noch überwacht werden, dass du dich nicht wegmachst.«

Nach einer Stunde und zehn Minuten bin ich nervlich ein komplettes Wrack und drücke die verdammte Notruftaste.

Ich sage: »Jungs, bitte, ich hab keine Zigaretten, ich hab keine Jacke, es ist arschkalt. Kann bitte endlich jemand kommen und mir sagen, was los ist? Ich kriege gerade ein richtiges Kopfkino hier.«

Und der Beamte: »Ihr Anwalt ist gerade gekommen.«

Und ich: »Können Sie dem bitte sagen, dass er auf mich wartet?«

Und der Beamte: »Ja.«

Es vergehen zwei Stunden, bis sie mich holen.

Endlich bringen sie mich in ein Besprechungszimmer, in dem nur ein viereckiger Tisch steht. Keine Blume, kein Bild, kein gar nichts. Der Direktor und der Bereichsleiter sitzen schon da, die haben meine Akte vor sich liegen. Sieht mir sehr nach kurzem Prozess aus. Standgericht. Mit dem langen, dünnen Direktor habe ich ja bereits vor der Metzgerei Bekanntschaft gemacht. Den Bereichsleiter kenne ich kaum, hab nur gehört, dass er ’n richtiger Treiber sein soll. Er ist so was wie der Sheriff vom Regelvollzug, bisschen älter, aber immer noch voll der Schrank. Fünf Sterne auf der Schulterklappe und das ganze Arsenal am Gürtel: Handschellen, Schlagstock, K.-o.-Spray. Ich stehe da und mein Herz schlägt bis an die Wände von diesem sterilen Zimmer.

Der Direktor macht wieder ganz einen auf freundlicher Onkel: »Herr Stein, setzen Sie sich. Ihr Anwalt befindet sich noch im Besucherraum. Wenn Sie wollen, können Sie den gern dazu holen, und wir gehen das gemeinsam durch.«

Und ich so empört: »Aber sicher holen wir den dazu! Auf jeden Fall! Ich hab nämlich das Gefühl, ich brauche hier Zeugen.«

Dann sitzen wir da und sehen uns an und warten auf meinen Anwalt. Ich versuche aus den Blicken der beiden irgendwas zu lesen, aber da steht nichts, ihr Blick ist total leer, blank, komplett tote Augen.

Dann kommt mein Anwalt rein, und ich denke, der wird mir gleich helfen und alles aufklären, aber dann merke ich, dass mein eigener Anwalt genauso wenig weiß wie ich.

Er nur so: »Herr Stein, was ist hier los?«

Bevor ich irgendwas sagen kann, antwortet ihm der Direktor kalt: »Wir werden Ihnen gleich alles schildern.«

Da ist mir klar, jetzt passiert gleich irgendwas ganz Schlimmes, jetzt gibt's ein richtiges Brett, und mir rasen Wellen über die Haut, als ob ich gleichzeitig friere und schwitze.

Ich sag: »Was soll denn das heißen, ›alles schildern‹? Was sind das überhaupt für Begriffe, ›alles schildern‹? Es gibt überhaupt nicht alles zu schildern.«

Da legt der Direktor los: »Wir haben heute ein Fax von der Staatsanwaltschaft bekommen. Das liest sich nicht gut für Sie, Herr Stein, das liest sich ganz und gar nicht gut.

Offenbar hat die Staatsanwaltschaft Ihre geringe Haftstrafe beim Landgericht angemahnt, und das Landgericht hat daraufhin kurzerhand die Aussetzung Ihrer Strafe wegen Verstoßes gegen das Betäubungsmittelgesetz und Sachbeschädigung zur Bewährung widerrufen.«

Ich sag: »Das kann nicht sein.«

Der Direktor wedelt kurz mit dem Fax in der Hand.

»Außerdem wurden wir darüber in Kenntnis gesetzt, dass die Staatsanwaltschaft Ihr Verfahren wegen Körperverletzung wieder aufgenommen hat, das zunächst eingestellt worden war, jetzt aber wegen öffentlichem Interesse verfolgt wird.«

Was der Direktor da grade vorgelesen hat, bedeutet, wenn ich das richtig verstanden habe, dass es noch mal siebzehn Monate Gefängnis als Nachschlag gibt und dass ein Verfahren, das eingestellt worden war, wieder läuft. Das ist die Vollkatastrophe, der Atomschlag.

Ich weiß nicht, was ich sagen soll, ich sage nur: »Wow.«

Und mein Anwalt stottert: »Entschuldigen Sie, darf ich das mal sehen? Ich bin darüber nicht informiert. Ich bin der Verteidiger und habe die entsprechenden Vollmachten, so was müsste ich doch wissen.«

Der Direktor reicht ihm ganz höflich das Fax über den Tisch. Mein Anwalt legt es mit professioneller Gelassenheit vor sich hin und überfliegt es erst mal nur.

Ich sag: »Herr Dr. Schröder, jetzt sagen Sie mir doch endlich, was los ist!«

Aber er wimmelt mich so ab: »Herr Stein, warten Sie mal.«

Er geht das Fax mit seinem goldenen Kugelschreiber durch. Zuerst sagt er nur »aha« oder »das sind ja ganz komische Sitten«, dann macht er auf einmal auf dicke Hose, von wegen, so was habe er überhaupt noch nie erlebt, und was seien denn das für Methoden, und er werde sich jetzt sofort mit der Staatsanwaltschaft in Verbindung setzen. Aber je länger er redet, umso mehr dämmert mir, dass er in Wahrheit gar nichts machen kann.

Am Ende sitzen der Anwalt, der Direktor und der Bereichsleiter da und starren auf den Tisch, als habe jeder brav seinen Text aufgesagt, und nun ist es an mir, die alles entscheidende Frage zu stellen, um zu zeigen, dass ich die Nummer auch schön gerafft habe.

Ich sage: »Hallo? Was bedeutet das denn jetzt?«

Der Direktor antwortet, als habe er nur darauf gewartet: »Das bedeutet, dass wir Sie nicht mehr im Regelvollzug haben können.«

»Wie, was, ›nicht mehr im Regelvollzug haben können‹?«

»Sie haben jetzt eine Gesamthaftstrafe von mehr als zwei Jahren. Damit sind Sie für den Regelvollzug nicht mehr geeignet.«

Komisch: Heute Morgen war ich noch der Mensch, der zum ersten Mal für sechs Stunden rausdarf. Jetzt bin ich der Mensch, der fast eineinhalb Jahre länger sitzen muss. Das ist echt ein großer Unterschied, dafür, dass das alles in einen Kopf passen soll.

Meine Stimme fängt langsam an, wacklig zu werden.

»Ich mach doch alles. Ich hab mich freiwillig gestellt, ich mache meinen Job anständig, ich führ mich doch gut. Ich sollte heute Ausgang haben, meine Freundin treffen.«

Aber der Direktor hat sich die Stahlmaske aufgesetzt.

»Herr Stein, Sie sind hier mit sechs Monaten angetreten, jetzt haben Sie siebzehn obendrauf bekommen. Damit sind

Sie über den Daumen gepeilt bei dreiundzwanzig. Außerdem läuft gegen Sie noch ein Verfahren wegen Körperverletzung, dessen Ausgang zum gegenwärtigen Zeitpunkt unklar ist. Nach Aktenlage – ohne da jetzt zu viel vorwegnehmen zu wollen – erscheint eine Verurteilung zumindest nicht ausgeschlossen. Das heißt, wenn von dort auch noch was kommt, dann sind Sie ratzfatz bei dreißig, vierzig Monaten. Da können wir leider im Regelvollzug nichts mehr für Sie tun.«

Ich sitze da und muss richtig krass mit den Tränen kämpfen. Ich muss mich echt anstrengen, keinen Nervenzusammenbruch zu bekommen. Ich mein, dreißig, vierzig Monate, das bedeutet, dass ich garantiert mehrere Weihnachten im Knast verbringe, und der sagt das einfach so, als wären es Peanuts. Ich gucke meinen Anwalt an, der solche Situationen berufsbedingt relativ unberührt nimmt. Das Einzige, was er sagt, ist, dass er überrascht ist und dass das alles sehr unüblich ist.

Jetzt bin ich wirklich komplett auf mich allein gestellt.

Ich sag: »Mal saudoof gefragt, ich hatte eigentlich heute Ausgang. Was ist denn damit?«

Darauf der Direktor nur ganz kurz: »Darüber müssen wir uns gar nicht mehr unterhalten.«

Und ich: »Das ist mir im Moment aber am Allerwichtigsten. Ist es möglich, dass ich meine Freundin anrufe?«

Ich sehe meine Süße jetzt ganz bildlich vor mir, wie sie gerade total unwissend im Auto auf dem Weg hierher sein dürfte und wie ich ihr gleich sagen muss, dass wir uns nicht sehen werden, heute nicht und für sehr lange Zeit nicht. Völlig klar, dass damit jetzt meine Beziehung im Arsch ist, aus, vorbei, Ende.

Der Direktor schaltet seine Stimme nun zur Abwechslung

mal auf hilfsbereit: »Da drüben steht ein Telefon. Das können Sie benutzen für diesen Anruf. Rufen Sie bitte niemand anderen an.«

Dann stehen er und der Bereichsleiter auf und schließen fast geräuschlos die Tür hinter sich. So ist es, wenn sie dir sagen, dass du Krebs hast, denke ich noch, und im nächsten Moment kriege ich meinen Nervenzusammenbruch. Bei mir brechen voll die Dämme, die Tränen laufen mir runter, und meine Knie zittern unterm Tisch. Ich bin jetzt richtig drüber.

»Herr Stein, jetzt beruhigen Sie sich erst mal«, sagt mein Anwalt. Wieder so ein Tipp von ihm, der voll ins Leere geht.

Ich sag: »Herr Dr. Schröder, bitte lassen Sie mich kurz in Ruhe. Ich muss da jetzt anrufen. Bei mir bricht gerade komplett die Welt zusammen, da geht gar nichts mehr.«

Ich gehe rüber zum Telefon, es ist auch noch rot. Für Notfälle, denke ich, und damit rufe ich jetzt also meine Süße an. Ich höre, wie es bei ihr klingelt, dann höre ich ihre Stimme.

Ich sage: »Süße…«

Aber da laufen mir auch schon wieder die Tränen runter, und sie versteht nur, dass irgendwas scheiße ist.

Ich sage: »Süße, ist da ein Parkplatz? Fahr mal rechts ran.«

Und sie: »Ja, Oli, ich fahr ran.«

»Ich will nicht, dass du einen Unfall baust.«

»Schatz, was ist denn los?«

»Das ist der schlimmste Moment meines Lebens.«

Ich erkläre ihr, dass sie nicht kommen muss, weil ich sie heute nicht sehen kann, und dass ich nicht weiß, wann ich sie überhaupt jemals wiedersehen werde, und ob wir vielleicht besser Schluss machen sollten, jetzt, sofort auf der

Stelle. Aber sie bleibt ganz ruhig, und sie weint auch nicht, sie sagt nur, dass sie auf jeden Fall kommen wird, auch wenn sie mich nicht sieht.

Und ich: »Hörst du mich nicht? Ich sitz im Bunker!«

Aber sie: »Das ist mir egal.«

Und ich: »Es tut mir so wahnsinnig leid. Ich hab das alles nicht gewusst. Wenn ich das gewusst hätte, was hier passiert, ich hätte dich nie angesprochen, glaub mir.«

»Das schaffen wir jetzt auch noch.«

»Aber das macht doch alles gar keinen Sinn.«

»Nein, wir schaffen das.«

Sie sagt das immer wieder, dass wir das schaffen, immer wieder, bis ich auflege, und ich denke, dieses kleine Mädchen hat so viel Mut und weiß überhaupt nichts von der Welt, und dann sitze ich da und heule, und mein Anwalt legt mir die Hand auf die Schulter, damit ich mich beruhige, aber ich beruhige mich nicht.

Das Gefängnis macht mir gerade das Einzige kaputt, was mir etwas bedeutet, und ich kann nichts dagegen tun. Ich merke, wie dieses Entsetzen und diese Hilflosigkeit in mir eine mordsmäßige Wut auslösen, dass ich einerseits völlig gebrochen und andererseits gerade brandgefährlich bin. Das ist nämlich der Grund, warum die dich in so eine stabile Zelle stecken, weil es unter solchen Bedingungen sehr oft zu Kurzschlussreaktionen kommt. Du hast das Gefühl, du wirst gefickt, gefickt, gefickt, und irgendwann ist mal Ende. Du bist nur noch im Hier und Jetzt, du bist nur noch in dieser ausweglosen Emotion. Du siehst keine Zukunft mehr. Du hast auch nicht das Gefühl, dass irgendjemand um dich rum, sei es deine Freundin oder der Anwalt, dir noch irgendwie helfen kann. Du sitzt allein in dieser Scheißsituation.

Der Anwalt fährt gleich mit seiner S-Klasse nach Hause. Und die beiden anderen Vögel gehen essen. Aber ich sitze im Bunker. Da finde ich natürlich, dass die allesamt überhaupt keine Daseinsberechtigung haben. So kalt, wie die sind. Später werde ich noch sehen, dass diese Art von Gefühlsausbrüchen im Knast immer voll nach hinten losgehen. Aber eben, wenn ich da eine Pistole dabeigehabt hätte, voll möglich, dass ich einfach alle in dem Zimmer erschossen hätte, plus mich selbst.

Mein Anwalt sagt: »Easy, Herr Stein, easy. Sie müssen ruhig bleiben. Auch für Sie wird es ein Morgen geben.«

Und da reicht es mir: »Herr Dr. Schröder, soll das eine Verarschung sein? Was hab ich denn gemacht? Hab ich Menschen umgebracht oder sonst irgendwas? Ich komme hier in die Anstalt, ich stelle mich freiwillig. Und jetzt geht's hier so ab.«

Da sagt mir mein eigener Anwalt: »Ja, bei Ihnen, Herr Stein, wann immer es hätte gut, mittel oder schlecht laufen können, ist es bei Ihnen von der Verhaftung über die Verurteilung bis zum Vollzug immer ausschließlich schlecht gelaufen. Das ist mir in meiner Laufbahn bisher noch nicht untergekommen.«

Mitten in diese Ansprache klopft es außen an der Tür. Der Direktor und der Bereichsleiter kommen schon wieder rein und setzen sich zu uns. Ich höre sofort auf zu weinen. Aber natürlich habe ich noch immer Pupillen wie eine Fledermaus.

»Und wie geht es jetzt weiter?«, frage ich.

Da holt der Direktor das Fallbeil raus: »Der Regelvollzug ist an dieser Stelle für Sie beendet. Sie kommen in Haus E.«

Bei Haus E entgleisen mir komplett meine Gesichtszüge. Haus E, das ist das Irrenhaus der Anstalt, die Klapsmühle.

Da landen die Leute, die sich mit Drogen so was von den Verstand weggemacht haben oder immer schon extrem geisteskrank waren, dass sie völlig unberechenbar sind. Wann immer bisher der Alarm losgegangen ist, weil es eine Massenschlägerei gab, sich einer totgemacht hat oder irgendeine Person sich selber alle Zähne ausgeschlagen und dann runtergeschluckt hat, also alle völlig kranken Geschichten, alles, was total panne ist, das passierte immer in Haus E. Und wenn sich daraufhin zwanzig Beamte fröhlich joggend auf den Weg gemacht haben, dann sind die immer direkt ins Haus E gerannt. Haus E hat die mit Abstand höchste Selbstmordrate der Anstalt.

Der Bereichsleiter sieht mein kalkweißes Gesicht und fragt, ob es mir gut geht, wie ich mit der Situation klarkomme und ob ich vielleicht psychologische Hilfe brauche. Klingt, als wolle er wissen, ob ich mich jetzt in den nächsten fünf Minuten aufhänge.

Da sage ich: »Das werden wir ja sehen.«

Mein Anwalt beschwichtigt gleich: »Herr Stein, reißen Sie sich zusammen, sonst kommen wir hier nicht weiter.«

Das Problem an der Sache ist: Wenn ich in der Art weitermache, schneide ich mir nur ins eigene Fleisch. Das muss ich begreifen. Die rationale Denke muss jetzt mal übernehmen. Wenn ich nur emotional gesteuert bleibe, fixieren die mich im Notfall noch auf irgendeiner Trage und legen mich irgendwo ab. Das ist Knast. Schlimmer geht immer. Es nützt gerade überhaupt nichts, hier abzuflennen, sag ich mir. Und in dem Moment meldet sich mein Überlebensinstinkt, und ich fange an, aus der riesigen Scheiße, in der ich stecke, wieder den Kopf zu heben. Auf einmal bin ich wieder vollkommen klar.

Ich sage also ganz überlegt: »Also, wenn Sie mich jetzt fragen, ob ich mich heute Abend erhänge oder so was, nein, das wird nicht passieren. Aber selbstverständlich bin ich sehr aufgebracht und nervlich am Ende. Sie haben mir grade gesagt, dass ich hier vervierfache. Tut mir leid, wenn ich darauf etwas geschockt reagiere.«

Und der Bereichsleiter: »Ja, deswegen frage ich Sie ja.«

Und ich leg nach: »Das muss halt erst sacken, aber wenn Sie denken, dass ich jetzt hier den Larry mache, das werde ich nicht.«

Ich denke, gut, Oli, du bist auf dem richtigen Weg, weiter so. Und darum sage ich denen gleich noch, dass ich nicht in Haus E will.

Da reißt der Direktor sofort das Gespräch an sich und funkt mir dazwischen: »Das können Sie sich nicht aussuchen.«

Aber ich merke, dass ich mich wieder ganz gut gefangen habe, und setze auf einmal richtig krass mit Argumentieren an. Ich schlag sie mit ihren eigenen Waffen, von wegen gute Führung und Perspektive und Resozialisierung und der ganze Scheiß.

»Gucken Sie doch mal in meine Akte rein«, sag ich. »Kokainmissbrauch, Alkoholmissbrauch. Da will ich nicht gemeinsam mit durchgeknallten – ich sag jetzt mal, wie's ist – Junkies und Leuten, die hier in die Anstalt kommen, auf fünf Promille sind und jedes Psychopharmaka der Welt missbrauchen, meinen Vollzug machen. Ich hatte schon mal ein Umfeld, wo alle Drogen genommen haben, da möchte ich nicht mehr hin. Ich hab andere Ziele.«

Die beiden sofort: »Das ist hier kein Wunschkonzert.«

Aber ich biege jetzt noch in ein freundliches Schlusswort

ein: »Das weiß ich. Sie haben gesagt, ich muss in den Geschlossenen. Da führt kein Weg dran vorbei. Ich würde Sie nur bitten, wenn das in irgendeiner Weise möglich ist, dann würde ich gern ins Haus A.«

Mein Anwalt guckt mich an und fasst es nicht, gerade hab ich mir noch einen abgezittert und rumgeheult, jetzt sitze ich da und feilsche, und er blickt nichts, die ganze Veranstaltung läuft komplett an ihm vorbei. Haus E, Haus A, sagt ihm alles gar nichts, und in Wahrheit weiß ich auch nicht viel mehr, als ich bisher von den Kollegen gehört habe, nämlich, dass in dem einen Drogis sitzen und in dem anderen Jungs mit heftigen Langzeitstrafen. Ich hab eben nur gerade das Gefühl, dass es mir bei denen besser gefällt.

Aber der Direktor sagt: »Herr Stein, in Haus A sitzen Mörder, Bankräuber, alles. Das sind ganz andere Fälle als Sie.«

Und ich nur so: »Lieber die als die anderen.«

Der Direktor dreht sich zum Bereichsleiter und fragt, was er dazu meint, und da scheint sich der Bereichsleiter auf einmal dazu durchgerungen zu haben, mir einen Gefallen zu tun.

Er sagt: »Es ist beides geschlossener Vollzug, es ist also dasselbe. Ich kann das von der Idee her verstehen. Der Herr Stein hat sich sehr gut und ordentlich geführt. Ich kann mir vorstellen, dass die Leute im Haus A auch daran interessiert sind, sich ordentlich zu führen, eher als die in Haus E, würde ich sagen.«

Da lässt ihn der Direktor zu Haus A durchfunken und fragen, ob ein Platz für mich frei wäre. Ich sitze da und lache in mich hinein. Heute Morgen dachte ich noch, ich bekomme Ausgang, jetzt muss ich schon froh sein, wenn ich nicht mit den Junkies im Geschlossenen sitze, sondern nur mit den Mördern.

Der Direktor, das sehe ich, ist so was von glücklich, dass er mich endlich aus dem Regelvollzug ziehen kann, wo ich Ausgang habe und die Presse durch mich und die anderen Freigänger immer mit neuem Material beliefert wird. Dass schon bald keine Zeitung mehr anrufen wird, keine Kameras mehr vor der Tür stehen werden, dass er jetzt einfach Ruhe haben wird. Der musste zwei Leute wegen mir abschießen, wegen der reingeschmuggelten Handykameras. Durch mich ist eine unglaubliche Unruhe in diesen JVA-Apparat reingekommen. Darum wollte der mir ja letztens schon anbieten, sich was für mich zu überlegen. Jetzt ahne ich, was er sich da vorgestellt hat. Einzelzelle, Einzel-Hofstunden, damit ich sozusagen nicht mehr auf Mitgefangene treffe, die Informationen nach außen geben können. Das wäre Isolationshaft gewesen. Aber er wollte mir das als schmackhaft verkaufen. Der Direktor hätte mich am liebsten auf einen eigenen Gang gesteckt, ich schwör's, hundertprozentig. Jetzt hat er mich endlich weggeschlossen gekriegt.

Mitten in meine Gedanken platzt der Bereichsleiter mit der Nachricht, dass in Haus A ein Zimmer, er sagt wirklich ein Zimmer, frei wäre, ab sofort, als Doppelbelegung. Dort komme ich jetzt also hin. Ich bin fast froh, ich kann es kaum fassen. Ich sage sarkastisch: »Haben Sie vielen Dank, wenn man das unter diesen Umständen sagen kann.«

Der Direktor ist nun auch ein bisschen erleichtert, als er sieht, dass meine Gesichtsfarbe normal wird, weil er sich auf der anderen Seite natürlich auch im Klaren darüber ist, dass wenn wiederum mir im Vollzug was passiert, das auch Scheiße für die Anstalt ist. Wenn ich mich in der Anstalt erhänge, ist das eine Katastrophe. Wenn mich jemand umbringt, ist das 'ne Katastrophe. Wenn ich jemandem was tue, ist das 'ne Katastrophe. Einer wie ich ist grundsätzlich nicht gut für die Anstalt. Als Gefängnisdirektor möchtest du niemanden, der ständig unter Pressebeobachtung steht, in deiner JVA haben. JVAs lieben es, wenn sie geräuschlos laufen können. Da soll nichts nach draußen gehen.

Ich verabschiede mich von meinem Anwalt, der mir noch mal sagt, das Leben geht weiter und so, aber daran störe ich mich jetzt nicht mehr. Ich bin wieder voll bei Sinnen und marschiere über den Gang und sozusagen ganz und gar freiwillig zurück in den Bunker. Ich lege mich mit dem Rücken auf das kalte, tote Edelstahlbett, und dann falle ich in so eine komische Traumwelt. Ich schlafe nicht richtig, aber ich bin in so einer Traumwelt drin und denke: So, jetzt hast du wirklich nichts mehr. Jetzt hast du gar nichts mehr. Jetzt ist sozusagen einfach nur noch dein Körper da, der Rest ist wirklich weg. Das ist ja auch eine Chance. Jetzt wird es für jeden, der dir zukünftig im Leben blöd kommen will, richtig schwierig, dich noch zu beeindrucken. So habe ich es mir schon vor Langem auf den Arm tätowieren lassen – »unbeeindruckt«. Langsam fange ich an, es auch zu sein.

Nach einer halben Stunde geht die Zellentür auf und der Bereichsleiter kommt mit einem anderen Beamten herein. Er meint, wir gehen jetzt gemeinsam rüber ins Haus A, und darum müsse er mir jetzt Armschmuck verpassen, es tue ihm leid, aber so sei das nun mal. Er nimmt seine Handschellen vom Gürtel, ich lege meine Arme auf den Rücken und hinter mir rasten die Ringe ein.

»Normalerweise sind auch Fußschellen vorgeschrieben«,

sagt er. »Aber Sie wollen mir ja nicht über den Zaun springen, oder?«

Ich denke, Alter, das sind jetzt heftige Veränderungen, die da gleich auf dich zukommen. Du musst dich konzentrieren, du kannst nicht in so einem Zustand im Geschlossenen ankommen, du darfst keine Schwäche zeigen, du musst funktionieren, und dann werde ich auch schon über den Hof geführt.

Aus der Entfernung sehe ich ein paar Gefangene herumlungern, ich versuche, nicht auf den Boden zu gucken und nicht zu weit nach oben, einfach geradeaus. Wir gehen auf Haus A zu, das wie ein Gefängnis im Gefängnis aussieht, eine Burg in der Burg, eigener Stacheldrahtzaun, eigene Kameras und sogar endlich Gitter vor den Fenstern. Davor liegt ein großes Stahltor mit einer kleinen Tür. Der Bereichsleiter muss klingeln, die Beamten vom offenen Vollzug haben keine Schlüssel für den Geschlossenen. Er meldet mich durch den Lautsprecher an, auf der anderen Seite antwortet jemand, dass sie mich schon erwarten, aber bevor sich die Tür mit diesem durchdringenden Hupen öffnet, sagt mir der Bereichsleiter noch was.

Und das ist es, was er sagt: »Herr Stein, das war sehr gut, wie Sie das da vorhin gemacht haben. Ich wünsche Ihnen viel Glück, und halten Sie die Ohren steif. Das wird schon.«

# 7

Ich gehe über den Innenhof der Geschlossenen. An den Fenstern stehen überall Häftlinge, die ihre Arme so durchs Gitter geschoben haben, und glotzen mich an. Vermutlich wissen sie längst, wer ich bin. Ich sag mir, Alter, du hast gerade gar keine Zeit mehr, über deine Situation nachzudenken, du musst jetzt voll in den Moment reingehen. Du musst genau dasselbe machen, was du vor einem Monat gemacht hast, als du dich gestellt hast. Nur, dass du vor einem Monat noch nicht so viel über den Knast wusstest. Jetzt weißt du mehr, aber eben auch noch nicht alles. Alles kommt jetzt.

Als damals dieser Komet auf der Erde einschlug, hat sich für die Dinosaurier das Klima auch von einem auf den anderen Tag komplett verändert. Entweder du schaffst es, dich anzupassen, oder du stirbst. Gerade hab ich mich drüben in Haus C ein bisschen eingelebt, da werden die Karten schon wieder neu gemischt.

In Handschellen, die Arme auf dem Rücken, lauf ich den Beamten nach, die mich hinter der Stahltür übernommen haben, paar Steinstufen rauf, rein ins Haus. Ein moderner, rechteckiger Bau, wie ich das von drüben kenne, nur viel mehr Türen, viel mehr Gitter. Das ist keine Kaserne mehr, das ist geschlossener Vollzug. Im Erdgeschoss sitzen zwei Beamte hinter kugelsicherem Glas in ihrer Zentrale rum. Ich werde zu ihnen in den Glaspavillon gebracht, und ich seh sofort an ihren Blicken, die wissen ganz genau, wer hier gerade überstellt wird. Sie erheben sich von ihren Plätzen und nehmen mir die Handschellen ab. Ich versuch weiter gute Miene zum bösen Spiel zu machen.

Ich: »Guten Tag. Ich bin dann jetzt anscheinend bei Ihnen.«

Und die: »Ja, genau. Wunderbar. Nehmen Sie Platz.«

Die Zentrale liegt exakt in der Mitte zwischen den Gängen. Du hast rechts einen langen Gang mit Zellen und links einen langen Gang mit Zellen. Du kommst von dem einen nicht in den anderen, ohne durch die Zentrale zu gehen. Du kommst auch nicht aus dem Haus raus, ohne durch die Zentrale zu gehen. Die Gänge sind alle komplett mit Kameras überwacht, und die Zentrale lässt sich nur von innen elektronisch öffnen. Die Beamten haben sich richtiggehend verschanzt. Sie sitzen hinter ihren Schreibtischen, mit Papierkram, Walkie-Talkie-Aufladestation, Überwachungsmonitoren und diesen Rollkommando-Klamotten: Helme, Körperpanzer, Schlagstöcke. Die Einrichtung als solche wirkt total deprimierend, die Gänge sind von der Sterilität her noch mal fünf Stufen krasser als im Regelvollzug. Da steht keine Pflanze drin, kein Stuhl, da liegt nichts rum, nur graues Linoleum auf dem Boden.

Ich hab den Regelvollzug nicht als Kindergarten empfunden, ganz und gar nicht. Aber das hier ist jetzt innerhalb des regulären Strafsystems das Maximum, was du an Eingesperrtheit kriegen kannst. Es sei denn, du kommst in Isolationshaft.

Nach einer Stunde, die ich einfach nur in der Zentrale rumgesessen und die Beamten beim Zeitunglesen beobachtet habe, kommt ein Funkspruch aus der Kammer, dass meine persönlichen Sachen eingetroffen sind, und ein Beamter bringt mich hin. Ich gehe ohne Handschellen, aber ich brauch auch keine, in dem Gebäude komme ich allein keine zehn Meter weit, jede Tür ist abgesperrt. Dieses freie Bewegen, mal über den Hof latschen, zur Telefonzelle, wie ich das im Regelvollzug hatte, gibt es hier nicht mehr.

Die Kammer liegt im Keller und ist das Kleinformat von der, die ich schon von drüben kenne. Hinterm Tresen lungern ein Beamter und zwei Gefangene ab, ich erkenne sofort, dass es Gefangene sind. Sie tragen diese grauen Hosen und weinroten T-Shirts, wie der Typ, mit dem ich zur Untersuchung im Frauenknast war, und grinsen mich an. Der eine ist Mitte fünfzig, ziemlich stabil, Vollbart, der andere Mitte dreißig und voll auftrainiert, ein Überüberschrank.

Die so pförtnermäßig: »Guten Tag im Haus A.«

Und ich, fast einen Tick zu leise: »Ja, hallo.«

»Wie haste denn das geschafft?

»Was geschafft?«

»Na, du kommst doch aus dem Regelvollzug.«

Okay, alles klar, die wissen Bescheid. Das war schon im Regelvollzug so. Die Kammerleute sind wie die Zeitung, die erfahren als Erste, wenn's Neuzugänge gibt. Darum werden die nach der Schicht auch sofort gefragt: Was ist heute gekommen? Zwei Junkies, ein Hells Angel, ein Bankertyp. Die sehen ganz genau, was hat der Junge dabei, kommt der bloß mit 'ner Dose Tabak an oder trägt der 'nen Gucci-Anzug, hat 'n Versace-Kopfkissen dabei und 'ne Uhr für sechzigtausend Euro ums Handgelenk. Die machen sich ein Bild, wie deine Verhältnisse sind, und was sie dann noch nicht wissen, erfahren sie von ihrem Kammerbeamten: Hier, Neuzugang, der Stein, ist das nicht der blablabla, und der kommt jetzt zu uns blablabla, das wird lustig.

Ich bin also erst mal misstrauisch, logisch, und meine so: »Ich weiß selber nicht, wie ich hier gelandet bin.«

Aber die gleich so abfällig: »Ja, nee, schon klar. Wir wissen auch nicht, warum wir hier sind.«

Da mischt sich auch schon der Kammerbeamte ein, der faul in der Ecke gesessen hat, und meint, sie hätten zwar meine ganze Habe von drüben in Kartons bekommen, aber sie hätten keine Lust, das jetzt alles auseinanderzuklauben. Ich krieg erst mal nur das Nötigste, für den Rest muss ich Anliegen schreiben, das würde ich ja kennen. Ich bitte um den Tabak, die Fotos von meiner Freundin und frag nach dem Wecker wegen der Zählung.

Da meint er: »Bei uns wird nicht gezählt. Da guckt früh nur der Beamte vorbei, ob alle leben, und dann passt das.«

Ich total einverstanden: »Okay.«

Darauf er ganz trocken: »Jetzt ist noch Ausziehen angesagt.«

Ich so: »Was?«

»Oder haben Sie noch was in den Taschen?«

»Nee. Mir wurde alles abgenommen.«

»Ja, dann einfach mal komplett blankziehen.«

Ein Gefangener gibt mir einen weißen Kleidersack, in den ich meine Anziehsachen stecken soll, und ich mach mich vollständig nackig. Danach kommt ein Siegel um den Sack, mit Datum und Nummer. Alles, was auf die Kammer geht, wird versiegelt, selbst die kleinste Box, damit keiner dein Zeug plündert. Der Gefangene nimmt mir den Kleidersack ab und hängt ihn in die Reihe zu den vielleicht zweihundert anderen Säcken. Der Kammerbeamte steht die ganze Zeit bloß dabei und macht rein gar nichts, er trägt nichts, er sortiert nichts, er delegiert nur.

Ich kriege die neuen Anstaltsklamotten auf den Tresen geknallt. Fünf rote T-Shirts, zwei rote Pullis, ein grauer, sozusagen schicker Pulli mit spitzem Ausschnitt, eine graue Hose, stofftechnisch nicht zuzuordnen, jedenfalls keine Jeans, eher ein billiger Leinenstoff und vom Schnitt her super behindert. Kein bisschen Passform. Dazu eine Jogginghose, die eigentlich ganz gut sitzt. Insgesamt aber alles Sachen, die du in diesen Läden findest, wo jedes Teil höchstens drei Euro kostet.

Die Winterjacke, die sie mir geben, ist auch grau, hat auf den Schultern aber neongelbe Abnäher in Leuchtfarbe. Keine Ahnung, ob das Absicht ist, falls du in der Nacht abhaust, dass sie dann gleich wissen, wo dein Kopf ist, um drauf zu schießen oder sonst irgendwas. Mit der Jacke leuchtest du jedenfalls hinter allen Hecken vor.

Zum Schluss gibt's noch einen Pyjama in Babyblau, wie bei Kleinkindern, so voll süß, supergeil, dazu Laken, Kopfkissen, Bettbezug, alles in Weiß. Besteck, Geschirr, Löffel, Messer, Gabel, eine Tupper-Box, zwei Teller, Unterteller, Kaffeetasse und noch so ein Brettchen, wo man drauf schneiden kann, das aber eher ein Holzstück ist. Die Utensilien, die dir da ausgehändigt werden, sehen alle so beschissen aus, das würdest du dir selber niemals kaufen. Das ist nicht einmal Retro, das ist einfach nur unglaublich.

Ich steh vor dem Tresen und ziehe ein Paar von diesen behinderten Secondhand-Unterhosen an, die irgendein Idiot mit den roten T-Shirts zusammen gewaschen haben muss und die deswegen total rosa sind. Alle Unterhosen sind total rosa. Diese Deppen. Da kommt voll Ekel auf. Unterhosen sind normalerweise nichts, was du mit anderen teilen würdest, schon gar nicht mit Leuten, die du nicht kennst und die sich in die Hose scheißen. Du hast zwar zu diesem Zeitpunkt noch niemanden gesehen, der sich in die Hose geschissen hat. Aber klar, du hast jetzt schon keinen Bock drauf.

Innerhalb von fünfzehn Minuten reduziert sich mein eh schon kleiner Besitz auf den Tabak und die Fotos von meiner Süßen, die ich aus dem Karton bekomme, ich darf auch meine Zahnbürste und meine Schuhe behalten. Wahnsinn, wie wenig man besitzen kann. Als der Beamten kommt, der mich auf meine Zelle bringt, bin ich frisch eingekleidet und klemm mir so newcomermäßig das Zeug unters Kinn, damit nichts runterfällt.

»Sie kommen auf die 4. Station in 'ne Doppelzelle«, sagt er.

Keine Ahnung, was das heißt. Ich lauf einfach mit und kapier irgendwann, die 4. Station ist einer von den Gängen, die ich gesehen habe. Die dritte Tür rechts ist Zelle 313. Der Beamte sperrt auf, ohne anzuklopfen. Die Zelle ist deutlich größer als meine alte und nicht so vergilbt, das freut mich mal. Zwei Stühle, großer Kühlschrank, großer Tisch, zwei Schränke, alles bundeswehrmäßig. Im Doppelstockbett unten schnarcht ein alter, zotteliger, total fertiger Kerl, der wie mindestens sechzig aussieht.

Ich hatte schon im Regelvollzug gelernt, dass du jeder Zelle ungefähr ansehen kannst, wie die Leute so drauf sind. Hatten sie draußen Sachen gedreht, die sich gelohnt haben, haben sie drinnen auch gut gelebt. Bei dem Typen hier ist gleich klar, der hat gar nichts auf die Reihe gekriegt. Kein Fernseher, kein Radio und auf dem Regal, das für Lebensmittel genutzt werden darf, steht nichts außer absolutem Billigkaffee mit ein paar Filtertüten.

Der Beamte noch trocken: »Viel Spaß.«

Dann knallt er die Tür hinter sich zu, der Typ schläft weiter, der hat die Ruhe komplett weg. Ich setz mich an den Tisch, wo ein voller Aschenbecher steht, was schon mal ein gutes Zeichen ist, dass hier nicht gleich der Stress losgeht von wegen Nichtraucher und so. Ich mach mir eine Zigarette an und guck durch das Gitter aus dem Fenster raus. Da liegt ein Innenhof, auf dem wahrscheinlich die Freistunde stattfindet, dahinter baut sich ein mordsmäßig hoher Gitterzaun auf, zehn, zwölf Meter, schwer zu sagen, obendrauf fiese Stacheldrahtrollen und Kameras, und dahinter beginnt schon wieder der Regelvollzug. Ich kann sogar Haus C mit meiner alten Zelle sehen. Luftlinie hab ich mich nicht weit bewegt – ich kann immer noch die Kaninchen sehen, die glücklich auf der Knastwiese rumhoppeln. Für sie ist es immer noch die gleiche Welt, für mich eine komplett andere. Endlich regt sich mein verfilzter Mitbewohner. Er reibt sich die Augen und setzt sich auf, um sich gleich mal 'ne Zigarette zu drehen. Mann, ist der aber fertig mit der Welt, denke ich und geh rüber zum Bett, um ihm die Hand zu geben. Wir machen's kurz. Ich bin der Oli, er ist der Franz. Das wär geklärt.

»Ja, woher kommst denn du?«, fragt er total verquollen.

Ich so: »Von drüben. Regelvollzug.«

»Oh, Scheiße.«

»Ja, offensichtlich Scheiße.«

Ich will sofort loslegen, dass ich heute Freigang haben sollte und gerade alle meine Bewährungen hochgegangen sind und so, aber der Franz meint gleich, bei ihm wär auch alles scheiße. Er müsste längst draußen sein, aber sein Scheißsohn holt ihn nicht raus, seine Scheißfrau ist inzwischen schon seit Jahren weg und seinen Scheißfreunden von der Trinkhalle ist er auch egal.

»Dabei könnt ich morgen hier weg sein, Alter«, sagt er. »Echt wahr. Kein Scheiß. Ich bin doch 'ne Geldstrafe.«

Geldstrafe – hab ich noch nie gehört. Interessiert mich auch nicht. Er kommt trotzdem zu mir rüber und labert mich mit diesem Geldstrafending zu. Ich krieg nur mit, dass das Leute sind, die gar nicht sitzen müssten für das bisschen Mist, was die verzapft haben, sie können bloß die Geldstrafe nicht zahlen, nur deshalb hat man die eingebuchtet. Auf der einen Seite also voll die Kirchenmäuse, auf der anderen Seite natürlich auch krass die Oberspacken, weil es eigentlich jeder, und sei es mit Hartz IV oder so, geregelt kriegen müsste, nicht in den Knast zu kommen. Beim Franz sind es sechshundert Euro Strafe, die er nicht hatte. Macht bei 'nem Tagessatz von zehn Euro sechzig Tage Gefängnis. Darum sitzen die auch mit den richtigen Verbrechern zusammen, weil sie sowieso nicht früher rauskommen. Es sei denn, er zahlt die Strafe doch noch irgendwie ab. Ich selber könnte mich für kein Geld der Welt hier rauskaufen. Aber wenn beim Franz jemand Kohle hätte, dürfte der zu jeder Tageszeit nach vorn zur Pforte kommen, Cash hinlegen und den Franz mitnehmen. Beim ihm hat nur niemand Kohle.

»Das ist doch die Scheiße«, sagt der Franz.

Er ist ein total gescheiterter Alkoholikervogel, der die ganze Zeit nur rumflucht, wie beschissen alles ist. Saß immer wegen so totalem Unsinn, Hausfriedensbruch, Diebstahl, Betrug, diesmal war es irgendeine Unterhaltssache. Er erzählt mir den kompletten Mist einmal durch, und währenddessen greift er auf einmal in den Aschenbecher und nimmt sich meine ausgedrückte Zigarette, um sich den Tabak rauszupulen. Ich fass es nicht.

Ich so: »Alter, ich krieg 'nen Vogel. Du kannst doch nicht die abgebrannten Dinger von mir nehmen. Bist du blöd?«

Und er gleich so erschrocken: »Brauchste selber?«

»Ja, nee, aber das ist mir echt zu krass, Alter.«

Ich geb ihm ein paar Gramm Tabak, keine Ahnung, vielleicht fünfzig, nicht viel, aber wenn man's in Geld rechnet, wären das für den Franz sicher ein paar Minuten Freiheit. Er freut sich wie ein Schnitzel und fängt an, sie zu verrauchen, und ich bin happy, weil mir klar ist, dass ich wenigstens in der Zelle ganz klar das Kommando haben werde. Das ist mir sehr recht. So eine Verteilung ist ja immer 'ne Lotterie. Auf einmal sitzt du mit 'nem Hells Angel da, der dich scheiße findet und nicht will, dass du in seinen Fernseher guckst oder auch nur neben ihm am Tisch sitzt. Kann zwar sein, dass ich mit dem Franz noch Auseinandersetzungen kriege, aber dann sicher keine, bei denen er gewinnt.

Im Anschluss versuch ich, ein paar Informationen über das Haus zu bekommen, muss aber bald einsehen, so, wie ich mir das Briefing wünsche, kriegt der Franz das nicht hin. Wie ist es hier denn so? Ja, ist halt Knast. Wie sieht's mit Telefonieren aus? Brauchste 'n Telefonkonto. Und hast du so was? Nee, er hat doch kein Geld. Weißt du, wie das geht? Nee, weiß er auch nicht. Für mich war die Telefonzelle bisher eigentlich der wichtigste Tagesprogrammpunkt, ich frag mich, wie das jetzt gehen soll. Da hören wir auf einmal Bewegung auf dem Gang, Zellentüren gehen auf.

»Is nur die Scheißpostausgabe«, sagt der Franz. »Aber mir schreibt ja keiner.«

Ich fühl mich eigentlich nicht danach, auf den Gang zu gehen, aber ich brauch die Papiere, die Anliegen, den Formularkack, darum trete ich aus der Zelle und stell mich erst mal neben die Schlange, die vor der Zentrale ansteht. Die meisten Leute hier sehen deutlich mehr nach Gefängnis aus als die Typen aus dem Regelvollzug. Mordsmäßig viele Gleichaltrige, zwischen Ende zwanzig und Ende dreißig, vom Schnitt her sehr stabil, in sehr guter körperlicher Verfassung. Obwohl sie's nicht über die Kleidung ausdrücken können, es tragen ja alle bis auf die Schuhe das Gleiche, scheinen viele besonderen Wert auf ihr Äußeres zu legen. Ich seh überall getrimmte Bärte. Die Atmosphäre ist fast poserhaft, wie beim Schaulaufen, unglaublich maskulin, sehr männerstyled, was mir nicht unbedingt unsympathisch ist.

Neben mir steht so ein aufgemuskelter Zwei-Meter-Brecher mit einem kleinen Kurden zusammen, der genauso auftrainert ist.

Brecher: »Ey, Soran, was stehst du überhaupt bei der Post? Dir schreibt doch niemand. Du kriegst doch nichts.«

Kurde: »Doch, deine Freundin schreibt mir die ganze Zeit.«

Völlig klar, dass hier jeder von denen seine Eier und seinen Schwanz dabeihat. Das ist keine Umgebung, in der du als Neuankömmling gleich mit einsetzen solltest. Da würden sich sofort alle Mienen verfinstern. Aber du merkst, wenn du mal Teil des Ganzen wirst, wird auch gelacht, auf jeden Fall. Das gibt mir ein sicheres Gefühl. Die bringen sich also nicht alle gegenseitig um.

Mir fällt auf, dass es drei Gruppen gibt. Da sind die Stärksten und offensichtlich auch Schwersten, die in sich selbst einen Kreis bilden. Zehn, zwölf Leute, die ein bisschen abseits stehen und bei denen du sofort merkst, von denen geht hier alles aus. Dann gibt es ein paar ältere Männer, die du auch als gefährlich oder weit oben stehend einstufen würdest, aber von der Art her verschwiegener, reserviert, völlig für sich selbst. Und du hast die Geldstrafen, die sich wortlos verpissen oder zur Seite geschoben werden, sobald jemand aus einer der anderen Gruppen kommt.

Irgendwie erinnert mich das an ein Wasserloch in Afrika. Du hast Nashörner und Löwen und zwischendrin so komische Vögel – Madenhacker oder so was –, wo sich die Nashörner sagen, bevor ich das Federviech jetzt grob umhaue, fliegt's sowieso weg. Ich krieg's nicht, ist aber auch egal. Trotzdem ärgern die Vögel die Nashörner jetzt nicht mit Absicht, weil's den einen oder anderen dann doch mal bei einer Rangelei zerlegt hat. Dazu kommen die Löwen, die untereinander wissen, sie könnten höchstens als Gruppe auf das wütende Nashorn raufgehen, aber natürlich wollen sie das lieber nicht forcieren. Und du hast die Beamten, die sind die Wärter in diesem Zoo. Die kennen ihre Viecher, die sitzen gut gepanzert in ihrer Zentrale und sehen schon an der Art, wie der Löwe aus seinem Käfig rausgeht, ob der heute 'nen Kacktag hat und beleidigt ist. Ist nur Beobachtung. Passiert ja sonst nichts.

Ich halt mich an der Seite, aber es ist ein schmaler Gang. Ich steh allein, voll ausgeleuchtet in diesem Neonlicht, und habe das Gefühl, die Leute gucken mich alle an, die scannen mich viel krasser als im Regelvollzug, aber sie sagen nicht wirklich was. Dabei warte ich die ganze Zeit nur drauf, dass irgendjemand was sagt. Langsam krieg ich es jetzt auch mit der Angst. Ich steh da und mach mir mordsmäßig Sorgen, dass gleich irgendeine Scheiße losgeht von wegen verwöhnter Promi, Vollidiot, jetzt wirst du mal sehen, wie es hier richtig abgeht.

Wenn wir damals auf meinem Internat in England mit einer gegnerischen Mannschaft Rugby gespielt haben, wurde sich gern auch mal kräftig geboxt, bevor es losging, das war wirklich heftig. Wenn du da zum Beispiel an drei Leuten von der gegnerischen Mannschaft vorbeigegangen bist und sie dir alle drei hinten voll aufs Trikot rotzen, musstest du auch sofort wissen: Steig ich da jetzt drauf ein, dreh mich um, hau denen sofort eine rein? Oder tue ich besser so, als wenn ich's nicht gemerkt hätte?

Ich sag mir, nicht nach unten gucken, nicht ängstlich gucken, aber auch nicht provokant. Bewahre deine Coolness auf jeden Fall, aber fang nicht mit Sprüchen an. Nicht gleich der ganzen Schlange erzählen, warum du heute angekommen bist. Behalt das erst mal für dich. Nichts sagen ist besser als zu viel sagen. Auch nicht den Pausenclown machen. Ruhig bleiben. Atmen.

Vor mir sehe ich, wie die Beamten in der Zentrale mit einzelnen Gefangenen scherzen. Es darf immer nur einer auf einmal rein. Bei mir sind sie total tonlos. Ich verzieh mich mit den Vordrucken, die ich von drüben schon kenne, auf meine Zelle. Für mich war das an Kontakt für den ersten Tag absolut ausreichend. Ich schreibe Anliegen für einen Kabel-TV-Anschluss, eine Paketmarke, damit mir von draußen jemand Tabak reinschicken kann, den brauch ich unbedingt, und ich füll einen Besuchsschein für meine Süße aus, der mir vermutlich frühestens in zwei Wochen genehmigt wird. Ich werf das alles in den Briefkasten auf dem Gang und müsste froh sein, dass ich schon mal was erledigt hab, aber meine Stimmung ist eigentlich katastrophal.

Die Abenteuerlust, die ich verspürt habe, als ich mich damals gestellt hab, die habe ich jetzt überhaupt nicht mehr. Es belastet mich unglaublich, dass es die abendlichen Telefonate mit meiner Süßen nicht mehr gibt. Du siehst dich nicht, du kannst dich nicht anfassen, aber du hast den anderen wenigstens gehört, konntest mit ihm lachen, Probleme besprechen. Jetzt hast du echt nur noch Briefe. Das wird 'ne ganz andere Nummer. Du hast gerade das Bedürfnis, der anderen Person zu sagen: Ich liebe dich. Ja, vergiss es. Das erreicht sie überübermorgen.

Wenn ich jetzt telefonieren dürfte, ich würde ihr erst mal zur Beruhigung sagen, Süße, hör zu, bin im Haus A, das passt schon. Mach dir um mich mal keinen Kopf. Mir geht's beschissen, aber es passt. Pech, kann ich aber leider nicht ändern. Ich würde es so gern sagen, aber wenn du erst mal anfängst, dich in den ausweglosen Gedanken reinzusteigern, machst du dich komplett kaputt. Du bist es einfach gewöhnt, sogar noch im Regelvollzug gewöhnt, dass du immer die Möglichkeit hast, zumindest noch was sagen zu können. Aber ich kann überhaupt nichts mehr sagen. Nicht mal ein Selbstmordversuch bringt mich in die Situation, dass ich telefonieren darf. Wahrscheinlich müsstest du eine Geiselnahme machen, um ein Telefonat rauszuschlagen. Ich weiß nicht mal, ob ich morgen mit ihr reden kann oder übermorgen, vielleicht ist sie nach Hause zurückgefahren, vielleicht weint sie, vielleicht hat sie einen Unfall gebaut, weil sie die neuesten Entwicklungen nicht gut weggesteckt hat. Du hast keine Ahnung, du weißt nichts, wie würdest du denn von so einem Unglück erfahren? Würde irgendwann, in zwei Tagen, ein Seelsorger kommen und sagen: Hier, Zelle 313, kommen Sie mal kurz, es ist was mit Ihrer Freundin. Du weißt es nicht.

Ich erinnere mich an das Telefonat von heute Vormittag, wo sie meinte, sie kriegt den ganzen Schlamassel mit mir schon hin, und wir schaffen es auch, die neuesten Entwicklungen zu überstehen. Ich überlege: Was habe ich zuletzt zu ihr gesagt? Irgendwas Liebes? Oder dass wir besser Schluss machen sollen? Was ist die letzte Aussage von mir, die sie im Kopf hat? Habe ich da was Richtiges gesagt oder was total Bescheuertes? Das macht doch alles keinen Sinn – hast du das gesagt, Oli? Hast du das am Anfang gesagt, oder hast du es am Ende gesagt? Was hat sie dann gesagt? In so einer Situation, in der du nicht mehr miteinander sprechen kannst, beschäftigst du dich auf einmal mit der Analyse einzelner Worte und überlegst dir, welche schwerwiegende Konsequenz das hat, weil dieses eine letzte Wort ewig hallt. Wie du dich im Knast von jemandem verabschiedest, zum Teil ist es ein Wort oder ein Satz, der hallt beim anderen Tage nach, einfach weil's das Letzte ist, was du gesagt hast. Wahrscheinlich muss ich mich tatsächlich drauf einstellen, dass die bisher größte Liebe meines Lebens, dass die jetzt aufgrund äußerer Umstände gegessen ist, und das Schlimme ist, ich kann meiner Süßen nicht mal einen Vorwurf machen. Sie kann überhaupt nichts dafür. Wenn es einen Schuldigen gibt für diese verfickte Lage, dann bin es als Erster ich, und danach sind es die Scheißumstände.

Auf einmal bekomme ich eine solche Wut, ich sehe mich schon zur Zentrale rennen und meine Faust in die Betonwand schlagen, und dann werde ich fixiert und in eine Beobachtungszelle gebracht. Das kommt mir absolut real vor. Aber ich sage mir, du kannst dir keinen Nervenzusammenbruch erlauben. Das geht gar nicht. Jeder sieht ihn, und du wirst weggepackt. Aber dann frage ich mich im Stillen,

Leute, wann hört denn dieser ewige Ärger auf? Wann ist damit Schluss? Ist es erst gut, wenn alles in meinem Leben im Arsch ist? Ist es dann endlich gut? Seid ihr dann zufrieden und am Resozialisierungsziel angekommen? Wenn das eure Idee ist, dann ist euch das echt super geglückt, dann habt ihr jetzt einen supertollen Typen gezüchtet.

Es ist krass, wie es mich hin und her reißt zwischen Selbstmitleid, Wut, Hass, Traurigkeit und dem Gefühl absoluter Hilflosigkeit. Diese Emotionen wechseln sich merkwürdig ab. Die eine Emotion wird zur anderen Emotion und wieder zurück. Wenn du im Straßenverkehr wärst und fast einen Autounfall gebaut hättest, weil du mal kurz geistesabwesend warst und du darum beinahe in das Auto vor dir geknallt wärst, dann holt dich der Schreck wenigstens sofort in die Realität zurück, und du sagst dir, okay, ich muss mich jetzt wieder voll konzentrieren. Aber in so einer Zelle mit einem Franz, der meistens schläft, wo die Zellentür zu ist, wo auch kein Fernseher und kein Radio drinsteht, da kann sich jeder Gedanke nicht nur eine Stunde ziehen, der kann sich ganz ohne Probleme fünfzehn Stunden durch den Tag ziehen, und er hört nicht auf. Du entkommst ihm nicht. Es kommt nichts von außen, es passiert nichts. Das Einzige, was passiert, ist, du guckst aus der Zelle und siehst, wie irgendein Hofarbeiter Kippen kehrt auf dem Hof, und eigentlich kannst du aktiv nur noch aufpassen, dass du nicht durchdrehst. Das ist das Einzige, wo du versuchst, noch gegen anzukämpfen. Du versucht nur dagegen anzukämpfen: Gib dich nicht auf, dreh nicht durch und lass auf gar keinen Fall irgendwelche destruktiven Emotionen die Oberhand gewinnen. Du kannst es dir nicht leisten, irgendeine ungute Emotion zu haben. Du hast die ganze Zeit Emotionen, aber diese Emotion darf niemals irgendwie die Oberhand gewinnen, sodass dir alles andere egal wird. Die darf in dir drin sein, aber wenn du die als Emotion in eine unüberlegte Handlung umsetzen würdest, dann würde der Knast jeden Tag aufgrund von Tausenden Häftlingen explodieren, abbrennen, es wären überall nur Tote. Könntest du die Gefühle, die im Knast umgehen, in Bilder verwandeln, du kannst dir gar nicht vorstellen, was das für ein gewalttätiger Ort wäre.

Zu dem Zeitpunkt halte ich es nicht mal für ausgeschlossen, dass ich mich in der JVA nicht doch umbringe. Vielleicht komme ich hier tatsächlich im Sack raus, weil ich mich weggemacht hab oder weil mich jemand anders weggemacht hat. Dann ist die Zelle das Letzte, was ich im Leben sehe. Das macht mich so todtraurig, dass ich jetzt wahnsinnig gerne weinen würde, um diesen inneren Druck rauszulassen, ich versuch es, aber es klappt nicht. Der absolute Tiefpunkt. So liege ich da, oben in meinem Bett, Blick zur Decke, bis es dunkel wird, und mach das alles mit mir aus, während unter mir jemand sitzt und sich aus meinem geschenkten Tabak eine Zigarette nach der anderen dreht. In meinem Kopf finden Weltkriege statt und Rettungsärzte rennen rum und verarzten mich, bis mich der nächste Schuss trifft.

# 8

Am nächsten Tag lässt mich der Herr Karl rufen. Ein Beamter bringt mich hin, ich weiß gar nicht, worum es geht. Herr Karl ist der Leiter von Haus A, der Oberboss, und damit die Person, die ab jetzt sozusagen über mein Schicksal bestimmt. Er sitzt in einem Büro, das dreimal so groß ist wie eine Zelle, und trägt keine Uniform, sondern Jeans und ein rosa Hemd, dass ich erst denke, er wäre vom andern Lager. Er ist gut gelaunt. Ein souveräner alter Hase, Mitte fünfzig, keine Falten, braun gebrannt, null verbittert. Er guckt mich so vatermäßig an, irgendwie von innen heraus, ich mag den sofort. Er hat noch kein Wort gesagt, aber du hast schon das Gefühl, der versteht dich. Am liebsten würd ich ihm sagen, Herr Karl, jetzt lassen Sie mich doch bitte einfach raus.

Er ganz ruhig: »Herr Stein, normalerweise entwickelt sich ein Vollzug zum Besseren hin. Bei Ihnen war das nicht der Fall.«

Ich so: »Das hab ich auch schon gemerkt.«

Er meint, er hoffe, dass wir miteinander klarkommen und ob ich irgendwas brauche, da merke ich schon, wie ich mich ihm anvertraue. Ich sag, Herr Karl, mein Leben hat sich grad sehr krass verändert, ich hab gestern die Nachricht bekommen, dass ich fast zwei Jahre länger sitzen werde, und ich hab draußen eine Freundin, der ich das erklären muss, und ich kann nicht mit ihr telefonieren, aber das wär mir im Moment das Wichtigste.

Der Karl ganz ruhig: »Kann ich absolut nachvollziehen.«

Und ich weiter: »Herr Karl, die Situation ist die, ich hab gestern weinend mit meiner Freundin telefoniert. Ihr Schlusswort war, sie packt das. Jetzt sitze ich hier und hab keinen Kontakt mehr zur Außenwelt. Keine Ahnung, wie das hier mit dem Telefon läuft, aber meine Freundin bedeutet mir alles, ich weiß gar nicht, ob's überhaupt noch meine Freundin ist oder schon meine Ex, ich weiß es einfach nicht.«

Während ich ihm mein Herz ausschütte und mir dabei immer elender wird auf dem Stuhl, blättert der Karl in meiner Akte, als stehe da irgendwas Neues für ihn drin. Dann sieht er auf einmal auf und schiebt mir einfach so sein Diensttelefon über den Tisch.

»Dann rufen Sie doch jetzt mal Ihre Partnerin an.«

Ich guck den Karl an wie ein Kind. Das krieg ich nicht auf die Reihe. Erst sperren sie dich weg, und auf einmal geht so was. Aber der Karl reicht mir tatsächlich das Telefon rüber wie der Feind die Friedenspfeife. Das ist natürlich genauso Willkür wie der Kack, der vorher gelaufen ist, aber jetzt geht es wenigstens mal nicht gegen mich. Zittrig tipp ich die Nummer ein.

Ich ganz leise: »Hallo Süße? Ich bin's.«

Da fängt sie gleich an zu weinen, kompletter Nervenzusammenbruch, und bei mir ist auch alles zu spät. Die ganze Zeit willst du nichts anderes als telefonieren, dann darfst du das, und musst sofort anfangen zu flennen. Ich sag ihr, dass ich im Geschlossenen bin. Alles gut, ich kann nicht lang sprechen, der Chef hat mir eben nur sein Telefon gegeben, also hier, in seinem Büro, wo ich grad sitze, mach dir keinen Kopf, Süße, alles gut so weit – da gibt mir der Karl auch schon ein Zeichen.

Er fragt: »Hat Ihre Freundin am Sonntag Zeit?«

Ich noch so vorsichtig: »Wieso?«

Und er: »Dann soll sie herkommen.«

Ich kapier erst gar nicht, was er meint und warum er meine Freundin sehen will, aber dann sagt er was von Blitzbesuch, und so schlägt es auch bei mir ein. Ohne genau zu wissen, wie genau das ablaufen wird, sag ich ihr, dass sie am Sonntag in die JVA kommen soll, keine Ahnung, aber der Herr Karl hier hat gerade gesagt, das geht. Er kümmert sich drum. Sie soll nur kommen, und dann muss ich auflegen.

Ich gebe das Telefon zurück, und der Rotz läuft mir aus der Nase. Die Gefühle liegen total blank, das sieht der Karl sofort. Ich sag mir, Alter, flenn doch vor dem nicht so rum, du willst doch einen ganz anderen Eindruck hinterlassen. Der Karl denkt wahrscheinlich, ach du Scheiße, schickt mir bloß die Alte vorbei, bevor mir der Typ abgeht. Aber er lässt sich nichts anmerken, der alte Hase. Eigentlich ist mir danach, ihm über den Schreibtisch um den Hals zu fallen, der erste Beamte, der kein Arschloch ist, aber er hat schon genug von meiner menschlichen Seite gesehen.

Von da an warte ich nur noch auf den Besuch und taumle so durch den Knastalltag. 6 Uhr 30 Wecken, der Beamte reißt die Tür auf. 6 Uhr 45 Frühstück, alle stellen sich im Gang zur Essenausgabe an. 11 Uhr 30 Mittag, dasselbe nochmal. Dazwischen Warten auf das Mittagessen, danach Warten auf 16 Uhr 30, Postausgabe. Nach zwei Tagen kriege ich den ersten Brief.

Jeden Tag schreibe ich mindestens vier Stunden lang an meine Süße, kein Brief unter sechs Seiten, meine Hand ist so verkrampft, dass ich schon bald eine Schreibmaschine beantrage. Ich beschreib wirklich alles, was passiert. Das lenkt mich super ab. Wenn ich schreibe, bin ich nicht mehr im Knast, dann schreibe ich nur drüber, aber ich bin nicht mehr Teil davon, und trotzdem lass ich sie echt eins zu eins Anteil haben, obwohl ich weiß, dass jeder Brief gelesen wird, vollkommen klar, du darfst den gar nicht zukleben. Wenn du ihn einwirfst, muss er offen sein.

Irgendwann kann ich in der Kammer die Sachen aus meiner alten Zellen abholen, zumindest, was mir davon genehmigt wurde: Fernseher, Stereoanlage, Haarschneider. Sie schmeißen alles in so ein klappriges Einkaufskörbchen und damit dackel ich auf meine Zelle zurück. Schon in der Tür erkennt der Franz, dass sich die Lage für ihn jetzt schlagartig verbessern wird.

Er: »Wir sind saniert, Alter! Ein Fernseher! Jetzt passt's!«

Aber ich ganz müde: »Ich weiß nicht, ob das passt.«

Er: »Klar doch, Alter, jetzt wird alles gut.«

Beim Frühstück fällt mir auf, dass wir Rindswurst kriegen, die ich noch vor ein paar Tagen in der Metzgerei hergestellt und eingepackt hab, ich sehe es am Etikett. Leute, sag ich in die Schlange, ihr fresst die Wurst, die ich gemacht habe. Das kommt gut an. Trotzdem verlass ich die Zelle nur, wenn ich muss. Nach dem Mittag ist eine Stunde Hofgang, den guck ich mir vom Fenster aus an. Das stresst mich sonst zu sehr. Da hast du gleich die Konfrontation mit dem ganzen Haus, zweihundert Gefangene auf einer Betonfläche. Ein paar Gefangene gehen monoton im Kreis, ein paar sitzen auf dem Boden, ein paar auf den Bänken. Rundherum

Zaun, Kameras, Suchscheinwerfer und dieser rasierklingenmäßige Stacheldraht. Das bringt überhaupt keine Entspannung, das ist nur Guantanamo.

Der Regelvollzug war für mich von der Strafe her logisch, da stimmten Tat und Strafe überein. Die Nummer mit dem Geschlossenen dagegen ist völlig übers Ziel hinausgeschossen. Die empfinde ich nur als extrem hart und extrem unfair, was bei mir sowieso nicht dazu führt, dass ich zu 'ner Einsicht komme, eher dass ich 'ne Kampfhaltung einnehme. Es macht nämlich offenbar überhaupt keinen Sinn, mit den Leuten hier zu verhandeln, geschweige denn zu versuchen, in deren System klarzukommen, man sieht doch, wohin es führt. Du machst mit, du gibst dir Mühe, du hast dich ergeben – und das wird jetzt ausgenutzt. Die Polizei sagt: Legen Sie die Waffe nieder! Es passiert Ihnen nichts. Und in dem Moment, wo du das Ding ablegst, gibt's zwei Schüsse in den Bauch, und dir wird in die Fresse geschlagen. Merke also für die Zukunft: Niemals die Waffe aus der Hand legen! Das sind natürlich alles nur Gedanken. Aber es gibt dieses chinesische oder japanische Sprichwort, wo es heißt: Fürchte dich vor deinen Gedanken, sie sind der Anfang deiner Taten.

Ich sitz in der Zelle und dreh die Musik laut, starre aus dem Fenster oder in den Fernseher, aber ich guck gar nicht mehr, was da läuft, ich hab nur noch diese Gedanken. Mein ganzer Körper hat so 'ne mordmäßige Temperatur, er läuft wie ein kleines Atomkraftwerk, dabei beweg ich mich keinen Meter, ich denke nur. Im Kopf mach ich mir 'ne Liste mit den Leuten, die in irgendeiner Art und Weise was damit zu tun haben, dass ich hier sitze. Ich sehe die Bilder von diesem Drogendealer, wie ich bei ihm Drogen gekauft hab, in einem sehr guten Restaurant, während der Fußballweltmeisterschaft, und wie alle Leute lachen. Du gibst ihm so'n Zeichen über 'n paar Leute weg, und er geht mit dir runter auf die Toilette, du zahlst ihm sein Geld, ihr zieht noch 'ne Nase zusammen, und dann gehst du wieder hoch, feiern, es ist WM, und alle sind angemalt, in ganz Deutschland ist 'ne super Stimmung. Und dann hörst du, dass diese Person irgendwann von der Polizei erwischt wird. Und der legt dann die Namen auf den Tisch, wem er was verkauft hat und so, und du denkst dir: Was für ein armes Schwein. Zuerst verdient er Geld, dann verrät er seine Kunden, und dann gibt es den schwanzlosen Polizisten, der auf der Liste meinen Namen sieht und meint: Oh, wie geil ist denn das? Dann siehst du einen Richter, der die Hausdurchsuchung unterschreibt. Du siehst 'nen Polizisten, der mit der Boulevard-Zeitung telefoniert und sagt: Leute, ich hab'n Tipp für euch, Hausdurchsuchung, prominente Person, fünfhundert oder tausend Euro und ich sag euch, wann und wie. Du siehst diese ganze Kette an Ereignissen, während du vollkommen ahnungslos bist, bis um sechs Uhr morgens bei dir die Tür auffliegt und die Beamten deine ganze Wohnung zerrocken aufgrund der Tatsache, dass ein Drogendealer meinte, dass du mal bei ihm gekauft hast. Du siehst die enttäuschten Gesichter, die überhaupt nichts bei dir gefunden haben, und trotzdem wirst du vor die Tür geschleppt, weil ein Richter in kürzester Zeit beschlossen hat, dass dir ein Haartest abgenommen werden darf, weil sie eben alle so frustriert sind, und wie, als sie dich in Handschellen vor die Tür führen, auf der anderen Straßenseite jemand mit so einem Objektiv steht und dich für die Zeitung abschießt.

Ich stelle mir vor, wie all diese Leute jetzt mal das Äquivalent an Schmerz und Gewalt und Terror abkriegen, das ich mir grade einfange, wie ich aus meiner Zelle riesige Wellen von Unglück rausschicke, um da nur ansatzweise ein Äquilibrium herzustellen. Entweder sind diese Personen danach völlig pleite, oder sie haben keine Bezugsperson mehr oder halt 'nen richtig schönen Dachschaden. Das ist nämlich so die Liga, in der wir hier spielen, denke ich. In einem Moment drückt mir die Wut noch von innen gegen die Brust, im nächsten Moment fällt sie nach hinten um, und ich bin extrem hilflos, extrem angewiesen, hilfeschreiend, ängstlich. So wechselt sich das ab die ganze Zeit.

Und dann ist Sonntag, und ich warte nur noch darauf, dass ich zum Besuch gerufen werde. Ich weiß ja gar nicht, ob sie kommt oder ob der Herr Karl sich wirklich gekümmert hat. Es gibt Leute, die gehen davon aus, dass einer für sie kommt, und dann werden sie nicht gerufen. Meine Süße hatte ja gedacht, sie würde mich im Freigang sehen, stattdessen sieht sie mich jetzt im Geschlossenen. Ich bin so aufgeregt, dagegen ist ein Konzert vor zehntausend Menschen ein Kindergeburtstag. Fünf Leute werden von unserer Station über die Durchsage geholt. Ich bin dabei.

»Häftling 313. Fertigmachen zum Besuch.«

Auf der Zentrale müssen wir alles abgeben, was wir bei uns tragen, Zigaretten, Feuerzeuge, alles. Ein Beamter piepst uns ab und legt das Zeug in blaue Plastikboxen. Du gehst ohne einen persönlichen Gegenstand zum Besuch. Ich hab mich rasiert, Haare gemacht, geguckt, ob mit den Augenbrauen alles passt, die feine graue Hose angezogen und den Pulli mit dem V-Ausschnitt. Ich komm mir lächerlich vor, aber natürlich versuchst du selbst unter den beschissensten Bedingungen irgendwie noch gut auszusehen.

Wir werden runter in den Keller gebracht, es öffnet sich eine Stahltür, und dahinter liegt, schwierig zu beschreiben, fast eine Art Amtsstube mit vergitterten Fenstern und sehr vielen Tischen. Wieder dieses Kacklinoleum, wieder so ein krass ausgeleuchteter Raum, diese Mischung, die zieht einen runter. Hier gibt es nun auch noch 'ne Spielecke für Kinder, bemalt mit einer Sonnenblume und einem Elefanten, davor stehen ein paar Schaukelpferde und eine Ritterburg im Neonlicht. Eine Kulisse wie aus einem Monty-Python-Film, wenn es nicht so total ernst wäre.

Wir setzen uns jeder an einen Tisch, zwei komische Beamte gucken uns dabei zu, wie wir warten, da klackern hinter dieser Stahltür auf einmal High Heels eine Treppe runter, klack klack klack. Ich hör, wie sich Leute unterhalten. Allein die Geräusche klingen schon ganz anders als bei uns. Da kommen Menschen aus dem Leben in diesen Keller, wie eine Besuchergruppe in den Zoo, und an jedem Tisch hockt ein gefährliches Tierchen. Die fette Stahltür öffnet sich, ich stehe auf, und in dem ganzen Pulk aus Frauen, Verlobten, Freundinnen, Kindern finde ich meine Süße sofort, weil sie einfach Weltklasse aussieht, super angezogen ist. Aber jetzt steht sie in meinem neuen Zuhause, und das sind zwei Sachen, die passen nun überhaupt nicht mehr zusammen.

Ich verkriech mich in ihren Hals, sie ist so weich und riecht so gut, so nach Mädchen, dass ich sofort weinen muss, und sie auch, aber das ist uns beiden egal. Es spielt überhaupt keine Rolle, welcher Mitgefangene oder Beamte das mitkriegt. Wenn da einer drüber Witze macht, dann gibt es gleich aufs Maul, dann ist hier sofort Feierabend. Es macht aber keiner einen Witz. Wahrscheinlich ist sowieso allen klar, dass so ein Besuch hier drin so wichtig ist, dass sich jede Art von Spruch von selbst verbietet, wie abgefuckt die Leute hier drin auch immer sind, aber das scheint mir unter ihnen doch eine absolute Grundregel zu sein.

Meine Süße sagt: »Baby, Baby.«

Aber ich schluchze nur noch. Als wir uns das letzte Mal gesehen haben, hatten wir Sex auf der Toilette, und ich hab auf cool gemacht, weil's mir aber auch so ging. Jetzt fühle ich mich wie in Blut aufgeweicht und versuch auch gar nicht erst, irgendwie souverän abzuschneiden. Ich will unsere Zeit nicht mit einer »Na, wie geht's?«-Nummer verschenken, darauf kann ich verzichten. Wir haben nur eine Stunde, da will ich nur Ernsthaftes reden. Ich schau sie an, ich seh gar nichts anderes, voll der Tunnelblick.

Wir fangen gleich bei unserem letzten längeren Telefonat wieder an, als ich grad gehört hatte, dass ich in den Geschlossenen weggesperrt werde, und sie meinte, völlig egal, wir kriegen das hin. Das scheint sie immer noch zu denken. Wenigstens nimmt sie meine Hand und spricht in mein verheultes Gesicht, so als sei sie viel älter als ich, meine Süße, wächst voll über sich hinaus.

»Ich weiß, das ist hier bestimmt alles grade echt furchtbar für dich«, sagt sie. »Aber mach dir keine Sorgen, ich bleib bei dir. Ich bin total stolz, wie du das hier handhabst.«

Eigentlich war mir im Innersten danach, ihr klarzumachen, dass das mit uns alles keinen Sinn mehr macht, aber jetzt merke ich, wie unglaublich beruhigend sie auf mich wirkt. Ich hatte ihr ja auch etliche Male, bevor ich überhaupt im Gefängnis war, versucht zu erklären, dass sie mit mir bitte keine Beziehung zu führen hat, weil das würde nur Unglück geben, für sie, für mich, für alle, und genauso ist es ja auch gekommen. Aber entweder ist sie eine verdammt gute

Schauspielerin, oder sie setzt sich jetzt schon wieder drüber hinweg. Obwohl, würde sie mir, so gefährdet wie ich grade bin, überhaupt irgendwas anderes sagen?

Auf der einen Seite bist du total glücklich, dass du nicht auf die Zelle gehen musst und weißt, alles vorbei. Auf der anderen Seite fickt das deinen Kopf erst richtig, weil du der anderen Person gar nichts zurückgeben kannst. Du entwickelst sofort 'nen extrem krassen Selbsthass, auf dich selbst und die Situation und was du der anderen Person antust. Du möchtest jemanden, der dich so dermaßen liebt, auf gar keinen Fall unglücklich machen. Stattdessen siehst du direkt vor dir: Ich mache diese andere Person gerade richtig traurig, allein mit meiner puren Existenz. Ich hab jemanden, der viel zu schön, viel zu lieb, viel zu positiv ist, in diese Umgebung reingebracht.

Ich sag ihr bestimmt hundertmal: »Ich schäme mich so.«

Der Grund, warum meine Süße nicht auf täglicher Basis Sex hat, bin ich. Der Grund, warum ihr niemand hilft, die Waschmaschine hochzutragen, bin ich. Der Grund, dass sie niemand tröstet, wenn sie Misserfolge im Job hat, bin ich. Der Grund, warum sie alleine einschläft, bin ich. Alles Negative, was diese Frau erlebt, hängt mit mir zusammen. Da findest du persönlich keinen wirklichen Grund, warum sich das jemand antun sollte. Ich komm mir vor, als sei ich völlig verpickelt, schlecht riechend und so und denke immer, lassen wir es lieber.

Aber sie sagt, als sei sie total klar im Kopf: »Du musst damit aufhören. Du musst damit aufhören, so zu denken.«

Und ich, so beeindruckt, kann nur sagen: »Ich versuch's ja.«

Es klingt komisch, aber auf der einen Seite gibt sie mir

grad total viel Kraft, auf der anderen Seite verletzt sie mich sehr, weil ich mir plötzlich so klein und unerwachsen vorkomme vor ihr, sie lässt mich nicht mal Schluss machen. Und währenddessen läuft ein Beamter die ganze Zeit zwischen den Tischen durch, an Zärtlichkeiten ist überhaupt nicht zu denken, meine Süße und ich, wir fassen uns eher so an, wie man Leute auf dem Sterbebett anfassen würde, zart, zurückhaltend, und dann ist diese Stunde auch schon vorbei.

»Noch fünf Minuten«, sagt der Beamte.

In dem Moment ist mein Selbstwertgefühl so im Arsch, dass ich zu meiner Freundin nicht mehr sage, sie soll mich in vierzehn Tagen wieder besuchen, ich sag nur, sie kann mich wiedersehen, also, wenn sie Lust hat. Was will ich sonst auch sagen? Ich fühl mich einfach nicht in der Position, mehr zu sagen. Sie küsst mich noch mal, ich fass sie noch mal an, und dann geht sie raus. Das ist alles total verstörend. Ich hab mich wahnsinnig über ihren Besuch gefreut, aber ich fühl mich irgendwie ausgetrickst.

Zehn Minuten später, auf meiner Zelle, fängt dann wieder das Gedenke an, und riesige Räder drehen sich in meinem Kopf, dass das niemals funktionieren kann, dass sie mich betrügen wird und ich überhaupt nichts dagegen machen kann, ich werde es noch nicht einmal erfahren. Ich hab nur diese Kackzelle, diese Kackgitter, den schnarchenden Franz neben mir und den Fernseher, auf dem überall die JVA-Siegel draufkleben, und innerhalb kürzester Zeit denke ich mich in so einen extrem heftigen Zustand, wie ich den nüchtern von mir noch nicht kannte.

# 9

Eines Nachmittags, die Zellentüren stehen auf, beobachte ich in der Zelle gegenüber einen Typen, den ich auch schon öfter im Gang gesehen habe. So alt wie ich, ein Arm komplett tätowiert, der andere frei, einsneunzig groß, einsneunzig breit. Er hat seinen Tisch hochkant an die Wand gelehnt, Zellenboden frei, und macht mit zwei so Lederhandschuhen auf den Fäusten Liegestütze. Dazu Slayer-Musik, bis zum Anschlag. Klar, dass der keine Geldstrafe ist.

»Korrekte Mucke«, brülle ich so über den Gang.

Es fühlt sich komischerweise an, wie wenn ich in 'ner Bar 'ne Frau anspreche und nicht sofort so viel von mir selber preisgeben will, sondern erst mal auf sicher was sage, wo ich schnell wieder rauskomme, wenn ich einen Korb kriege. Aber der Typ reagiert.

Er so: »Hörst ja da drüben auch ordentliche Sachen.«

Offenbar hat er mitgekriegt, dass ich meine Anlage auf Metal ein paar Mal voll aufgedreht habe. Auch was, das du nicht glauben würdest. Im Knast kannst du lauter Musik hören als zu Hause. Im Regelvollzug hätten das die Beamten nie durchgehen lassen, da wären sie dir sofort mit 'nem Eintrag in die Akte gekommen, sie hatten immer den Geschlossenen als Druckmittel, aber wenn du einmal hier bist, können sie dir nicht mehr damit drohen, und darum hört die ganze Scheiße dann auf einmal auf, alles wird viel gelassener. Der Typ von drüben beendet jetzt sein Training und stellt sich auf, ein echter Schrank, und meint, ob ich Bock hab, auf seine Zelle zu kommen.

Er gibt mir die Hand: »Ich bin der Andi.«

Ich geb ihm die Hand: »Ich bin der Oli.«

Die Zelle ist technikmäßig und von der Gemütlichkeit her High-End-Level: Flatscreenfernseher, Stereoanlage, Fotos in Bilderrahmen und vor dem Fenster so ein grüner Vorhang aus Stoff. Wir sitzen an seinem Tisch, rauchen und trinken Kaffee, den er gemacht hat, und reden über sein Motorrad, von dem er sich ein Poster übers Bett gehängt hat, nagelneue Maschine und jetzt steht sie nur noch unbenutzt rum. In meinem Kopf hallen wieder Dragans Worte, dass ich die Leute nicht gleich fragen soll, warum sie sitzen. Obwohl man das natürlich immer wissen will. Es ist sozusagen meine Lieblingsfrage. Beim Andi würd ich auf Drogenhandel tippen.

Ich versuch's erst mal vorsichtig: »Bist du schon lange hier?«

Und er: »Nee, bin zwei Tage vor dir gekommen.«

Er kommt aus Atzleben. Ich hab noch nie mit einem gesprochen, der von da kam, immer nur von denen gehört. Atzleben ist der härteste Knast im Land. In Atzleben hast du alles, woraus Krimis sind: Raub, Entführung, Mord. Das sind Leute, die ganz klar mit Schusswaffen bis unter die Zähne bewaffnet sind und auch nicht mit der Wimper zucken, die im richtigen Moment einzusetzen. Das ist ein ganz anderer Schlag.

Ich sag so: »Wow, Atzleben, das scheint da drüben ja noch mal 'ne ganz andere Nummer zu sein.«

Sagt er: »Ja, auf jeden Fall.«

Er hat sechseinhalb Jahre bekommen, sagt mir natürlich nicht, wofür, aber jetzt hat er grad drei um. Er sagt das einfach so. Drei Jahre. Er ist jemand, der schon richtig viel Zeit gemacht hat. Der Junge hat schon viermal Weihnachten hinter Gittern gefeiert. Ich bin grad erst angekommen und mir geht's dreckig, aber der kann das offenbar, der hat Ahnung von Zeit. Dafür empfindest du sofort nur noch Respekt und Ehrfurcht, weil das nämlich was mit Können zu tun hat. Die Leute draußen denken, was soll er anderes machen, er muss ja sitzen. Aber das stimmt nicht. Es gibt eine Menge Leute, die sitzen und machen eben nicht mehr so 'ne Figur. Er hat eine komplett aufgeräumte Zelle, er trainiert, hört Musik und macht einen völlig entspannten Eindruck. Der hat keinen Hospitalismus, der zerkratzt keine Wände, der schreit nicht aggressiv in der Gegend rum. Der freut sich grade wirklich, dass er hier ist und nicht in Atzleben. Das ist überhaupt nicht aufgesetzt bei dem, sondern total echt.

Ich erzähl ihm kurz meine Geschichte, lass nur das Selbstmitleid weg und versuch mich so tough wie möglich zu verkaufen. Vor allem gegenüber Atzlebenern ist es mir wichtig, schnell zu artikulieren, wie viel Strafe ich hab und dass mein Vollzug echt beschissen läuft, damit die nicht denken, ich mogel mich hier irgendwie durch oder war zu blöd für den Regelvollzug. Den Andi interessiert wahnsinnig, wie es drüben ist, er sitzt auch das erste Mal und kennt sich mit dem Regelvollzug noch nicht aus, aber das wird ja irgendwann mal seine nächste Station werden. Da freut es mich, dass ich jetzt mal was beitragen kann.

Ich schwärm ihm so vor: »Als Freigänger kannst du jeden Tag sechs Kilo Essen mit reinnehmen.«

Er voll überrascht: »Was, echt?«

Und ich so: »Ey, Mann, ich hab da drüben abends schön Pizza gegessen und Cola aus Dosen getrunken.«

Und er: »Ist nicht wahr!«

Und ich so zerknirscht: »Das ist ja das Schlimme.«

Und er: »Aber das ist doch voll geil.«

Und ich: »Eben, und da war ich gerade noch.«

Wir müssen beide lachen. Was ich absitzen muss, ist zwar nur ein Witz im Vergleich zu dem, was der Andi hat. Aber wie ein Krimineller komm ich ihm sicher nicht vor, und für 'nen Unkriminellen ist das auf jeden Fall schon ein Brett. Das heißt, der Andi zieht vielleicht nicht den Hut, aber das ist 'ne Zeitspanne, die ist bereits unangenehm, da bekommt man ein Ziepen auf der Kopfhaut, völlig klar. Er meint, das sei für ihn schon absurd, dass einer, der sich freiwillig gestellt hat, am Ende im Geschlossenen sitzt.

»Hab ich jedenfalls noch nie gehört«, sagt der Andi.

Er ist keiner, der sich wie ich in den Knast gemeldet hat, den mussten die Bullen schon holen. Aber als er jetzt von Atzleben herkommen musste, da haben sie ihn mit seiner Freundin fahren lassen, sie hat ihn sozusagen von einem Knast zum anderen gebracht, ganz ohne Beamte. Das war ein erster Test, ob so was mit ihm überhaupt möglich ist. Ich denk, das gibt's doch nicht. Den Schwerverbrecher lassen sie vier Stunden mit seiner Freundin draußen rumgondeln und mich bringen sie in Handschellen.

Ich mein so: »Ziemlich krasser Test, wenn du mich fragst.«

Und er: »Ja, aber ich will die Sache hier einfach nur rumbringen, ich hab keinen Bock mehr, also von daher.«

Er hätte aber trotzdem an jeder Ampel zu seiner Freundin gesagt, so, und jetzt rechts und Vollgas! Aber sie meinte:

Nein, wir ziehen das durch. Sie war, bevor er in den Knast ging, eigentlich nur so 'ne Affäre, aber über die Haftzeit und das Briefeschreiben sind sie so richtig zusammengekommen, und dann erzählt er mir von seiner Freundin, was mich freut, weil das für ein erstes Gespräch schon ziemlich viel ist, so über die Freundin zu reden.

In den nächsten Tagen gehe ich nachmittags immer wieder zu Andi rüber, zumindest bis sein Zellenkumpel von der Arbeit kommt. Er heißt Abu und ist bis vier Uhr nachmittags in der Werkstatt, wo sie so Körbe für Regenrinnen flechten, damit das Laub nicht die Rohre verstopft, die totale Scheißarbeit, aber gut bezahlt. Du darfst ja sowieso kein Bargeld haben im Knast. Du hast nur dieses Gefangenenkonto, da drauf darf von draußen überwiesen werden, den Rest musst du drinnen erwirtschaften. Dann kannst du für maximal zweihundert Euro im Monat am Knasteinkauf teilnehmen. Alle zwei Wochen bekommst du 'ne Liste, fünf oder sechs Seiten, auf der alles draufsteht, von der Zeitschrift angefangen über Spaghetti, Tomatensoße, Pizza, Thunfisch mit Öl, ohne Öl und so weiter. Wenn du kein Geld hast, musst du fressen, was dir der Knast anbietet, so wie die Geldstrafen, die immer von Zelle zu Zelle laufen und fragen, ob man ihnen was von der Knastwurst abgeben würde oder vom Knastkäse. Das ist dann schon mal ein Statement, wenn du denen einfach was abgeben kannst, weil du das bessere Zeug von draußen beziehst.

Es ist also eminent wichtig, dass ich hier an Arbeit komme. Aber der Andi meint, der Werksbetrieb, in dem Abu arbeitet, hat überhaupt keine Vorteile, die dir innerhalb des Hauses was bringen. Du wirst als komplette Gruppe bewacht hingeführt, der Betrieb ist geschlossen, du kannst dich nicht frei bewegen. Dann ist es schon besser, Hausarbeiter zu werden, da kannst du wenigstens den ganzen Tag über auf deiner Station über den Gang laufen, du kommst zu allen Zellen, Küche, Toiletten, Waschraum, du kommst an Material ran, Papier, Tücher, Putzmittel, aber im Endeffekt heißt Hausarbeiter immer auch Toiletten putzen.

»Und das fuckt total ab«, sagt der Andi.

Wie zum Nachlesen schreib ich das alles innerlich so mit.

Dann gibt's noch den Job vom Duschreiniger. Der ist eigentlich nur dafür da, die Treppe zur Dusche zu reinigen und die Dusche. Der ist ganz cool, weil das eigentlich kein Job ist und du sogar die Station verlassen kannst, aber darum ist der auch heiß begehrt. Dann: Kammer. Die ist Weltklasse, weil du da im Grunde an alles rankommst und alles erfährst, aber den Job werde ich wahrscheinlich nicht kriegen, meint Andi, dafür sitze ich nicht lange genug und bin nicht wichtig genug, weil es einfach von der ganzen Politik im Haus her immer 'n abgekartetes Spiel ist, wer auf die Kammer kommt. Die Gefangenen können das zwar nicht selber bestimmen, aber da lässt sich schon was drehen, und den Beamten ist es eigentlich egal, solange es läuft.

»Essenausgeber«, sagt der Andi jetzt, »ist auch sehr, sehr cool. Das ist eigentlich so das Genialste.«

Da fällt mir ein, als ich bei Herrn Wetzel in der Metzgerei gearbeitet habe, sind früh immer zwei Typen mit zwei Beamten und 'nem Bollerwagen aus dem Geschlossenen angekommen und haben den mit Essen vollgemacht. Das müssen die Essenausgeber gewesen sein.

Ich sofort: »Dann meld ich mich dafür an.«

Aber der Andi sagt, auch hier ganz schwierig ranzukommen. Er hätte da vielleicht noch 'ne Chance drauf, weil er ein Atzlebener sei, aber wie einer wie ich das schaffen will, keine Ahnung.

Wir sind grad so schön im Gespräch, als der Abu von der Schicht kommt. Andi gibt mir ein Zeichen, dass wir uns besser in meine Zelle verziehen, weil Abu jetzt wie jeden Tag ein bisschen Zeit für sich braucht, um runterzukommen. Also gehen wir zu mir rüber. Der Abu knallt Tür und Fenster zu und dreht Hip-Hop auf.

»Du hast 'ne Geldstrafe auf der Zelle?«, fragt Andi.

Er steht mit verschränkten Armen vor dem Doppelstockbett, in dem unten der Franz schnarcht wie eine Sau in der Suhle. Der Franz sieht total abgeratzt aus mit seinem Vollbart, kein Verbrecher würde sich so gehen lassen, nur 'ne Geldstrafe. Der Andi rüttelt so lange am Rahmen, bis der Franz aufschreckt. Der weiß zuerst wieder gar nicht, wo er ist, dafür macht ihm Andi aber einigermaßen schnell klar, wohin er sich verziehen soll: zu den anderen Geldstrafen in die Gemeinschaftsküche nämlich.

Ich sag so: »Mich stört er nicht.«

Aber der Andi will ihn draußen haben.

Der Franz jammert los: »Arme Geldstrafe, alles Scheiße, ich könnt längst draußen sein, aber mein Sohn holt mich nicht raus.«

Dann schleicht er auf den Gang raus, der Andi kickt die Tür zu, und es kommt 'ne erweiterte Einweisung ins Thema Geldstrafen. Was nervig an ihnen ist, was praktisch und was gefährlich. Nervig ist, dass sie kein Geld haben, weswegen sie dich ständig anbetteln. Andererseits ist es auch wieder praktisch, dass sie kein Geld haben, weil du sie dann für deine Zwecke einsetzen kannst. Für Tabak machen die dir gern die Zelle sauber oder sie verticken ihre Paketmarke. Dann kannst du dir auf deren Namen was reinschicken lassen, du musst nur aufpassen, dass die Geldstrafe das Paket dann auch bei dir abliefert und nicht sagt, sie hat keins gekriegt. Deshalb ist es wichtig, gute Connections zu den Kammerjungs zu haben, damit die dich informieren, wenn was gekommen ist. Man kann eine Geldstrafe sogar befreien, wenn man ihre Schulden bezahlt. Dafür würden die meisten von denen natürlich alles tun, und das macht sie dann gefährlich. Die gehen mit dir duschen, hauen sich plötzlich ein Messer in die Brust und sagen dann, dass du das warst. Wenn sich die Geschichte irgendwie logisch anhört, gehst du sofort in den Bunker, weil irgendjemand, der dich weghaben wollte, die Geldstrafe dafür bezahlt hat.

Ich sag staunend: »Krass, die sind ja wie so kleine Ameisen.«

Und Andi: »Darfst dich nur nicht anpissen lassen von denen.«

Wir sitzen am Tisch, auf dem seit zwei Tagen die Schreibmaschine steht, von der Hausleitung genehmigt, aus Knastbeständen ausgesucht. Keine Ahnung, wer da alles schon dran gesessen hat, aber damit klopp ich jetzt jeden Abend meine Briefe in die Tastatur. Das Scheißgeklacker, sagt der Andi, er hört es bis in seine Zelle, und es geht ihm tierisch auf den Sack, aber das ist mir vollkommen egal. Ich habe mich um meinen neuen Job zu kümmern.

Andi grinst: »Na, dann bewirb dich mal schön.«

Das erste Anliegen setze ich an Herrn Wetzel von der Metzgerei auf. Ich tippe so los, dass ich doch jetzt im Geschlossenen gelandet sei und mich hier als Essenausgeber bewerben wolle und darum wäre es sehr nett, wenn er mir bestätigen würde, dass ich gut mit Lebensmitteln umgehe und insgesamt ein ordentlicher Arbeiter bin. Jetzt noch ein »Sehr geehrter Herr« oben drüber und ein »Mit freundlichen Grüßen« drunter und fertig ist die Laube.

»Das ist ja irre«, sagt Andi. »Woher kannst'n das so gut?«

Das zweite Anliegen geht an Herrn Karl, den Leiter unseres Hauses. Ich schreibe ihm, dass ich gern Essenausgeber werden wolle, aufgrund der Tatsache, dass ich drüben schon in der Metzgerei gearbeitet hätte und mich da so gut auskenne. Ich hätte auch den Gesundheitscheck bereits absolviert und würde als Essenausgeber damit sozusagen in einer Branche bleiben, wo mir die Arbeit auch echt Spaß gemacht hätte. Ich preise den verdammten Job an, als wäre er das Einzige, was ich im Leben überhaupt noch machen wolle. Der Andi sitzt daneben und staunt sich einen weg, mit welchem Drive ich immer die richtigen Worte finde.

Der Andi ist total aus dem Häuschen: »Dicker, solche Sachen musst du mir in Zukunft auch mal schreiben.«

Die Kunst, ein Anliegen zu schreiben, besteht darin, bloß nie zu sagen, was du nicht willst, sondern nur zu schildern, was du willst, und gute Begründung dafür zu finden, warum man es dir nicht ablehnen kann. Die Beamten wollen, dass du mitmachst, also lässt du es so aussehen, als machst du mit. Du musst leichten Druck aufbauen, aber nicht so viel, dass es nach 'ner Forderung klingt und sie bockig werden oder misstrauisch. Immer schön naiv bleiben und sie mit ihren eigenen Waffen schlagen.

Der Andi und ich beömmeln uns richtig über die beiden Anliegen, da geht drüben so ganz langsam die Tür auf, und der

Abu kommt aus der Zelle. Würde ich's nicht besser wissen, müsste ich sagen, der Typ ist oberstoned. Da steht ein krass bekiffter, zwei Meter großer, spargeldürrer Arab mit 'ner Hakennase auf dem Gang. Kiffen ist im Knast logischerweise total verboten, und ich sage zum Andi nur, es sehe ja so aus, dass Abu auch gut an Tabak kommt, ob er denkt, dass der mir was geben würde. Ich hab zu dem Zeitpunkt vielleicht noch Tabak für fünf Zigaretten, ich hatte ja nichts gebunkert im Regelvollzug, weil mir Dragan die Stangen immer von draußen mitgebracht hat und ich noch nichts von draußen schicken lassen konnte.

Sagt der Andi: »Klar, wir können ihn fragen.«

Wir gehen zum Abu rüber, und der Andi stellt mich vor, aber der Abu weiß natürlich, wer ich bin.

Und Andi: »Du, der Oli fragt, wie's mit Tabak aussieht.«

Darauf der Abu: »Können wir schon was machen. Aber wie sieht denn das aus, kommt da bei dir was? Kannst du bezahlen?«

Ich erklär ihm schnell, dass ich null vorbereitet aus dem Regelvollzug kam, aber mir in den nächsten Tagen ein komplettes Tabak-Paket von meiner Freundin reinschicken lasse, und darauf meint er, ja, alles gut, er checkt mal was aus. Dann geht er nach vorn zur Zentrale, winkt dem Beamten, der drückt ihm die Tür auf und Abu spaziert eine Treppe hoch auf die nächste Station. Der bekiffte Tabak-Pate von der Zelle gegenüber läuft einmal durchs Haus. Was für eine Show. Fassungslos guck ich hinterher.

Ich sag zum Andi: »Wie kann das denn sein?«

Ich bin in Haus A noch nie auf 'ner anderen Station gewesen, ich dachte immer, das sei absolut verboten. Du kannst die andere Seite nur durch die kugelsichere Glasscheibe der

Zentrale sehen, aber der Andi meint, nee, der Abu sei doch schon ’n halbes Jahr da, der sei voll akklimatisiert. Die Aussicht, dass es hier für mich irgendwann mal ein bisschen lustiger wird, macht total high.

Andi ganz ernst: »Jetzt dreh nicht gleich durch, Dicker.«

Wir setzen uns auf seine gemütliche Zelle. Er macht Kaffee, dieses Pulverzeug zum Einrühren, aber immerhin, und dann bekomme ich die zweite Einweisung des Tages: Thema Drogen.

Grundsätzlich kannst du im Knast natürlich alles bekommen, wie draußen auch, es kostet nur ein paar Mark mehr. Alkohol kriegst du von Leuten, die drin ’nen Fiffi ansetzen, so heißt das, wenn sie Marmelade mit Brot vergären. Tabletten, mit denen du dich wegschießen kannst, holst du dir von den Leuten, die ’ne Krankheit vortäuschen, z. B. simulieren die einen Bandscheibenvorfall und lassen sich echt hartes Zeug verschreiben, um das zu verkaufen. Das ist eine Sache, die ist im Knast sehr, sehr beliebt. Die Medikamente werden zwar in der Zentrale ausgegeben und müssen auch dort genommen werden, aber da schaut denen keiner in den Mund, ob sie das Zeug auch runterschlucken. Heroin und Koks kriegst du auch, ohne dass mir der Andi verraten würde, wie das reinkommt, er nimmt es auch nicht, weil es dich aggressiv macht, das ist beim Kiffen ja nicht so. Das entspannt dich einfach nur. Kiffen im Knast versteh ich absolut.

»Aber wenn sie dich erwischen?«, frag ich so auf blöd.

»Sollten sie besser nicht«, sagt Andi. »Das schiebt deinen Freigang nämlich ganz klar nach hinten.«

Es kann dir rund um die Uhr passieren, dass du in 'ne Urinkontrolle musst, so was sagen die dir selbstverständlich nicht vorher an, also musst du gucken, dass du entwässerst. Der Abu zum Beispiel trinkt acht, neun Liter am Tag, der säuft wie ein Kamel, der würde bei einer Kontrolle nur noch Wasser pissen. Sein einziges Problem ist, den Morgenurin loszuwerden, denn der wäre ja randvoll mit THC. Also pinkelt er in eine Flasche und kippt sie heimlich aus dem Fenster, trinkt einen Liter auf ex, pisst, schüttet das wieder raus und trinkt noch mal. Der fährt den ganzen Tag nur auf Wasser, dass sich in der Blase gar nichts bilden kann.

Seit der Abu hier ist, hat er eine negative Urinkontrolle nach der anderen abgegeben. Einmal haben sie ihn ganz früh geholt, da hat er halt einfach partout behauptet, er muss nicht pinkeln. Die Beamten haben 'ne Krise gekriegt. Sie haben ihn zwei Stunden lang eingesperrt und meinten, irgendwann wird er pissen müssen. Der Abu dachte, er explodiert. Natürlich musste der pissen. Aber stattdessen sagt er ihnen, ob er sich denn nicht in seine Zelle legen kann, und wenn er muss, kommt er halt zu denen. Sie haben dann noch 'ne halbe Stunde gewartet, in welcher der Abu fast verreckt wäre. Er hat schon überlegt, ob er seine Pisse nicht irgendwie trinken kann. Aber da haben sie ihn rausgelassen, er ist aus der Zelle, und während er unten noch in die Flasche gepisst hat, hat er sich oben schon absurde Mengen Wasser reingehauen.

Andi erzählt mir das alles ganz beiläufig, als ob das eben der Preis ist, wenn du im Knast kiffen willst. Aber ich krieg mich vor Lachen überhaupt nicht mehr ein und muss die ganze Zeit denken, Wahnsinn, wie wir hier sitzen, was er da redet, das könntest du eins zu eins als Dauerschleife im Fernsehen übertragen.

»Aber wie raucht der denn?«, frag ich. »Ich mein, das riecht man doch.«

»Durch 'n nasses Handtuch«, sagt Andi.

Und ich: »Wie geht das denn?«

Und er: »Is' super kompliziert.«

Dann geht auf einmal die Zellentür auf und Abu ist wieder da. Er hat 'ne randvolle Pall-Mall-Box in der Hand. Damit ist der an den Beamten vorbei. Er geht ohne Box hoch und kommt mit Box runter. Das ist ganz klar Handel, das geht eigentlich überhaupt nicht, aber der Abu hat ja nicht nur den Tabak dabei, sondern auch noch zwei halbe Grillhähnchen, vakuumverpackt. Draußen eigentlich was ganz Widerliches, hier drin Feinkost.

»Brauchst du noch was?«, fragt der Abu und grinst.

Ich sag, dass ich ihm die Dose sofort zurückgebe, sobald ich mein Paket hab, und ob er irgendwie Zinsen nimmt oder sonst irgendwas. Aber er meint, er muss hier keine Geschäfte machen.

»Jetzt komm erst mal an und rauch dir eine«, sagt er.

Dann schlendert er in die Gemeinschaftsküche, um dem Andi und sich und vielleicht sogar mir die beiden Hähnchen in den Ofen zu legen. Das wär dann fast wie bei Dragan und Miro, nur eben mit Hähnchen statt Pizza. Ich bin absolut sprachlos.

# 10

In den paar Wochen, die ich jetzt im Geschlossenen sitze, bin ich einmal mit allem durch, worauf ich warten kann. Jeden Tag warte ich auf das Wecken, das Frühstück, das Mittagessen, die Postausgabe. Alle vierzehn Tage warte ich darauf, dass mir der Einkauf ausgeteilt wird, den ich ein paar Tage zuvor in dem Vordruck angekreuzt habe, auf das Ankreuzen warte ich natürlich auch. Seit einigen Tagen stehe ich auf der Warteliste für den Job als Essenausgeber, zumindest ist das die Nachricht, die ich auf mein tolles Anliegen gekriegt habe, und jeden zweiten Sonntag warte ich wie wahnsinnig darauf, dass meine Süße mich besuchen kommt.

Heute ist es so weit. Es ist Sonntagmorgen, die Sonne scheint grau durchs Fenster in die Zelle. Wir haben April, und der Winter hört einfach nicht auf. Seit dem Aufstehen bereite ich mich mental auf den Besuch vor. Der Franz kennt das schon, der hat sich gleich in den Gemeinschaftsraum verzogen zum Fernsehen, und ich rauche, ich komm gar nicht mehr klar. Ich hab mir so viel vorgenommen, will stabil rüberkommen, männlicher, attraktiver, nicht wie letztes Mal, aber eben auch auf gar keinen Fall kalt. Ich justier mich grad noch ein, da klopft es an meine Zelle.

»Guten Morgen, Herr Stein.«

Da steht diese neue Beamtin, die seit Kurzem auf der Station arbeitet. Kurze Haare, blondiert, Stoppelschnitt, 'ne

Lesbe, würde ich sagen. Als sie kam, ist ihr oft passiert, dass wir sie mit »Herr Beamter« angesprochen haben, gar nicht mal, um sie zu ärgern, obwohl sie sich jedes Mal natürlich wahnsinnig darüber geärgert hat.

»Herr Stein, uns ist der Hausarbeiter ausgefallen«, sagt sie.

Und ich noch so ahnungslos: »Ja, und?«

Darauf sie: »Ja, und: Sie werden für den einspringen!«

Und ich jetzt entsetzt: »Entschuldigen Sie, wie bitte, was?«

»Sie haben mich schon verstanden.«

»Aber ich bekomm heut Besuch!«

»Ja, ist egal. Dann putzen Sie eben davor und danach.«

Ich versuch mich dumm zu stellen, ich hab keinen Bock auf Stress mit der Lady, aber ich werd jetzt auch nicht anfangen, Toiletten zu putzen, ich will einfach nur meinen Besuch haben, also sag ich ihr, Hausarbeiter, da weiß ich gar nicht, wie das geht.

Da sagt sie: »Darum bin ich ja hier. Ich werd's Ihnen zeigen.«

»Aber es muss doch jemanden geben, der das schon mal gemacht hat«, sag ich schon genervt, »irgendeinen Springer.«

Und sie: »Nee, eben nicht, sonst wäre ich ja nicht bei Ihnen.«

In den letzten Wochen hab ich das mit meinen Emotionen eigentlich immer sehr gut auf die Reihe gekriegt. Ich hab nicht mal 'ne Schranktür geschmissen, wenn ich wütend war. Maximal der Franz hat was abbekommen, aber der ist 'ne Geldstrafe, die sind das gewohnt. Jetzt freu ich mich nur auf 'nen entspannten Sonntag mit meiner Süßen, da muss diese Lesbe hier reinkommen und auf blöd Krieg mit mir anzetteln.

Ich sag ihr also an: »Kann schon sein, aber ich bin persönlich auf Stand-by zur Essenausgabe, dafür bin ich eingeschrieben, und ich hab auch keine Lust, Hausarbeiter zu machen.«

Und sie geht richtig ab: »Was haben Sie gerade gesagt?«

Ich versuch noch ein bisschen Fahrt rauszunehmen: »Ja, ich mein, das kommt für mich jetzt ein bisschen aus heiterem Himmel.«

Aber es ist schon zu spät. Ich bin über der Linie. Ich kann nicht mehr zurück. Ich zieh das jetzt durch.

Sie schreit: »Das heißt, Sie verweigern die Arbeit?«

Und ich: »Genau richtig.«

Da dreht sie sich um, knallt meine Zellentür zu und ist weg. Ich denk nur, alter Schwede, was hab ich der denn getan? Rastet die aus, weil ich mal 'ne falsche Vokabel benutzt hab? Na super.

Zwei Minuten später reißt sie die Zellentür wieder auf, Kopf hochrot, irre aufgebracht, aber ihre Stimme ist ganz fest.

»Herr Stein, ich weiß nicht, wie lange Sie schon hier sind, aber Sie scheinen mir nicht ganz begriffen zu haben, wie so ein Vollzug funktioniert. Also erklär ich Ihnen das noch mal. Die Tür nach draußen öffnet sich hier nur, indem man zeigt, dass man mitarbeiten will. Was Sie machen, ist Arbeitsverweigerung ersten Grades. Damit fallen Lockerungen für Sie selbstverständlich aus. Ich wünsche Ihnen noch einen schönen Sonntag.«

Und weg ist sie.

Bis zu der Situation hatte ich wenig mit weiblichen Beamten zu tun gehabt, obwohl sie ganz normal im Männerknast eingesetzt werden. Keine Ahnung, wer sich das ausgedacht hat, aber meiner Meinung nach bringt das nur Ärger. Im Regelvollzug hatten wir zwei Mädels aus der Heavy-Metal-Gothic-Szene, dick und voll tätowiert, die haben da ihren weiblichen Narzissmus im Knast befriedigt. Die sind abends, wenn so Vögel wie die normalerweise in der Dorfdisko stehen und nicht beachtet werden, auf die Station spaziert und haben 'n bisschen Smalltalk gehalten. Da stehen dann plötzlich vierzig, fünfzig Männer um die rum und gaffen. Es gab da diesen kleinen Italiener, ein echter Charmeur, der ist immer zu denen hin, hat sich vor ihnen aufgebaut und ist sich durch die frisch gewaschenen Haare gefahren.

Er immer so: »Und, wie seh ich aus, Frau Beamtin?«

Und die so: »Du siehst aus wie'n Gefangener.«

Und er grinst so: »Ich seh doch nicht aus wie'n Gefangener.«

Und die: »Aber original.«

Da meinte er dann immer, er könne ja so gut Pasta kochen, ob sie ihn mal auf seiner Zelle besuchen wollen, er schreibt auch ein Anliegen für eine Kerze. Wir haben auf dem Boden gelegen vor Lachen. So was ist ja auch immer ein bisschen gefährlich.

Wenn eine weibliche Gefangene im Frauenknast einen Beamten anmacht, dann interpretiert der das nicht als persönlichen Angriff. Der geht nicht zum Bereichsleiter und sagt: Hey, die hat mir angeboten, mir einen zu blasen, ich möchte da jetzt 'ne große Nummer draus machen. Das macht keiner. Aber ein männlicher Gefangener hat nicht die Möglichkeit, zu 'ner Beamtin zu sagen: Hey, komm mal vorbei, Kleine, ich spiel dir 'n bisschen an deiner Dose rum. So 'ne Nummer kann nur nach hinten losgehen.

Nun war ich der unterfickten Lesbe von eben aber überhaupt nicht auf die Art gekommen. Ich hatte nur einfach keinen Bock, die Kacktoiletten zu putzen. Es gibt auf der Station so viele Gefangene, die nicht arbeiten. Der Andi sitzt seit Wochen auf der Zelle und sagt, lass das mal die anderen machen, ich muss hier nicht rumstressen, ich hab genug Geld für meinen Einkauf.

Ich merk, wie Ärger in mir aufsteigt, und drehe die Stereoanlage auf, um meine Gedanken nicht zu hören. Die Alte schreibt jetzt hundertprozentig einen Bericht, ganz sicher. Das ist kein Zufall, dass die zu mir gekommen ist. Die hatte es persönlich auf mich abgesehen, die dachte, den Stein catche ich mir jetzt mal. Und ich hab zu dem Zeitpunkt unter den Beamten überhaupt kein Standing, ich kenne keinen von denen namentlich, geschweige denn, dass mal geflachst wurde. Die sind bisher für mich alle Fremde oder Feinde, und das bin ich für die natürlich auch.

Ziemlich schnell komme ich zu dem für mich logischen Entschluss, dass, egal wie sehr mich das alles aufgeregt, ich keine andere Möglichkeit habe, als jetzt zur Zentrale zu gehen, wo die Alte wahrscheinlich grade vor sich hin dampft, und der zu sagen, dass ich jetzt sofort Hausarbeiter mache. Ich hab meiner Freundin versprochen, dass ich hier drin keine Scheiße baue, und da ist das die einzige Möglichkeit, das noch irgendwie rumzureißen.

Einen Moment später stehe ich vor der Zentrale und klopfe an die Panzerglasscheibe, aber die Beamtin macht mir nicht auf, die guckt mich gar nicht an, die starrt total wutentbrannt auf einen Monitor. Ich hör auf zu klopfen, stell mich vor die Tür und warte. Ich warte fünf Minuten, zehn Minuten, fünfzehn. Irgendwann macht sie wie eine Furie die Tür auf und fragt, was ich will.

Ich nun so voll einsichtig: »Wissen Sie, das ist mir schon klar, dass man hier arbeiten muss oder sollte. Ich persönlich will ja arbeiten, deswegen hab ich ja auch ein Anliegen geschrieben. Der Grund, warum ich mit Ihnen gerade so gesprochen habe, warum ich gesagt hab, ich hab keine Lust, ist einfach, weil ich wirklich in dem Sinne echt keinen Plan vom Hausarbeiter habe.«

Eine halbe Stunde später stehe ich mit Wischmopp, Eimern, Toilettenpapier und Desinfektionsmittel auf dem Gang. Die Alte hat mich bis auf den Scheuerlappen genau gebrieft, wie ich was anzuwenden habe. Jetzt soll ich die ganze Station putzen, einschließlich Toiletten, Küche und Gemeinschaftsraum.

»Ich schau mir das alles nachher an«, sagt der Besen.

Ich denke, leck mich doch mit deinem kompletten Hausarbeitermist am Arsch. Aber ich will sie nicht noch weiter reizen.

Also sag ich: »Is schon klar.«

Danach sehe ich die Beamtin nicht mehr. Dafür gucken mir ein paar Gefangene beim Gangwischen zu, was, wie ich feststelle, ’ne Wissenschaft für sich sein kann, wenn man es gut machen will.

Als die Besuchszeit beginnt, bin ich immer noch nicht fertig. Die Beamtin erlaubt mir aber, zu unterbrechen. Ich leg schnell ein bisschen von dem Parfüm auf, das ich von Andi bekommen habe, um nicht nach Putzmittel zu stinken, und dann sitzen meine Süße und ich wieder in diesem Kellerraum. Aber die ganze Nummer hat mich so aufgebracht, dass ich keinen besseren Eindruck hinterlasse als beim letzten Mal. Ich wollte männlich rüberkommen, stattdessen muss ich ihr erzählen, dass, wenn sie draußen ins Auto steigt, hier noch 'n paar zu schrubbende Klos auf mich warten.

Als ich endlich damit durch bin, hat die Furie längst Schichtende. Aber sie hat einen Vermerk geschrieben, ihr Kollege ist informiert und läuft mit mir die ganze verdammte Station ab.

Er so abschließend: »Da hab ich schon Besseres gesehen.«

Und ich: »Ja, ich mach das heute zum ersten Mal.«

»Anscheinend haben Sie hier vorher Randale gemacht.«

»Ich hab überhaupt keine Randale gemacht, ich hab einfach gesagt, dass ich … ach, egal, vergessen Sie's.«

Am nächsten Tag werde ich um neun Uhr morgens zu Herrn Karl ins Büro gerufen. Der Oberboss trägt wieder eins von seinen rosa Hemden, aber diesmal sieht er darin nicht frisch, sondern besorgt aus. Er bietet mir keinen Platz an, also bleib ich vor dem Schreibtisch stehen, während er in irgendeinem Bericht blättert. Ich denk, jetzt wird er mich gleich heftigst zusammenbrüllen, aber er spricht mit mir ganz ruhig, wie mit einem ungezogenen Kind.

»Herr Stein, ehrlich gesagt, verstehe ich Sie nicht.«

Er meint, er sei mir mit dem Job als Essenausgeber entgegengekommen, ich stehe ja auf der Warteliste, aber nun, wo eine Beamtin nur mal eben prüfen wollte, wie ich auf das Entgegenkommen reagiere, habe er einen Bericht vorliegen, in dem vermerkt sei, dass ich hier offensiv die Arbeit verweigere.

Ich denk, was heißt denn hier entgegengekommen? Wenn ich das schon höre: entgegengekommen. Ich hab das Anliegen halt ganz gut formuliert und noch 'ne Empfehlung von Herrn Wetzel aus der Metzgerei organisiert, und das, absurd genug, alles nur, damit ich Essen austeilen darf. Wow, Leute, tausend Dank!

Aber der Karl sagt: »Und darum sind Sie jetzt, bevor Sie Essenausgeber werden, am Wochenende erst mal Hausarbeiter.«

Ich weiß, wenn ich jetzt was sage, dann mach ich alles kaputt, dann nimmt der Karl mich aus dem Arbeitsdienst raus. Die Alte hat Arbeitsverweigerung in ihren Bericht reingeschrieben, das ist halt einfach 'ne Steilvorlage für jegliche Erziehungsmaßnahme gegen mich. Also sag ich besser nichts, trab auf meine Zelle zurück und muss schon wieder die Stereoanlage voll aufdrehen.

Normalerweise gibt es für jede Station zwei Hausarbeiter, einen Vorarbeiter und einen Assistenten. Der Vorarbeiter ist so was wie der Platzwart. Das war auf unserer Station so ein mieser Österreicher, der seine Funktion innerhalb kürzester Zeit völlig verinnerlicht hatte, der blühte richtig auf. Das hatte ich auch schon in der Metzgerei gesehen, dass die Gefangenen auf einmal akribischer werden als die Beamten, sobald sie irgendwas zu sagen haben, und unter jedem Tisch extra nach Fett gesucht haben, obwohl der Beamte schon längst gemeint hatte, dass alles tipptopp sauber ist. Der Österreicher jedenfalls kam uns immer damit, was wir in der Zelle noch aufräumen sollen, bis ich ihn mal gewarnt habe.

»Dicker, noch so 'ne Ansage, und es scheppert«, meinte ich.

Die zweite Sache, die du bei jedem Gefangenen, der 'nen Job bekommen hat, beobachten kannst, ist, dass er sich Diener sucht, die diesen Job für ihn machen. Unser Österreicher zum Beispiel hatte einen Ungarn angelernt, der noch kleiner ist als er selbst, so einen Zwerg mit lustiger Fistelstimme. Der ist sein Assistent, was im Endeffekt nur heißt, dass er die ganze Arbeit machen muss und total gefickt ist. Der Zwerg putzt, und der Vorarbeiter geht währenddessen von Zelle zu Zelle und macht seine Geschäfte. Der hat dem Rumänen, den alle nur den Pitbull nennen, letztens beispielsweise das Desinfektionsmittel vertickt, wo achtzigprozentiger Alkohol drin ist, von dem der arme Pitbull dann so viel getrunken hat, dass sie ihm den Magen auspumpen mussten. Aber Pitbull hat sein halbes Leben in Rumänien im Knast gesessen und ist daher einiges gewohnt. Mit den zweihundert deutschen Wörtern, die er hier gelernt hat, erklärte er mir mal, wie es in einem Knast in Rumänien aussieht. Ehrlich gesagt, eine der schlimmsten Geschichten, die ich je in meinem Leben gehört habe. Es relativiert auch meine Sicht auf den eigenen Vollzug. Ich versuche Selbstmitleid, dem man in 'ner JVA nur allzu leicht verfällt, gegen Demut zu tauschen. Mal gelingt es, mal nicht, aber es ist der richtige Ansatz.

Die nächsten vierzehn Tage übernehm ich immer sonntags das Putzzeug vom Zwerg des Österreichers, wobei sich der Kleine anfangs kurz aufführt, als sei ich jetzt sein Assistent und als würden ihm die Kackeimer und -schrubber persönlich gehören.

Er so: »Bringst du nichts durcheinander, ja?«

Ich sag: »Vorsicht, Alter. Ich hau dir gleich eine.«

Es dauert den halben Morgen, die Station sauber zu machen. Auf dem Gang, wo ich jetzt den Dreh raushabe, wie man das Linoleum mit dem Schrubber abzieht, ohne dass es Streifen gibt, macht es mir fast ein bisschen Spaß. Ansonsten nervt es total.

Als ich zur Zentrale gehe, um anzusagen, dass ich Feierabend mache, weil ich heute wieder Besuch von meiner Freundin kriege, sitzt da wieder die freundliche Beamtenfotze und grinst sich einen. Ich will mich grade umdrehen, da meint sie, ich könne gleich auf der 3. Station weitermachen.

Ich sofort: »Das ist doch ein Witz, oder?«

Sie gleich: »Ach, dachten Sie?«

Ich so: »Aber da kenn ich mich überhaupt nicht aus.«

Sie zurück: »Ist genau baugleich. Nur ein Stockwerk höher.«

Sie wartet, ob ich das Diskutieren anfange, aber den Fehler mach ich nicht noch mal. Es sind noch immer drei Stunden Zeit, bis die Besuchszeit beginnt. Sie drückt mir also die Tür auf, ich geh die Treppe hoch und steh jetzt in dem Gang, der tatsächlich genauso aussieht wie unten, nur dass ich hier niemanden kenne.

Als normaler Gefangener hast du mit den Gefangenen auf den anderen Stationen eigentlich nichts zu tun. Du siehst die nur auf dem Hof, aber da bleiben die einzelnen Stationen unter sich. Ich weiß über die anderen also bloß, was ich gehört und gesehen hab. Die Leute von der 1 sind unauffällig, da ist kein Brecher dabei, die fliegen so unterm Radar durch. Die Leute von der 2 sind fast alles Geldstrafen, Junkies, vom Bahnhof Aufgegabelte, Schwarzfahrer, das bedeutet, die ganze Station hat kein Geld für Tabak oder Kaffee, da gibt es auf den Zellen überhaupt keine Fernseher, die beklauen sich ständig, da ist den ganzen Tag nur Terror. Die 3 ist eigentlich die einzige Station, die mit unserer ansatzweise vergleichbar ist, viele Strafhäftlinge, paar Atzlebener, die natürliche Konkurrenz sozusagen, wenn es drum geht, das Haus zu beherrschen, und auf deren Gang steh ich also jetzt.

Zwei Stunden später liege ich total müde in meinem Bett. Keinen von der 3. Station gesehen, aber voll die Rückenschmerzen. Die verdammte Schrubberei geht auf die Bandscheiben. Ich hab eine leicht schräge Hüfte, die verträgt das gar nicht. Ich will grad 'n bisschen wegpennen, damit ich frisch bin für meine Süße, da poltert's plötzlich an der Tür, und eine Sekunde später stehen drei Mitgefangene vor meinem Bett, alles so Piccos, Hühnerdiebe, die meisten kenne ich gar nicht, jedenfalls ist keiner von den wichtigen Jungs darunter, und alle reden wild durcheinander.

Ich krieg nur mit, dass irgendeiner aus der 3. Station irgendwas über den Hof gebrüllt haben muss, zu irgend'nem Kollegen von ihm drüben im Regelvollzug, und dann gelacht hat.

Ich mehrmals: »Hallo? Was hat er denn gesagt?«

Und da sagt einer: »Er meinte, das Opfer putzt grad sein Klo.«

Und ich: »Aha. Na super.«

Das »Opfer« stammt natürlich noch aus dem Zeitungsartikel, in dem es hieß, ich wäre im Knast die letzte Lusche und für jeden nur ein Opfer. Ich hatte bis dahin aber nie erlebt, dass mich auch nur irgendjemand so genannt hätte, was ja die absolute Provokation gewesen wäre. Darum ist das zwar freundlich, wenn mir die anderen mitteilen, was der Typ da oben sich grade erlaubt hat, auf der anderen Seite wollen sie nun logischerweise Action sehen. Es ist Sonntag, saulangweilig, da freuen sie sich, wenn was passiert. Ich weiß überhaupt nicht, was ich machen soll.

Zum Glück kommt jetzt Andi zur Tür reinspaziert.

Er schreit gleich: »Was ist hier los?«

Ich so: »Ach, vergiss es, irgendso'n Typ von oben brüllt was wegen mir in der Gegend rum.«

Der Andi lässt sich die Geschichte von den Piccos ganz genau erzählen, als sei er ein Polizist, der eine Aussage aufnimmt.

Der Andi also: »Wer war das?«

Darauf Picco 1: »Das muss'n Arab gewesen sein.«

Und dann Picco 2: »Oder'n Marok.«

Und wieder Picco 1: »Ja, genau, 'n Marok.«

Ich sitz im Bett und versuch, die Sache runterzukochen, aber Andi recherchiert akribisch alle bekannten Details, welche Zelle, welcher Kollege, bis hin zu dem genauen Satz, den der Marok gebrüllt haben soll. Dann jagt er die Piccos raus auf den Gang, schließt die Tür und teilt mir sein Ermittlungsergebnis mit.

Er sagt: »Das geht natürlich gar nicht.«

Ich so: »Ach komm.«

Aber er: »Oli, das kannst du auf keinen Fall ignorieren.«

Andi meint, er wisse, wer das ist. Das sei dieser Marok aus Atzleben, den er total hasst. Der habe Kollegen von ihm verzinkt wegen verschiedener Aktivitäten, darum musste der überhaupt hierherverlegt werden, um den zu schützen. Das seien typische Deals, die sich die Verräter ausverhandeln, und so einer sei der Marok, ein Chivato, wie die Verräter im Knast genannt werden.

Für mich persönlich ist zwar nicht nachvollziehbar, wie

Andi wissen will, wer das im Endeffekt war. Aber der Andi ist am Ausrasten, ich kann richtig sehen, wie seine Halsschlagader pumpt. Er meint, er findet jetzt sofort raus, in welcher Zelle der Marok sitzt, und dann geht er hoch und wird das regeln.

Ich sag: »Jetzt scheiß doch drauf.«

Aber er: »Dann lass uns bis zur Freistunde warten.«

Ich denk mir, alter Schwede, zur Freistunde. Wenn der Andi jetzt am Start ist, dann wird natürlich auch der Abu am Start sein, wenn wir da so als Dreier-Mob rausgehen und den Typen mit 'n paar Fragen konfrontieren, dann scheppert's schon mal ordentlich. Das ist mir viel zu viel Aufregung, das nützt mir auch nichts, wenn sich da die Atzlebener untereinander wichtigmachen und ich währenddessen blöd in der Gegend rumstehe. Da kommt nur Mist raus, am Ende hab ich nur noch Terror.

Ich wiegel also ab: »Nee, Andi, das muss ich selber machen, das kommt uncool, wenn du das regelst. Ich gehe da jetzt rauf.«

Er sofort: »Das kannst du nicht machen. Du kannst nicht auf 'ne andere Station gehen und den Typen da stellen.«

Und ich so ohne nachzudenken: »Klar kann ich das, ich bin doch heute Hausarbeiter, da darf ich ja wohl dort hochgehen.«

Der Andi noch: »Hey Alter, die schützen sich doch untereinander, wenn du einen von denen angreifen willst. Wenn die dich da oben zusammenwichsen, kann dir kein Schwein helfen.«

Aber ich: »Ich muss das selber hinkriegen. Ich frag ja auch nicht jemand anders, ob er meine Freundin für mich ficken kann.«

Das sieht der Andi ein und nickt.

Er verschwindet für einen Moment, um mir die Zellennummer dieses Marok-Vogels zu besorgen, und währenddessen sitz ich am Tisch und überleg, wie das nun wieder gekommen ist. Eine Woche zuvor sag ich nur, ich würd mich gern in Ruhe auf den Besuch meiner Freundin vorbereiten, statt Klos zu putzen, und jetzt muss ich allein auf eine fremde Station gehen, um mich da zu boxen. Ich mach einmal einen kleinen Fehler, und schon rollt die Scheiße den Berg runter wie ein riesiger Schneeball. Das ist 'ne Situation, die kenne ich total gut aus meinem Leben davor.

»Er sitzt auf Nummer 211«, sagt Andi, als er zurückkommt.

Ich sag: »Alles klar.«

Aber ich denke, oh Gott, oh Gott, jetzt tritt das ein, wovor du die ganze Zeit Angst hattest. Jetzt musst du aufpassen, dass du nicht gefickt wirst. Die Beamten ficken dich schon mit dem Job, jetzt fickt dich die Station wegen des Jobs. Das nimmt 'ne völlige Eigendynamik an. Das ist genau die klassische Nummer, bei der dich der Richter am Ende fragt: Warum haben Sie das getan?

Trotzdem muss ich gehen. Ich bin ganz neu hier, und der Typ da oben provoziert und beleidigt mich ganz öffentlich, und zwar so laut, dass es jeder gehört hat. Wenn ich nichts unternehme, springen noch andere Leute auf den Zug auf, die sich sonst so was gar nicht trauen würden, und dann hast du auf einmal deinen Spitznamen weg, dann hast du ihn nämlich wirklich weg. Da muss ich einfach was antworten, das er versteht und alle anderen auch.

»Okay«, sag ich zu Andi.

»Okay«, sagt er.

Draußen hatten körperliche Auseinandersetzungen für mich immer was wahnsinnig Spannendes. Meistens bin ich irgendwo reingelaufen, 'ne Kneipe, 'n Club, Menschen auf der Straße. Ich war jetzt nie so am Scannen, mit wem ich mich heute Abend anlegen kann, aber ich fand es immer 'ne super Geschichte, wenn einer Streit suchte. Ich hätte solche Situationen vermeiden können, ich wollte sie aber nicht vermeiden. Ich sehe, irgendjemand will irgendwas und versucht, das mit 'nem bösen Blick umzusetzen. In dem Moment steig ich ein. Ich guck erst mal nur, wer wen länger böse ankucken kann. Das ist so intensiv wie Sex. Du hast ja keine Ahnung, wen du vor dir hast. Es kann sein, dass es der örtliche Kickboxmeister ist und du keine zwei Sekunden mehr stehst. Du weißt nicht, wer schlägt zuerst zu, sind andere Leute beteiligt, kommt noch einer von hinten, wann hört die andere Person auf. Reicht's, wenn du am Boden liegst? Oder musst du um dein Leben fürchten? Und dann hab ich auf einmal gewonnen, die andere Person kriecht in eine Ecke, und ich steh da, bestell mir ein Bier und guck noch mal, wer hat das alles gesehen, wissen die jetzt Bescheid, dass ich der Held bin. Wenn's andersrum läuft, ist es natürlich 'ne Vollkatastrophe. So war das immer, wenigstens draußen.

Ich gehe aus der Zelle. Ich sag dem Beamten in der Zentrale, dass ich noch mal auf die 3. Station muss. Ich nehm die Treppe. Ich laufe über den Gang, den ich gerade noch geschrubbt hab. Ich bleib vor Zelle 211 stehen. Ich klopfe gegen die Tür. Falsch, ich trommle gegen die Tür. Der Marok macht auf. Ich trete ein. Ich steh in seiner Zelle. Es ist nur ein Schritt, aber es macht einen riesen Unterschied, ob du vor oder in einer Zelle stehst. Für mich, aber auch für den Marok ist das ein komplett anderes Gefühl.

Ich sag ihm ganz klar: »Ich hab gehört, du hast was aus dem Fenster gebrüllt, ja? Du hast mich beleidigt? Was soll das, Alter? Findest du das witzig?«

Der Marok ist zwei Zentimeter größer als ich, er hat tendenziell sogar 'n bisschen mehr Masse. Aber das ist mir zu dem Zeitpunkt eigentlich scheißegal. Andi meinte, er sitzt wegen Drogen. Keine Ahnung, wie viel Kampferfahrung der da gesammelt hat, aber er ist schon mal auf keinen Fall körperlich schwächer.

Er sofort aggressiv: »Was redest du für eine Scheiße? Was machst du überhaupt auf der Station? Was machst du in meiner Zelle? Verschwinde, du Pisser!«

Ich versuch ruhig zu bleiben: »Alter, ich will das von dir geklärt haben. Also überleg genau, was du gesagt hast.«

Ich stehe da, ich starre ihn nieder, richtig sauer, mir treten am Hals fett die Adern raus, aber er entschuldigt sich nicht.

Er: »Raus aus meiner Zelle oder willst du, dass es kracht?«

Ich: »Alter, laber keine Scheiße! Sag mir, was hier los war! Sonst kracht es gleich wirklich.«

Ich red mich voll in Rage und schrei den Marok zusammen, der steht keine zwei Meter weg von mir, da taucht rechts hinter mir in der Tür auf einmal so 'n anderer Typ auf. Ich sehe nur aus den Augenwinkeln, dass er nicht gerade klein ist. Er mischt sich ein, als sei er hier der Sheriff.

Er so scharf: »Was ist hier los?«

Ich gleich: »Halt du dich hier raus, Alter!«

Aber er hört nicht auf: »Hey, was gehst du in die Zelle rein? Was machst du hier die Leute an?«

Ich sag: »Sei ruhig!«

Ich schau zwischen dem Typen und dem Marok hin und her, und in dem Moment, wo der Marok sieht, einer hilft ihm, fängt er überlaut das Gezeter an von wegen, ich solle ja die Fresse halten und mich verpissen. Er geht verbal voll aggressiv gegen mich vor, da fange ich an, am ganzen Körper zu zittern, aber so richtig. Das ist immer der Klassiker, kurz bevor's bei mir losgeht.

Der Marok grinst noch: »Alter, schau mal, du zitterst schon. Verpiss dich bloß nach unten.«

Da greif ich nach der Tür und schlage sie zu.

Das war das Beste, was ich machen konnte.

Jetzt wird es ernst. So viel kriegt der Marok mit. Irgendwas in seinen Augen verändert sich. Er weicht drei, vier Schritte zurück, zur Wand, zum Fenster, und hält sich dort mit einer Hand an den Gitterstäben fest. Ich hab nicht viel Zeit, bevor die Tür wieder aufgeht und die Zelle voller Leute ist. Wenn ich auf den Typen einschlagen will, muss ich Vollgas auf ihn einschlagen.

Aber der Marok rudert zurück: »Easy, Mann, easy.«

Er sieht mich zittern, aber jetzt kapiert er, nicht aus Angst. Er sieht, ich schlag gleich zu, hundertprozentig, ich schlag gleich zu. Ich stehe mitten in der Zelle, und er ist in der Ecke.

Er schreit: »Ich war's nicht! Ich war's nicht! Ich hab keine Scheiße gebrüllt! Easy, Mann, komm runter.«

Da wird hinter mir die Tür aufgerissen.

Zwei Typen stehen da, der eine von vorhin und noch ein anderer. Jetzt ist die Sache gegessen. Jetzt hab ich genau das Albtraum-Szenario. Ich allein auf der fremden Station. Zwei Mann im Rücken, den Marok vor mir. Ich rechne damit, dass die Typen mich greifen und aus der Zelle rausbugsieren, ich guck mich schon um, ob ich irgendwas greifen kann, 'ne Flasche oder so.

Aber die Typen schreien nur: »Mach dich hier raus!«

Da erkennt der Marok seine Chance. Er versucht, an mir vorbeizuflitzen. Ich stehe immer noch in der Mitte der Zelle. Ich stoß ihn ganz gut gegen die Brust, und er knallt voll in das Stahlbett rein. Es scheppert übel. Dann macht er sich auf und zischt an den beiden Typen vorbei nach draußen. Ich bin total drauf gefasst, dass die jetzt auf mich draufgehen. Aber das passiert nicht.

Sie schreien nur: »Was baust du hier für 'ne Scheiße?«

Ich gehe ganz langsam aus der Zelle raus. Mir wird nichts getan. Ich steh auf dem Gang, kein Marok zu sehen. Die Typen rufen mir was hinterher, aber sie kommen nicht näher. Ich bin total irritiert, dass das alles gewesen sein soll. Ich lauf die Treppe runter auf meine Station, da sehe ich den Marok. Er steht original in der Zentrale drin, bei den Beamten, hinter kugelsicherem Glas. Er zeigt auf mich. Die Beamten gucken mich an, aber ich gehe wie in Zeitlupe an ihnen vorbei auf meine Zelle und mach die Tür hinter mir zu. Mir ist vollkommen klar, was jetzt kommt.

# 11

»Alter, der Typ steht in der Zentrale. Was hast du gemacht?«

Das ist Andi, der das fragt. Er ist direkt hinter mir in die Zelle gekommen, er muss draußen auf dem Gang gestanden haben, ich hatte ihn gar nicht gesehen. Er setzt sich zu mir an den Tisch, wo ich, die Ellenbogen aufgestützt, mein Gesicht mit beiden Händen festhalte. Meine Knie zittern. Aber Andi ist auch total aufgeregt.

Ich sag: »Alter, ich hab gar nichts gemacht.«

»Ja, warum steht der in der Zentrale?«

Ich erzähl dem Andi ganz genau, was passiert ist, alles.

Und währenddessen meint er immer nur: »Oh oh oh.«

Wir wissen beide, dass ich auf jeden Fall 'ne Anzeige kriegen werde. Die haben überall Überwachungskameras in den Gängen, die müssen nur das Scheißband zurückspulen. Wie ich reingehe. Wie ich die Tür zuschlage. Wie ich alleine mit dem in der Zelle bin. Das ist 'ne ganz einfach zu rekonstruierende Geschichte. Ich überleg nur, ob ich diesmal auch den einen Anruf machen darf, um meiner Süßen zu sagen, dass sie nicht kommen braucht zum Besuch, weil ich mich grade noch tiefer reingeritten hab.

Dann werde ich auch schon auf die Zentrale gerufen.

Der Beamte macht gar nicht groß rum. Keine Standpauke, keine Fragen, nix. Die Atmosphäre ist total geschäftsmäßig. Ich stehe in diesem Panzerglasaquarium vor dem Tresen, dort, wo ein paar Minuten zuvor gerade noch der Marok gestanden hat, und höre wie unter Wasser, was der Beamte zu mir sagt.

»Wir haben gerade einen Vorfall aufgenommen, Sie wurden angezeigt. Für heute ist die Arbeit als Hausarbeiter erst mal erledigt. Wir müssen jetzt schauen, ob wir den Herrn Karl erreichen, wir haben ja Sonntag, wie das mit Ihnen weitergeht. Bis auf Weiteres bleiben Sie heute auf Ihrer Zelle. Sie gehen auf keine andere Station, Sie rennen auch nicht mehr auf dem Gang rum. Bringen Sie keine Hektik rein. Bitte, halten Sie sich da dran.«

Ich frag gar nicht, was aus dem Besuch meiner Süßen wird.

Ich sitz auf der Zelle und der Andi hockt bei mir. Warum kann ich nicht einfach auf diese Station gehen und als tätowierter Irgendwas den Hausarbeiter machen? Warum muss ich mich jetzt damit beschäftigen, dass ein Gefangener irgendwas brüllt? Es langweilt mich. Kann ich nicht normal sitzen? Geht das nicht? Geht's drinnen nicht normal zu, eben weil's draußen auch nicht normal zugeht?

Ich könnte sagen, ich stehe da drüber. Aber das kannst du nicht. Du kannst ignorieren, wenn jemand auf der anderen Straßenseite dich nicht mag. Du kannst ignorieren, wenn du in ein Restaurant gehst und das Essen scheiße schmeckt oder dich ein Kellner scheiße behandelt. Das kannst du ignorieren. Aber du kannst keine Leute ignorieren, mit denen du gezwungen bist, auf engstem Raum zu leben. Das ist unmöglich. Du hast noch nicht einmal die Möglichkeit wegzugehen. Du kannst nie so weit weggehen, dass du nicht mehr hörst oder siehst, was die machen. Das wäre dann das Modell, das mir der Direktor damals in der Metzgerei angetragen hatte, sprich totale Isolationshaft, wo du keinen mehr mitkriegst. Das wär der absolute Albtraum. Das hinterlässt richtig Schäden. Dafür mag ich Menschen auch viel zu sehr.

Der Andi, der die ganze Zeit zugehört hat, meint: »Ich hab dir doch gesagt, du sollst da nicht alleine hochgehen.«

Aber ich sag: »Alter, du kannst so was nicht für mich regeln. Das geht nicht. Sonst kann ich den Vollzug nicht machen.«

Da schweigt der Andi, denn von der Knastseite her habe ich bei der Geschichte alles richtig gemacht. Der Typ brüllt rum, und kurz später stehe ich bei dem auf der Matte. Das verbreitet sich, während der Andi und ich hier sitzen, grad wie ein Lauffeuer über die Stationen. Die Sache wird bekannt, davon können wir mal ausgehen. Gut, der Marok ist jetzt nicht auf 'ner Bahre rausgebracht worden, was knastseitig mal das Allerbeste gewesen wäre, dann hätte ich Ruhe gehabt, wobei da natürlich die Gefahr besteht, dass sich Leute, die sehr viel stärker sind, animiert fühlen, das wieder zu korrigieren. Das kann sein, das ist nicht absehbar, aber dann befindet man sich eben im Krieg. Dann herrscht Krieg, dann ist es so. Mein Leben ist beschissen, hoffentlich wird eures auch beschissen. Für den Moment jedenfalls hab ich mal klargezogen, dass man mit mir nicht rumficken kann. Ich denk noch, das sieht der Andi genauso, weil er schweigt.

Stattdessen sagt er ganz ruhig zu mir: »Aber Alter, du willst doch irgendwann mal hier raus.«

Er klingt dabei komischerweise nicht wie ein richtiger Gefangener, sondern eher wie 'n Beamter, was mich, je länger ich drüber nachdenke, umso mehr stört, eigentlich aufbringt.

Ich sag: »Was soll das heißen?«

Und er: »Naja, vielleicht hätte man das doch irgendwie anders regeln müssen.«

Das Problem ist, dass ich mir gerade im Knast eine Anzeige eingehandelt hab, obwohl ich schon zweimal Körperverletzung auf dem Plan stehen hab und draußen noch ein Verfahren wegen einer dritten Sache läuft. Jetzt könnte das hier das vierte werden. Da ist sowieso Ende mit Bewährung, da sitz ich bis zur Endstrafe, mindestens. Wer weiß, wann ich dann überhaupt wieder rauskomme. Wenn sie jetzt schon sagen, dass ich auf der Zelle bleiben soll, kein Gang, kein Gemeinschaftsraum, nur Zelle, eingesperrt im Endeffekt, und wenn sie jetzt schon versuchen, den Herrn Karl zu erreichen, am Sonntag, wegen so was, dann schicken die mich morgen als Erstes mit dem Bus nach Atzleben. Als mir das klar wird, geht mir auf einmal ganz heftig der Strom an.

Ich brüll so: »Dicker, das läuft nicht. Die können mich am Arsch lecken. Hausarbeit? Ich mach keine Hausarbeit mehr. Ab jetzt gibt's nur noch auf's Maul. Dieser Marok soll 'n harter Dealer sein? Das ist der größte Witz, dieser Typ. Ich steh allein gegen drei Leute und der rennt zu den Beamten und heult rum, als würden ihm zwei Zähne fehlen oder ich wär mit 'nem Messer auf ihn los. Wenn ich kein Verbrecher bin, dann lass ich's. Aber ich schrei nicht in der Gegend rum und erstatte Anzeige.«

Der Andi nickt, obwohl ich nicht sicher bin, ob er das tatsächlich alles so klug findet, was ich da sage. Nur bin ich momentan so mordsmäßig aggressiv drauf, richtig wie in 'nem Amok-Film, dass es sowieso sinnlos wäre, mit mir zu diskutieren.

Also sagt er nur: »Easy, Alter, easy. Jetzt wart erst mal ab.«

Ich kann aber nicht abwarten: »Dicker, wenn die mir jetzt den Besuch mit meiner Süßen canceln, dreh ich total durch. Ganz im Ernst, keine Ahnung, diese Beamtenfotze oder dieser Wichser da oben, irgendeiner kriegt's ab. Ich hab so die Schnauze voll.«

Es ist jetzt halb zwei. Die Durchsagen, welche Nummern sich für den Besuch fertigmachen sollen, müssten eigentlich jede Minute kommen. Andi und ich sitzen wie versteinert auf meiner Zelle und starren die Wand an. Der Franz traut sich schon seit Stunden nicht mehr rein, und auch sonst niemand. Da ist die Durchsage. Es werden sechs Nummern aufgerufen. Meine ist dabei.

Okay.

»Bleib cool, Alter«, sagt der Andi.

Ich sag: »Klar.«

Ich lauf also wieder auf die Zentrale. Da sitzt noch immer der Beamte, der mir vorhin noch erzählt hat, dass ich jetzt Zellenarrest habe. Wie bei jedem Besuch pack ich meine Sachen aus und lege sie in die blauen Plastikboxen. Der Beamte drückt mir noch 'nen Spruch von wegen, wenn ich mir bei dem Besuch auch nur irgendeine Nummer leiste, zu lautes Reden, zu lange Umarmung, wird sofort abgebrochen. Aber das hörst du schon nicht mehr.

Du gehst diesen hellen Gang lang in den Kellerraum, du setzt dich an einen der Tische, du siehst die Kinderspielecke im Neonlicht, und in dem Moment weißt du auf einmal ganz genau, was du unbedingt in deinem Leben willst. Du möchtest unbedingt bei deiner Freundin sein. Du möchtest unbedingt nichts mit dem Putzen von Gefangenentoiletten zu tun haben. Du möchtest nichts mit irgendwelchen Arschlöchern zu tun haben, die dich so provozieren, dass du völlig nüchtern auf 'n Mittag kurz davor bist, 'nen Typen umzuhauen, weil der sich nicht entschuldigen kann. Das ist es, was du willst, und dann fällt dir ein, dass sich das nach exakt einer Stunde schon wieder erledigt hat. Du überlegst, wie du diesen Besuch über die Runden bringen kannst, ohne ihr zu erzählen, was grad passiert ist, weil du nicht willst, dass sie sich Sorgen um dich macht und nicht mehr schläft, und in dem Moment siehst du sie durch die Stahltür kommen, und alles ist vergessen. Du erlebst wieder den schönsten Menschen, den absoluten Engel, am hässlichsten Ort der Welt. Gerade noch hattest du diese ganze Last, diesen kompletten Horror, aber das nimmt sie dir völlig weg. Das ist echt faszinierend. Eine Stunde lang bist du wo ganz anders.

Ich sag ihr nur: »Ich bin jetzt fest als Hausarbeiter eingeteilt, Baby. Ich muss jedes Wochenende Toiletten sauber machen.«

Sie so bestürzt: »Das ist ja 'ne Katastrophe.«

Aber ich: »Du, ich muss da jetzt einfach durch. Das hilft alles nichts, aber es ist echt zum Teil nicht einfach für mich.«

Und sie zuckersüß: »Das kann ich mir vorstellen.«

Und ich: »Baby, du kannst dir das von draußen nicht vorstellen. Gar nichts kann man sich vorstellen, wie das alles ist.«

Nach dem Besuch von meiner Süßen will ich keinen mehr sehen. Ich liege im Bett, starre an die Decke und hab immer wieder das Gesicht vom Marok vor mir und wie er plötzlich Angst bekommt. Ich kenn das von draußen, wenn ich mich mit jemandem geboxt hatte. Das ist ein altes Muster von mir. Dann lag ich am andern Morgen auch so da und war überhaupt nicht mehr stolz drauf, sondern hab nur noch überlegt, wie groß die Chance ist, dass ich bald eine Anzeige in meinem Briefkasten hab.

Ich schaue von meinem Bett aus auf den Innenhof. Da sind die Zäune, die Lichter, dahinter die Stadt. Der Franz schnarcht, sonst ist alles ruhig, alles ist so verdammt ruhig, während draußen das Leben immer weitergeht. Meine Süße hat wieder so gut gerochen. Eine Stunde lang hätte ich nur an ihr riechen können.

Und da sag ich mir was: Du musst hier ganz anders leben. Du hast eine Stunde lang die Möglichkeit, deine Frau, die du über alles liebst, zu sehen. Dann musst du diese Stunde mit ihr maximal genießen. Es macht keinen Sinn, den Scheiß, den du gerade erlebt hast oder noch erleben wirst, mit in die Stunde hineinzunehmen. Dann hast du diese Stunde verschwendet, und der Scheiß kommt später eh. Wenn du später von einem dieser Schweine erstochen wirst, dann hattest du wenigstens die Stunde. Das sag ich mir, und auf einmal hab ich zum ersten Mal, seit ich sitze, das Gefühl, dass ich mir wirklich zuhöre und es irgendwie schaffe, mein Denken zu steuern.

Am anderen Morgen steh ich im Büro von Herrn Karl. Es war noch nicht mal Frühstück ausgegeben, da hat der Oberboss mich schon rufen lassen. Anders als letztes Mal darf ich mich setzen, offenbar wird das hier länger dauern. Der Karl sitzt wieder in einem rosa Hemd hinter seinem Schreibtisch und blättert in einer Akte. Er sieht so irre gesund aus. Auf dem Regal entdeck ich das Foto von 'nem Segelboot, ich weiß gar nicht, ob es das letzte Mal schon da stand.

Der Karl fängt gleich an, nicht aggressiv oder so, nur einfach nicht freundlich. Er redet, als würde er 'ne Anklage verlesen.

»Herr Stein, Sie werden beschuldigt, auf die 3. Station gegangen zu sein, einen Gefangenen in seiner Zelle aufgesucht zu haben und eingetreten zu sein, ohne dass der Gefangene dies gewünscht hat. Sie haben anscheinend den Gefangenen auch in seiner Zelle eingesperrt, indem Sie die Tür zugemacht und sich ihm in den Weg gestellt haben. Das ist offensichtlich auch nicht zu widerlegen. Ich habe mir das Videomaterial noch nicht angeschaut. Aber überlegen Sie sich bitte genau, was Sie jetzt sagen, weil wir alles, was Sie da oben im Gang gemacht haben, auf Band haben. Das sage ich Ihnen gleich schon mal vorweg.«

Ich will gleich dazwischen und sag: »Ja, aber ...«

Doch der Karl hebt sofort total verärgert die Hand, damit ich still bin, und dann redet er in dem Stil weiter.

»Der Gefangene hat ausgesagt, dass Sie ihn massivst bedroht haben. Sie haben ihm unterstellt, dass er Sie beleidigt hätte, Sie sind ihn körperlich angegangen und haben ihn in sein Bett gestoßen, zwei andere Gefangene mussten zu Hilfe kommen, dass er die Zelle überhaupt verlassen und die Zentrale erreichen konnte. Das ist jetzt ein richtig großes Problem, das Sie jetzt haben.«

Ich will wieder dazwischen: »Ja, aber ...«

Aber der Karl meint, ich solle ihn bitte ausreden lassen.

»Wenn ich in Ihre Akte gucke, sitzen Sie wegen Körperverletzung und gefährlicher Körperverletzung. Außerdem haben Sie ein schwebendes Verfahren wegen Körperverletzung. Und das, was wir jetzt vorliegen haben, ist auch eine Körperverletzung.«

Und ich wieder: »Kann ich jetzt …«

Aber der Karl lässt mich nicht. Ich hab das Gefühl, der will nur immer weiterreden, damit ich nie was sagen kann.

»Ich kenne Sie jetzt seit gut vier Wochen. Sie machen mir einen sehr sympathischen, sehr normalen Eindruck. So wie Sie mir rüberkommen, sind Sie eher ein gefallener Anständiger. Mir ist auch zu Ohren gekommen, dass es einen Grund dafür gab, dass Sie da hochgegangen sind. Offenbar hatte der Gefangene Sie tatsächlich beleidigt. Das ist natürlich nicht schön, das darf nicht sein. Aber ich möchte Ihnen sagen, wenn Sie so etwas hier drin nicht anders geregelt bekommen, kann ich Ihnen nicht sagen, wo Ihre Reise endet beziehungsweise, wann sie endet.«

Und ich wieder: »Darf ich jetzt endlich mal reden?«

Und er diesmal: »Ja, jetzt dürfen Sie.«

Daraufhin erzähle ich ihm, wie sich die ganze Geschichte für mich darstellt und warum ich nicht anders handeln konnte, als ich's gemacht hab. Ich bin zwar aufgeregt in der Stimme, aber in der Aussage total klar.

Ich sag: »Herr Karl, ich verstehe, was Sie meinen, aber ganz ehrlich, dass das jetzt ein Ausrutscher war, dass ich da hochgegangen bin, oder dass mir das leid tut, das kann ich nicht sagen.«

»Das hab ich mir gedacht«, sagt er.

Komischerweise ist er nicht sauer. Er lehnt sich zurück, dreht sich mit seinem Drehstuhl so ein Stück zu Seite, dass er das Regal anschauen kann und das Foto mit dem Segelboot. Auf einmal klingt seine Stimme wieder so väterlich, wie ich sie kenne.

Er so: »Ich habe über Ihre Situation nachgedacht.«

Der Karl ist Beamter, das heißt, dass er verschiedene

Sachen eigentlich gar nicht sagen darf oder aber wenigstens anders ausdrücken muss, aber zusammengefasst, sagt er mir Folgendes.

So, wie ich die Sache geregelt habe, handhaben das auch andere Gefangene. Im Knastslang heißt das »sich gerade machen«, und da passieren oft auch schlimmere Sachen, als dass einer gegen's Bett fliegt. Nur sind diese Gefangenen eben nicht in meiner Situation. Wenn Gefangener X und Y sich in der Dusche aufs Maul hauen, interessiert das keinen. Wenn ich hier irgendwelche Fehler mache, wird nicht weggeschaut, von den Gefangenen sowieso nicht und von den Beamten erst recht nicht. Als Mann kann der Karl meine Reaktion verstehen, aber als Hausleiter kann er das nicht akzeptieren. Wenn ich also nicht im Krankenwagen hier rausfahren oder in Atzleben landen will, soll ich mir irgendeine Methode überlegen, mit der ich hier klarkomme.

Das freut mich, dass sich der Karl für mich Gedanken gemacht hat, aber die lösen meine Probleme auch nicht.

Ich also zu ihm: »Dann sagen Sie mir, was ich in dieser Situation hätte machen sollen.«

Und er allen Ernstes: »Sie gehen zur Zentrale und sagen, dass ein Mitgefangener Sie bedroht oder beleidigt hat.«

Da sag ich: »Wissen Sie, Herr Karl, das ist einfach nicht meine Attitüde. Das hab ich auch draußen nie gemacht. Ich hab nie einen angezeigt, mit dem ich Streit hatte. Ich renn auch nicht zur Polizei, wenn mein Nachbar Party feiert. Entweder ich kann das selber regeln, oder ich fang gar nicht erst an.«

Und er wieder: »Herr Stein, ich will, dass Sie hier irgendwann normal rausgehen. Den Eindruck machen Sie mir nämlich.«

»Aber Herr Karl, wenn ich zu den Beamten gehe und wegen mir dann jemand länger sitzt, bin ich nicht nur ein Opfer, dann bin ich das Opfer, das auch noch ein Verräter ist. Das geht nicht.«

Da legt mir der Karl auf einmal diesen Satz hin, der die ganze Diskussion beendet, eben weil er die totale Wahrheit ist.

Er sagt: »Aber Herr Stein, Sie sind kein Verbrecher. Sie ziehen sich hier einen Kodex an, der gar nicht Ihrer ist.«

Ich sitze so da und lasse das in mir nachhallen, auch der Karl sitzt so da. Wir schweigen, und das ist ein ganz intimer Moment, dieses Schweigen. Er ist der erste Beamte, der sich mal in mich hineinversetzt hat, und er hat gleich mehr von mir kapiert als alle Therapeuten da draußen zusammen. Ich bin gerührt und verwirrt.

Am Ende verspricht mir der Karl, er werde versuchen, den anderen Gefangenen zu überzeugen, dass er die Anzeige zurückzieht. Was ihn angeht, müsse daraus kein offizieller Fall werden.

»Das wär dann alles«, sagt Herr Karl.

# 12

Es ist fünf Uhr morgens. Der Knast schläft noch, aber ich stehe in der Küche und mach Tee für zweihundert Leute. Der Andi hilft mir. Wir nehmen einen von den schweren Bottichen, wuchten ihn unter den riesigen Edelstahlboiler und lassen ihn mit brühend heißem Wasser volllaufen. Ich werfe einen Teebeutel rein, groß wie eine Tüte Mehl. Das machen wir viermal, vier Kanister für vier Stationen, und danach das Ganze noch mal – vier Kanister, vier Stationen – mit Muckefuck. Das ist so eine Art Kaffee, aber ohne Koffein, auch ohne Filter. Er wird als Pulver in großen Beuteln geliefert und es staubt unglaublich, wenn man den ins Wasser schüttet. Die Brühe schmeckt absolut ekelhaft, darum trinken ihn auch nur Geldstrafen. Dann packen der Andi und ich die Bottiche auf unseren Bollerwagen und schieben ab zur Zentrale, in der noch der Herr Hopp von der Nachtschicht sitzt. Er ist etwa so alt wie wir, auch trainiert, auch tätowiert, fährt auch Motorrad, mit dem könntest du auch locker abquatschen, was grade so auf Facebook los ist, das heißt, wenn wir Gefangene auf Facebook gehen könnten. Aber anstatt uns jetzt die Tür zur Station aufzumachen, ist er über seine Zeitung gebeugt. Das setzt schon mal den ersten Spruch des Tages.

Ich so genervt: »Hallo Herr Hopp, der Muckefuck wird kalt.«

Und er ganz freundlich: »Kommen Sie wieder, um die Gefangenen zu vergiften, Herr Stein?«

Und ich empört: »Also, wie Sie reden, Herr Hopp, da wird's wohl doch langsam Zeit für 'ne Beschwerde.«

Und er lächelnd: »Vorsicht, Herr Stein. Sonst hol ich meine Handschellen und schließe Sie an den Bollerwagen da an.«

Es hat sich hier in der letzten Zeit einiges getan.

Es fing damit an, dass ich vor zwei Monaten tatsächlich Essenausgeber wurde. Am Anfang mit so 'nem Typ von der 2. Station zusammen. Es hat mich gewundert, dass sie das jemanden von der 2. Station machen lassen, weil dort normalerweise nur Junkies einsitzen. Die ganze Station ist wahnsinnig abgefuckt und verdreckt, überall riecht's nach selbst angesetztem Alkohol, solchen Leuten gibt man eher keinen freien Zugang zum Essen. Der Typ war so'n kleiner Dieb, der schon mehrmals gesessen hatte, an sich total fertig und auch sonst nicht besonders spannend. Obwohl ich neu eingestiegen bin und er damit so was wie mein Vorarbeiter war, hab ich mich von dem überhaupt nicht hetzen oder treiben lassen, im Gegenteil. Nachdem ich mir die Abläufe angeguckt hatte, hab ich schnell das Kommando übernommen. Ich hab ihm gesagt, ich hätte keinen Bock, morgens zu ihm zu kommen. Ich würde gern mal verschlafen, er solle doch besser zu mir kommen und, wenn ich noch nicht da bin, bitte klopfen und mich wecken. Von da an hat er dann auch immer den Wagen gezogen, und ich ging vorneweg.

Als Essenausgeber haben sich für mich auf einen Schlag zwei Sachen verändert. Die eine: Ich konnte mich ab sofort im Haus völlig frei bewegen. Ich musste nur zur Zentrale sagen, ich gehe noch mal auf die 1. Station und schau, ob die noch genug Tee haben, schon drücken die mir die Tür auf. Das ist richtig abgefahren, weil es für dich im Haus dadurch fast keinen Bereich mehr gibt, in dem du keinen Grund hättest, nicht zu sein. Für einige Türen, zum Beispiel die zur Küche, kriegst du sogar Schlüssel.

Die andere Veränderung ist im Grunde noch viel krasser. Als Essenausgeber bekommst du von der Kammer eine komplett andere Garderobe, was der absolute Wahnsinn ist. Du kriegst weiße Hosen, weiße T-Shirts, weiße Socken und ein weißes Barrett. Die Sachen kannst du super mit anderen kombinieren und dadurch mit einem ganz coolen Style auftreten. Ich hab nach der Arbeit nur die Hosen gewechselt, weil mir diese grauen, weit geschnittenen Dinger, die alle tragen, besser gefallen, sie sehen irgendwie skateboardermäßig aus. Aber wenn ich zum Hofgang raus bin, hatte ich ab sofort nicht mehr dieses verwaschene weinrote Oberteil an wie alle, sondern ein enges, weißes T-Shirt, das immer absolut neu und frisch war, weil ich sonst gleich auf die Kammer gegangen wäre und gesagt hätte: Leute, ich kann so nicht Essen ausgeben, da ist ein Loch drin. Da kannst du richtig das Rumficken anfangen, von wegen Hygiene und so, das ist großartig. Mit einem Schlag hab ich ganz anders ausgesehen als die anderen. Das fällt natürlich auf.

Der Andi nur noch so: »Eh, voll der Mexikaner, Alter!«

Und ich: »Wenn ich erst die Hosenbeine kürze, Dicker, dann kommt das noch mal ganz anders.«

Wenn ich mir überlege, wie ich noch ein paar Wochen vorher drauf war, als ich keinen kannte, und ich dachte, dass alle meine Feinde sind, Beamte und Gefangene, ist das zu jetzt ein riesiger Unterschied. Ich find's zwar immer noch ungerecht, dass ich wegen Sachen in den Geschlossenen gekommen bin, die einige Leute, mit denen ich hier sitze, an einem Nachmittag verbrochen hätten, aber inzwischen komm ich damit besser zurecht.

Als dann vor einer Woche mein Essenausgeberkollege rüber in den Regelvollzug ging, wurde sein Job frei. Ich hatte dem Andi gesagt, dass er sich auf die Liste eintragen soll, aber die Arbeit ist beliebt, und natürlich waren noch andere Leute vor ihm an der Reihe. Also setze ich mich an die Schreibmaschine und klackerte ein super Anliegen runter, von wegen dass ich einen neuen Mann im Essenausgeber-Team brauchen würde und dafür auch schon eine Top-Kraft im Auge hätte.

»Lassen Sie mich raten, an wen Sie da gedacht haben.«

Das fragt mich der Herr Scherer, als er mich daraufhin zu sich ins Büro bestellt. Er ist Anfang fünfzig und steht von der Hierarchie her genau zwischen dem Karl und dem Hopp. Aber während der Hopp vor allem seinen Spaß haben will, will der Scherer vor allem seine Ruhe haben. Er macht dir keinen Stress, wenn du ihm keinen Stress machst, und ansonsten bastelt er kleine Autos aus leeren Zigarettenschachteln. Was nicht heißt, dass man ihn deshalb unterschätzen sollte. Er weiß schon, was läuft.

Ich also ganz selbstverständlich: »An den Andi natürlich.«

Er so: »Das ist doch Ihr Kumpel, oder?«

Ich weiter ganz überzeugt: »Ja, das stimmt, wir kennen uns. Aber es gibt auch logistische Gründe.«

Und er: »Da bin ich aber mal gespannt.«

Obwohl es bisher noch nie so war, dass beide Essenausgeber von einer Station kommen, erklär ich ihm nun, dass es total wichtig sei, das jetzt mal zu ändern. Es gäbe unglaublich viele Dinge, für die ich einen Mitarbeiter brauche, allein die Kanister seien so schwer, dass sich einer allein locker einen Bruch hebt. Wenn der andere aber nun auf einer fremden Station ist, bedeutet das, dass die Person, die ich brauche, um meinen Job zu machen, immer da ist, wo ich nicht bin. Ich sei sogar schon von Beamten angesprochen worden, was ich hier so orientierungslos rumirre, dabei hätte ich doch nur meinen Kollegen gesucht.

»Ich hab ja schließlich kein Funkgerät«, sag ich total ernst, »ich kann den ja nicht ausrufen lassen.«

Und der Scherer: »Komisch, dass das jahrelang geklappt hat.«

Darauf ich: »Das wundert mich ja auch.«

Ich muss wirklich aufpassen, dass ich es nicht übertreibe.

Fünf Minuten lang rede ich ununterbrochen auf den Scherer ein, dass der Andi ein guter Mann ist, der absolut pflichtbewusst ist und vor allem auch sauber. Er duscht sich regelmäßig, und da er nun mal genau in der Zelle gegenüber sitzt, wäre eben immer gewährleistet, dass wir morgens rechtzeitig anfangen.

»Also das würde wirklich Sinn machen«, sage ich.

Der Scherer überlegt. Das kannst du richtig sehen, wie in seinem Kopf jetzt das alte Getriebe anspringt. Auf der einen Seite weiß er natürlich, dass ich ihm den völligen Scheiß erzählt habe. Auf der anderen Seite hat er keine Lust, dass ich tagelang über die Gänge irre und so tue, als würde ich den zweiten Essenausgeber nicht finden, oder dass er mir jemand anders gibt und ich mich ständig beschwere, weil der seine Hände nicht wäscht. Er weiß, dass es für ihn und für alle am ruhigsten läuft, wenn er mir den Andi gibt. Der Rest macht einfach mehr Arbeit.

Also grinst er: »Ich schau mal, was ich da machen kann.«

Zwanzig Minuten später wird der Andi auf die Zentrale gerufen, vierzig Minuten später steht er komplett weiß eingekleidet in meiner Zelle. Seitdem sind wir das neue Team Essenausgabe.

Nachdem der Andi und ich über die Stationen gefahren sind und in den Gemeinschaftsküchen die Kanister mit Tee und Kaffee verteilt haben, schieben wir unseren Bollerwagen in Richtung Metzgerei. Es ist halb sechs Uhr morgens, die Luft ist kühl, aber da steckt schon der Sommer drin. Wir haben inzwischen fast Juni. Wir passieren das Metalltor und stehen auf dem großen Gefängnishof. Das ist fast schon ein freier Blick, und wir sind nicht an Händen und Füßen gefesselt, wie das sonst sein muss, wenn Gefangene aus dem Geschlossenen in den Regelvollzug gehen. Nur der Herr Hopp begleitet uns. Er ist einer, der in diesem ganzen Zoo auch einfach nur guckt, dass ihm nicht langweilig wird. Da sind der Andi und ich ihm natürlich super gerne behilflich, so kurz vor Ende seiner Nachtschicht.

Ich hau ihn also gleich an: »Haben Sie sich inzwischen noch mal das Chamäleon angeschaut?«

Und er sofort: »Hab ich gestern noch.«

Und ich: »Ist doch krass, oder?«

Dazu macht der Andi wieder diese Geräusche wie ein altes Modem, das versucht, sich ins Internet einzuwählen, ich schüttle den Kopf, als wär was nicht in Ordnung da oben, und der Hopp ist schon wieder kurz vorm Totlachen.

Das Chamäleon ist ein Neuzugang auf der 2. Station, den

wir gestern beim Frühstück zum ersten Mal gesehen haben, dünn und runtergekommen, wie der war, musste es ’n Junkie sein. Er stand vor uns, aber wir waren uns nicht sicher, ob er uns überhaupt sehen konnte, weil sein linkes Auge ganz nach links und sein rechtes Auge ganz nach rechts schaute, und zwar gleichzeitig.

Der Andi zu mir: »Eh, guck dir das an!«

Und ich: »Was haben sie denn hier eingesperrt?«

Und er: »Ein verficktes Kaninchen.«

Doch der Typ zeigt null Reaktion. Als könnte der uns nicht nur nicht sehen, sondern auch nicht hören. Es hört uns nur der Hopp, der neben uns steht und die Essenausgabe überwacht, und er muss schon grinsen, als ich noch einen drauflege.

Ich sag: »Jetzt weiß ich's: ein Chamäleon! Die haben ein Chamäleon zu uns gesperrt!«

Aber den Andi, der ein sehr großer Star-Wars-Fan ist, erinnert er eher an diesen kleinen Roboter, der Geräusche macht wie ein Modem. »R2D2 featuring Chamäleon«, sagt der Andi.

Und ich: »Na, Chamäleon, haste Hunger?«

Der Typ sagt immer noch nichts, und der Hopp lacht in seine Armbeuge, während wir dem Chamäleon ordentlich Wurst auf den Teller legen. Ist schließlich sein erster Tag, denken wir noch. Aber als wir am Nachmittag noch mal auf die 2. Station gehen, um dort die Küche zusammenzuräumen, sehen wir das Chamäleon, wie es auf einmal vollkommen normal gradeaus guckt.

Ich sag gleich zum Andi: »Was ist denn mit dem Chamäleon passiert? Hat's eins auf den Deckel gekriegt?«

Und er: »Vielleicht haben sie ihm die Augen neu justiert.«

Wir also zu ihm hin, um uns zu erkundigen, was aus dem irren Rechts-Links-Blick geworden ist, da stellt sich raus, dass das Chamäleon nicht nur gucken, sondern auch sprechen kann.

Es sagt: »Ich bin doch jetzt im Methadon-Programm, das ist alles ganz cool hier. Ich bin zwar drauf, aber wir können reden.«

Der Hopp ist gestern extra noch mal hoch, um sich den Typen anzusehen. Er wollte zuerst nicht glauben, dass in dem Chamäleon ein stinknormaler Gefangener drinsteckt, sobald man ihn mit Metha aufgefüllt hat. Den ganzen Weg über den Hof reden wir von der wundersamen Heilung des Chamäleons, und am Ende fragen wir uns alle, wohin der Typ gleich schauen wird, wenn wir ihm sein Frühstück bringen. Unter all den Piloten, die sich jeden Nachmittag zitternd und vollkommen verballert vor der Zentrale um Flugbenzin anstellen, wie Methadon in der Knastsprache heißt, ist das Chamäleon mit Abstand der verpeilteste.

Und da sind wir auch schon an der Metzgerei, wo Ufuk, der Riesentürke, schon auf uns wartet. Er arbeitet immer noch hier, steht jeden Morgen an der Vakuummaschine und macht keinen Handschlag.

Ich nick ihm zu: »Ufuk.«

Und er: »Oli.«

Dann folge ich ihm nach drinnen, als wäre ich vom Geschlossenen mal eben rübergekommen. Herr Hopp macht sich eine Zigarette an, und Andi, der ahnt, dass er jetzt nicht stören soll, schiebt langsam den Bollerwagen rein, um das Frühstück aufzuladen. Bisher kennt er vom Regelvollzug nicht mehr als diesen Weg zur Metzgerei, also schaut er sich erst mal die Abläufe an, während ich es nur noch mit alten Bekannten zu tun habe.

Als ich zum ersten Mal als neuer Essenausgeber herkam, war das für mich fast wie Heimkommen. Die ganze Belegschaft stand am Tor wie beim Staatsempfang und Herr Wetzel, der Chefmetzger, kam mir entgegen und begrüßte mich mit 'nem Handschlag.

Er fast schon stolz: »Das ist der Mann, dem ich das Wurstmachen beigebracht habe!«

Und der eine Casino-Betrüger: »Servus! Bist du wieder da?«

Und der andere: »Haben sie dich abgeschossen?«

Ufuk nickt mir nur zu: »Oli.«

Als Nächstes hat mich der Wetzel dann mit ins Lager genommen und mir 'n paar Steaks zugesteckt, die ich zwischen den Behältern für das Frühstück versteckt und mit nach drüben genommen habe. Er hätte sich die mit seinen Leuten gegrillt, stattdessen haben sie Andi, Abu und ich in der Küche gebraten. So was darf natürlich niemals rauskommen, aber darüber würdest du auf dem Gang auch niemals reden. Du würdest nicht sagen, ich hab hier 'n Steak, und das ist von 'nem Beamten. Niemals. Du hast deine Steaks, du machst deine Steaks, und die Leute, die zu dem Zeitpunkt in der Küche sind, sehen nur, du hast 'n Steak, aber sie können gucken, wie sie wollen, sie wissen nicht, woher du's hast.

In dem Moment war mir eigentlich vollkommen klar, dass ab jetzt für mich im Geschlossenen dieselben Gesetze herrschen wie im Regelvollzug, weil ich an Leute rankomme, die Freigang haben und von da Sachen mitbringen können. Normalerweise kannst du als Gefangener aus dem Geschlossenen nicht in der Metzgerei rumlaufen. Aber ich darf hier sein, ich bin der Essenausgeber von Haus A. Darüber hinaus hab ich hier früher gearbeitet, ich kenne jeden Raum in dem Gebäude, ich kenne Mitgefangene, die hier immer noch arbeiten. Das sind alles Sachen, die an sich 'ne Vollkatastrophe sind für die Sicherheit. Das hatte ich schon kapiert, als ich mich noch nicht umgeguckt und gedacht habe, wen von den Jungs kann ich denn mal für irgendwas anheuern.

Der Ufuk macht die riesige Tür vom Lager hinter sich zu, das Lager, in dem sich alle Lebensmittel für die komplette JVA befinden, und führt mich zu dem Regal, wo die Kisten mit den Bananen liegen. Er greift in seine Hosentasche und gibt mir vorsichtig einen Aufziehfüller in die Hand. Da drin ist die schwarze Tätowierfarbe, die ich bestellt hatte. Er nimmt sich eine Banane aus der Kiste, macht ein Loch in die Spitze und drückt den Füller hinein. Dann legt er sie wieder zurück zu den anderen.

»Wer keine Höhle hat, versteckt sich auf dem Markt«, sagt er.

Wir nehmen die Kiste und bringen sie nach draußen, wo Andi schon den halben Bollerwagen mit Zeug vollgeladen hat. Kisten mit vakuumverpackter Wurst und Käse, geschnittenes Brot, dazu achtzig Liter Milch, weil heute Milchtag ist. Das komplette Frühstück für das Haus wiegt gerne mal zweihundert Kilo, was aus dem Job doch eine harte Schlepperei macht. Als wir wieder rauskommen aus der Metzgerei, merken wir, dass wir fast den Hopp vergessen hätten. Er steht immer noch da.

»Schön, dass Sie überhaupt wiederkommen«, sagt er genervt.

»Ja, die Behälter sind schon recht schwer«, sage ich.

Er würde nie auf die Idee kommen, den Wagen zu kontrollieren. Keiner der Beamten, mit denen ich bisher unterwegs war, hat das gemacht. Würden sie anfangen, den Wagen zu untersuchen, müsste das Frühstück realistisch gesehen zwei Stunden später beginnen, so vollgepackt ist der. Im Grunde kannst du darauf alles verstecken, aber vor allem für Substanzen jeglicher Art ist es natürlich ideal. Bis du die Haschischplatte findest, die zwischen den Scheiben im dritten Brotpacken vierte Reihe links steckt, vergeht 'ne Ewigkeit. Da wärst du in den Fässern mit den Küchenabfällen schneller, die wir jeden Morgen aus dem Haus transportieren und leer wieder hineinbringen, doch nicht mal dort schaut einer rein. Das ganze Bollerwagending ist eine fahrende Sicherheitslücke. Aber das erkennst du erst, wenn du 'ne Weile sitzt, und umso heller du bist, umso schneller siehst du's. Ich sitz jetzt seit drei Monaten im Geschlossenen, und so langsam raffe ich, was eigentlich abgeht. Es gibt viele Leute hier drin, die nicht verstehen, warum es einigen Gefangenen besser geht als anderen. Aber die verstehen auch das Leben draußen nicht. So Leute wie Andi und ich aber, die werden Essenausgeber und sehen sofort: Treffer!

Seit ich wusste, dass ich ins Gefängnis gehen werde, hatte ich mir vorgenommen, dass ich mich da auch tätowiere. Natürlich ist eine Tätowiermaschine in einer JVA ein absolut illegaler Gegenstand, was eher hygienetechnische Gründe hat. Wenn sie dich aber beim Tätowieren eines anderen erwischen, kommen sie dir juristisch und werten es als schwere Körperverletzung, weil es sozusagen einen Schaden hinterlässt, der nicht mehr weggeht. Tätowieren kann daher also mordsmäßig Probleme nach sich ziehen, aber ich dachte mir, wo ich nun schon auf alle Eskapaden in Richtung Drogen oder Alkohol verzichte, ist das das bisschen Freiheit, auf der ich bestehe.

In den letzten Wochen hatte ich mich bei ein paar Leuten umgetan, was man alles braucht. Der Pitbull war in der Hinsicht 'ne echte Quelle. Keine Ahnung, wie der Typ wirklich heißt. Alle nennen ihn Pitbull, sogar die Beamten. Er ist 165 Zentimeter groß und exakt so breit. Sein ganzer Körper ist tätowiert, und jedem Tattoo siehst du an, dass es hinter Gittern endstanden ist. Die Wahl der Motive hat es in sich, beide Beine bestehen exklusiv aus nackten Frauen, es müssen mehr als zwanzig sein. Von der Qualität und Umsetzung her scheinen Kindergartenkinder den Auftrag bekommen zu haben, Pin-up-Girls zu malen. Die Tattoos sind so schlecht, dass sie schon wieder cool sind.

Er hatte sich aus seinem Langhaarschneider mit einigen Tricks 'ne ordentliche Maschine gebastelt, die er, bis er sie richtig beherrschte, erst mal an Geldstrafen ausprobierte. Vor Kurzem kam er beim Hofgang mit so 'nem Typen unterm Arm auf Andi und mich zu. Er biegt ihm den Kopf nach unten, legt den Hals frei, und Andi und ich kriegen auf dem Genick den albsolut behindertesten Totenkopf überhaupt zu sehen. Ich mein, da setz ich dir jeden Dreijährigen dran, und er macht es besser.

Ich sag: »Ja, Pitbull, spinnst du?«

Und er: »Wieso?«

Und die Geldstrafe: »Sieht's nicht gut aus?«

Aber der Andi: »Passt schon, Alter.«

Und wieder die Geldstrafe: »Echt wahr?«

Und der Pitbull jetzt langsam sauer: »Eh, Alter, hab ich gesagt, ich mach dir coole Tätowierung?«

Und noch mal die Geldstrafe: »Ja, schon.«

Und der Pitbull: »Na, also.«

Der Pitbull ist einer von den Typen, die sie hier niemals rauslassen würden, wenn sie könnten, nicht mal auf Freigang, völlig egal, wie lange der noch hat. Die Chance, dass der, wenn er rausgeht, Wodka trinkt, ist hundert Prozent. Die Chance, dass er eine Boxerei anfängt, ist am Tag dreiunddreißig Prozent. Das heißt, wenn der für drei Tage rausdarf, trinkt er, dann wird geboxt und es knallt, ist einfach so. Vor Kurzem kam er in meine Zelle. Er zeigt auf das Schachspiel, auf die geschmissenen Bauern und dann in seinen Schritt. Pitbull nimmt einen der Bauern in die Hand, beißt ihm den Plastikkopf ab und zuckt mit den Schultern.

»Okay«, sage ich zu Andi, »das ist dann wohl das, was wir hier immer so lapidar ›Haftschaden‹ nennen.«

Andi kontert: »Bauernopfer.«

Auf unser »Warum« hat Pitbull keine Antwort, verlässt die Zelle glücklich mit dem Kopf im Mund. Ab jetzt spielen wir eben mit 'nem kopflosen Bauern, was will man machen.

Ein paar Tage später läuft mir Pitbull auf dem Gang über den Weg. Ich staune nicht schlecht, als er den Bauernkopf aus seinem Mund in seine Hand spuckt, ihn zwischen Zeigefinger und Daumen rollt und mir direkt vors Auge hält. Ich soll den Kopf auch mal nehmen und begutachten. Begeistert erklärt er mir dazu etwas auf Rumänisch.

Das muss ich erst einmal verdauen und spreche Andi darauf an: »Ich glaube, Pitbull dreht langsam am Rad, und leider hat es irgendwas mit mir zu tun.«

»Warum?«, fragt er.

»Naja, Pitbull hat doch 'nem Bauern von mir den Kopf abgebissen und rennt jetzt seit Tagen damit im Mund rum, und zeigt ihn mir dann ganz stolz.«

»Weil er ein Idiot ist!«

»Du weißt, warum er den Kopf im Mund hat?«

»Ja, weil Pitbull ein Idiot ist! Er hat den Kopf im Mund, damit die Stelle, wo er abgebissen hat, glatt wird. Damit eine ganz normale Kugel ohne Kratzer daraus wird, rund eben, ohne Spuren.«

»Und warum das?«

»Weil Pitbull ein rumänischer Idiot ist, bitte nerv mich nicht mit solchen Sachen.«

Eine Woche später, Andi und ich sitzen dank Saunatemperaturen mit nassen Handtüchern auf den Köpfen da und träumen von einem Ventilator, da fliegt die Zellentür auf: Pitbull, bestens gelaunt! Auch er mit Handtuch und einer Kaffeetasse, voll mit stinkendem 80 % Ethanolalkohol, also eigentlich dem Desinfektionsmittel des Hausarbeiters.

»Prost, Pitbull!«

»Nastrovje!«

Da spuckt Pitbull seine geliebte Kugel in die Tasse und breitet das Handtuch auf unserem Tisch aus.

Andi stöhnt: »So eine Idiot.«

Pitbull ext jetzt die Tasse samt Kugel, gurgelt dann und schluckt das Desinfektionsmittel runter. Ich denke mir noch, endlich ist die Kugel auch weg, da spuckt er sie aufs Handtuch. Aus seinem Hosenbund kramt er einen selbst gebastelten kleinen Dolch, den ich grade zum ersten Mal sehe, der mich aber darin bestärkt, Pitbull nicht zu verärgern und ihm stattdessen über das ganze Gesicht strahlend zuzuschauen.

Es folgen ein paar Zeilen auf Rumänisch, dann zieht er blank, packt seinen Schwanz mit der linken, zieht ihn so lang er nur kann, während er ihn aufs Handtuch presst und mit der Rechten den Dolch greift. »Kann doch nicht sein«, ist mein letzter Gedanke, dann jagt sich Pitbull den Dolch auch schon in seine Gurke. Treffer, einmal durch. Wäre ich bloß rausgegangen, warum muss ich immer so neugierig sein. Selbstverständlich blutet Pitbulls bestes Stück ordentlich, ist eben 'n Riesenloch in der Seite, und ich versuche hinzuschauen, während ich eben nicht hinschaue. Pitbull selbst steckt die Operation bisher am besten weg, er flucht auf Rumänisch, während er sich noch ein paar übrig gebliebene Tropfen Desinfektionsmittel auf das Loch im Schwanz kippt. Jetzt kommt auch endlich der Bauernkopf zum Einsatz: mit leicht zittrigen Händen baut er sich die Kugel in den Schwanz ein. Er schiebt sie in den großen Schlitz, in dem grade sein Dolch gesteckt hat. Mir wird leicht schwindlig, die Zelle war eh schon so heiß. Der Pitbull verlangt nach Taschentüchern, die ich ihm sofort aushändige, und zeigt uns stolz sein Werk. Er hat jetzt 'ne Kugel im Schwanz, besser gesagt, einen Bauernkopf. Bevor er die Zelle verlässt, sagt er noch »das für meine Frau, besser bei Sex«. Dann geht er.

Das muss man erst mal sacken lassen.

Am Abend erzählen mir andere Gefangene, dass das unter einfachen Häftlingen im Osten sehr verbreitet ist. Sie wollen so die Hoffnung nicht aufgeben, eines Tages wieder rauszukommen und eine Frau glücklich zu machen. Ich beschließe für mich, Bauern und deren Köpfe weiterhin zum Schachspielen zu benutzen und nichtsdestotrotz die Hoffnung auf Frau und Freiheit nicht aufzugeben.

Aber zurück zur Tätowiermaschine. Weil ich wie die meisten Leute Glatze trage, hatte auch ich einen Langhaarschneider. Du kannst natürlich auch den Gefängnisfriseur kommen lassen, ein Job, den ebenfalls ein Gefangener macht, aber erstens ist der nicht so der Rocker und zweitens arbeitet der mit Gegenständen, mit denen du in deinem ganzen Leben nicht in Berührung kommen willst. Die Nadeln, die ich für meine Tätowiermaschine brauchte, hab ich aus den Farbkartuschen meiner Schreibmaschine ausgebaut, immer wenn ein Band leer war. Ich hab sie mit dem Schleifpapier, das mir unser Maler gegeben hat, angeschliffen. Auch kein schlechter Job, Zellenmaler, du kommst an unglaublich viele Sachen ran. Das Desinfektionsmittel und die Gummihandschuhe habe ich vom Österreicher, dem Hausarbeiter, und der Rest waren nur noch so Kleinteile, die ich mir von überall her zusammengesucht habe, ich hatte Zeit, und ehe ich mir vor lauter Langeweile Kugeln in den Schwanz schiebe, mach ich lieber was Sinnvolles, zumal der Franz, der alte Zausel, mir nicht mehr auf die Nerven gehen kann.

Die Entlassung vom Franz war fast schon eine zu Herzen gehende Angelegenheit. Regulär hätte er seine Geldstrafe eigentlich erst drei Tage nach seinem vierundfünfzigsten Geburtstag abgesessen gehabt, aber dann hab ich draußen Jörg informiert, der ist zur Pforte der JVA gefahren, hat denen zwanzig Euro auf den Tresen gelegt, so haben wir dem Franz zwei Tage Freiheit gekauft. Er war total gerührt, der Franz, hat mich voll umarmt und mir von draußen sogar noch 'ne Karte geschrieben mit 'ner Stadtansicht. Seitdem sitz ich also hier sehr komfortabel allein in einer Doppelzelle und bastle nachmittags immer weiter an meiner Tätowiermaschine, nachdem der Andi und ich auf dem Hofgang schön unsere weißen T-Shirts ausgeführt haben.

Für das Tätowieren hab ich soweit alle Sachen zusammen, nur die Farbe war bis zum Schluss ein Problem. Der Pitbull hat da viel mit Ruß experimentiert. Du hältst ein Feuerzeug unter eine Keramiktasse, kratzt den Ruß ab, dann ist er keimfrei und vermischst ihn mit Wasser. Aber wie ich schon an dem total bescheuerten Totenkopf gesehen habe, ergibt das tendenziell eher Grautöne, und das ist im Endeffekt nicht so toll. Ich hatte auch an rote und schwarze Tusche gedacht, aber die soll nicht so gut verträglich sein, und daher der ganze Aufriss mit der echten Farbe, die ich über den Ufuk beim Dragan bestellt habe und die nun sauber versteckt in einer Aufziehfüllerbanane auf dem Bollerwagen liegt, den der Andi und ich bei Tagesanbruch über den Hof rüber ins Haus A schieben.

»Da sind Sie ja endlich«, sagt die Beamtin, als wir vor der Zentrale stehen. Inzwischen war Schichtwechsel, und nun ist also die kurzhaarige Lesbe, mit der ich vor einiger Zeit wegen der Hausarbeitersache Stress hatte, am Drücker.

»Einmal Bananen für den Affenpuff«, sagt der Andi.

Ich stoß ihn an. Man muss es ja nicht übertreiben.

Die Essenausgabe findet immer auf den Stationen statt. Am Ende des Ganges bauen wir uns in einer Zelle auf, die extra dafür leer steht, und die Gefangenen stellen sich mit ihrem Plastikgeschirr vor der Tür an. Da kommen dann auf einen Schlag vierzig, fünfzig Leute zusammen, bei denen außer auf dem Hofgang und zur Postausgabe den ganzen Tag lang nichts weiter passiert. Von der Atmosphäre ist das wie im Kino, kurz bevor der Film anfängt. Natürlich steht neben der Tür immer ein Beamter, aber ein Beamter, selbst wenn's wie in dem Fall ein Brecher wie der Hopp ist, ist nicht viel, wenn die Situation auf einmal eskaliert. Das kann immer passieren.

Letzte Woche greift zum Beispiel so ein schräger Vogel über den Tisch und nimmt sich einen zweiten Apfel. Was nun?

Natürlich könnte der Hopp sagen: »Legen Sie den Apfel wieder hin!« Und das würde der auch machen.

Aber dann sagt der hinter ihm in der Reihe: »Den Apfel esse ich nicht mehr. Den hat der angefasst. Ich will jetzt auch zwei.«

Das ist schon eine schwierige Situation, da kann der Hopp bereits in Richtung Schlagstock greifen. Wenn er dann nicht zwei Essenausgeber hat, die sich durchsetzen können und ihn covern, muss er im schlimmsten Fall über Funk weitere Beamte dazu rufen, alle Gefangenen auf ihre Zellen schicken und die komplette Ausgabe abbrechen. So was ist denen vor Kollegen, die das hinkriegen, immer extrem peinlich. Darum sind die Beamten total froh, dass Andi und ich als Essenausgeber überhaupt keine Lücke aufmachen. Ich stehe immer mit so 'ner riesigen Schöpfkelle da, und wer rübergreift, kriegt was auf die Finger. So hab ich letzte Woche auch den schrägen Vogel mit dem Apfel erwischt.

»Hast du sie noch alle?«, fragt der mich.

»Zieh bloß ab, Dicker«, sag ich.

Der Typ latscht also die Schlange ab nach hinten zur Zelle, da greift ihm, als er auf der Hälfte ist, Abu aufs Tablett und nimmt sich seinen Joghurt runter, und er kommt wieder nach vorn.

»Mir hat einer den Joghurt geklaut«, sagt er zum Hopp.

Ich misch mich ein: »Tja, das nennt sich scheiße gelaufen.«

Der Apfeldieb guckt den Hopp an: »Aber …«

Und der Hopp: »Sie haben den Herrn Stein doch gehört.«

Der Andi und ich führen die Essenausgabe wie ein selbstständiges Unternehmen, und das ist den Beamten super wichtig. Kein Stress, kein Gezeter, keine Arbeit für sie. Die haben keinen Bock, sich in irgendeiner Art und Weise einzumischen. Die Gefangenen setzen sich untereinander auseinander, zumindest in dem Rahmen, der vertretbar ist. Theoretisch darfst du natürlich niemandem mit 'ner Schöpfkelle auf die Hand kloppen, das ist 'ne Waffe und 'n Angriff. Aber das sind auf einmal die Toleranzbereiche, die entstehen, wenn du dauernd Kontakt mit den Beamten hast und zu denen eine Beziehung aufbaust.

Nehmen wir nur die Sache mit den Hähnchenschenkeln. Andi und ich lieben Hähnchenschenkel, dummerweise gibt es nur alle zwei Wochen welche, und dann sind sie abgezählt. Für jeden Gefangenen zwei Stück, es sei denn, einer hat Diätessen, dann kriegt er drei, keine Ahnung, warum das so ist, aber es war eben so, bis wir es letzte Woche mal geändert und uns überall den dritten Schenkel abgezwackt haben. Die Diätlinge haben zuerst zwar dumm geguckt, aber was wollten sie machen. Wir sind sonst keine Leute, die Essen unterschlagen, wir versuchen wirklich, jedem gleich zu geben. Wenn die Typen von der 2. Station sich wieder einen Fiffi ansetzen wollen und dafür Hefeteilchen brauchen, geben wir ihnen auch ein paar mehr. Aber bei Hähnchenschenkeln müssen wir leider eine Ausnahme machen.

Wir sitzen also nach dem Mittag gerade so schön auf meiner Zelle, vor uns auf dem Tisch stapeln sich realistisch geschätzt zweiundzwanzig Hähnchenschenkel, und wir sind die ganze Zeit am Ablachen, wie leicht es war, sich diesen Berg zu organisieren, als es auf einmal an der Tür klopft.

Normalerweise musst du nicht damit rechnen, dass die Beamten deine Zelle betreten, zumindest nicht, wenn sie dich nicht im Visier haben, was aber nicht ausschließt, dass es jederzeit passieren kann. Der Andi schafft es noch, ein Handtuch über die Schenkel zu werfen, als auch schon der alte Scherer im Raum steht.

Ich ganz beiläufig: »Herr Scherer, welche Ehre.«

Aber er winkt gleich ab, wir sollen ihm nichts vormachen.

Er meint, wir hätten einen harten Job, wir müssten viel tragen, er weiß das, und er hat auch grundsätzlich nichts dagegen, wenn wir ein paar Äpfel, Bananen oder Kekse mehr haben. Aber das, was wir heute abgezogen hätten, sei so was von völlig daneben.

Und wir noch so unschuldig: »Ja, wieso?«

Aber er: »Jungs, ich weiß, was unter dem Handtuch liegt.«

Da geb ich besser alles zu: »Ganz ehrlich, Herr Scherer, es tut uns echt leid, wir machen das sonst nicht, wir geben immer alles raus. Das ist jetzt wirklich nur eine Ausnahme, ganz ehrlich!«

Wir eiern noch 'ne Weile rum von wegen Lieblingsessen und sonst irgendwas, und irgendwann sagt der Scherer, dass er da jetzt keinen offiziellen Vorgang draus machen wird. Aber das nächste Mal wird er uns das nicht mehr durchgehen lassen.

Letztendlich haben Andi und ich durch unsere Arbeit einfach ein gutes Standing. Im Grunde arbeitest du nicht unter jemandem wie dem Scherer oder dem Hopp, du arbeitest mit denen. Du hast ’nen persönlichen Zugang zu ihnen, du kannst dich bewegen, kommst in Räume rein, kannst Sachen machen, an die kann ein normaler Häftling überhaupt nicht denken. Die Beamten vergessen nicht, dass ich eigentlich lieber hier rauswill, aber solange ich drin bin, wissen sie auch, wie die Essenausgabe davor ablief. Da gab’s immer das Risiko, dass das Essen zu spät stattfindet, dass es gar nicht stattfindet oder dass ein Dilettant das Brot vergessen hat. Dann hast du halt ein ganzes Haus, das Lärm macht, wo das Frühstück bleibt, und der Beamte muss denen erklären, dass die Gefangenen doof sind und das Brot vergessen haben.

Station für Station geben der Andi und ich das Frühstück aus, und währenddessen denk ich die ganze Zeit an die Tätowierfarbe, die in der Banane und in meiner Hosentasche steckt. Ich komme so voller Vorfreude in meine Zelle, da sitzt ein neuer Gefangener am Tisch, und eins sehe ich sofort – das ist keine Geldstrafe.

# 13

Ich habe im Knast eine Menge Leute kennengelernt, aber bis ich Wlad traf, kannte ich keinen einzigen Schwerverbrecher. Er ist ein Typ, der locker für Armani laufen könnte, obwohl sich natürlich keiner der Modeheinis trauen würde, ihn das zu fragen. Er ist groß, fast zwei Meter, gut auftrainiert, aber nicht zu viel, und hat diese markanten slawischen Züge, spitz geschnittenes Gesicht, hohe Wangenknochen und nicht nur blaue, sondern fast silberne Augen. Ich würde ihn für Ende dreißig halten, die Russen sind schwer zu schätzen, es war aber vollkommen klar, dass der Mann schon 'ne Menge gesehen hat im Leben. In der ersten Woche, nachdem er in meine Zelle eingezogen war, haben wir vielleicht zwanzig Sätze gewechselt, und in der Hälfte davon ging's darum, wie wir uns jetzt in der Zelle einrichten.

Ich sag: »Ich bin der Oli.«

Er sagt: »Wlad.«

Ich sag: »Ich schlaf unten.«

Er sagt: »Alles klar.«

Von dem Moment an habe ich ihn weder lachen noch reden sehen noch sonst irgendwas. Ich meine, wir versuchen hier drin alle nur unsere Zeit zu machen, aber so komplett auf nichts anderes konzentriert, ist nur Wlad. Das ist keiner von den Leuten, die, wenn sie hier rausgehen, erst mal rumgucken, was sie dann machen. Der hat einen Plan, das merkst du gleich, und der Knast ist darin einfach eine Station, die er durchlaufen muss.

Jeden Abend nimmt er unseren Tisch, drehte ihn auf den Kopf, stützt sich mit den Händen rechts und links auf den Tischbeinen ab und stemmt sich, die Füße im Schneidersitz, dreißig, vierzig Mal aus. Den Oberkörper natürlich frei. Dann macht er fünf Minuten Pause, dann dasselbe nochmal. Ich sitze auf dem Bett, und er ist gerade mit dem ersten Satz durch, als ich ihn einfach mal auf seine Tätowierung anspreche. Er hat nur eine, auf der Brust, einen Spruch auf Latein. Mit der Sprache selber hab ich nie groß was anfangen können, aber in den Zitaten, die sich für Tätowierungen eignen, bin ich ziemlich sicher. Daher weiß ich auch, was »si vis pacem, para bellum« heißt.

Ich also nett: »Hey, wer Frieden will, rüstet zum Krieg, was?«

Der Wlad schaut mich von oben mit dieser Russenart an, bei der es dir kalt den Rücken runterläuft. Er ist leicht einen Kopf größer als ich, und ich denk, krass, wie wenig von dem als Antwort zurückkommt. Aber nachdem er den zweiten Trainingssatz beendet, das T-Shirt angezogen und mit einer Zigarette an dem zurückgedrehten Tisch sitzt, macht er doch den Mund auf.

»Woher weißt du?«, fragt er.

Und ich: »Was?«

»Das mit dem Krieg.«

Ich erzähl ihm mal kurz, wo ich so herkomme, und als hätte er mir das davor nicht angesehen, kapiert er auf einmal, dass er hier nicht mit irgend so ’nem Picco auf der Zelle sitzt, sondern mit jemandem, der Bildung hat. Das beeindruckt ihn offenbar.

»Was machst du hier, wo du hast Abitur?«, sagt er.

»Hast du doch auch«, sag ich.

Ich bin mir nicht sicher, ob ich da überhaupt richtig liege, und so ein Move kann bei Leuten wie ihm auch gern mal nach hinten losgehen, aber die Vermutung scheint ihm zu schmeicheln. Zum ersten Mal lächelt er, und von da an redet er auch ab und zu.

Soviel ich verstanden habe, macht Wlad in Zigaretten. Er hat Verbindungen zu den Fabriken in Osteuropa, in denen die großen Marken ihre Ware produzieren lassen. Sobald die ihren normalen Auftrag fertig haben, lassen die ihre Maschinen für Wlad noch mal zwei Stunden länger laufen, damit der seine Laster mit Zigaretten vollmachen kann, die er dann über verschiedenste Umwege nach Deutschland bringt, unverzollt und unversteuert, versteht sich. Er ist die Art Krimineller, der wie jeder andere auch einfach seiner Arbeit nachgehen möchte, ohne Aufsehen zu erregen, nur dass er sich dabei komplett in einer Welt bewegt, in der einfach alles gegen das Gesetz verstößt. Von der Ware, über die Logistik bis hin zum Zahlungsverkehr.

»Weiß du, Oli«, sagt er, »ich mach einfach nichts Legales.«

Wir haben Anfang August. Es ist Freistunde. Wir sitzen draußen im Hof auf der Bank in der Sonne. Die Jungs ziehen ihre Kreise. Der Pitbull quält 'n paar Geldstrafen. Andi und Abu machen Liegestütze, und der Kupp, unser Gefängnisgärtner, passt auf, dass ihm die Junkies keine von seinen Tomaten klauen, die er entlang des Zauns gepflanzt hat.

Das erste Mal haben die Bullen Wlad erwischt, als er statt Bargeld Kokain akzeptiert hatte, obwohl er im Drogenhandel überhaupt nicht erfahren war. Er hat drei Jahre gesessen und danach nur noch Bargeld genommen. Das zweite Mal greift ihn anscheinend zufällig eine Routinekontrolle der Autobahnpolizei auf, als er gerade in seinem Mercedes mit 105 000 Euro in einer Plastiktüte auf dem Weg zu irgendeinem Kunden ist. Er sagt den Beamten gleich, dass er eine größere Summe mit sich führt.

»Warum haben Sie so viel Geld dabei?«, fragt der Beamte.

Und der Wlad sagt: »Hab ich keine Kreditkarte.«

Am Anfang haben sie also nichts gegen ihn in der Hand, aber dann finden sie im Kofferraum zweihundert Stangen von diesen Zigaretten. Nun ist der Wlad keiner, der aus dem Kofferraum raus verkaufen würde, die waren eher so als Probestangen zum Verschenken gedacht. Aber inzwischen haben die Bullen seine Akte gecheckt und weil da schon was von Drogen steht, rufen sie die Kollegen mit dem Drogenhund. Das Vieh kommt an, der Wlad steht mit auf den Rücken gefesselten Armen neben der Fahrertür, noch immer ganz gelassen, weil er weiß, dass er keine Drogen im Auto hat, da schlägt die Töle auf einmal an und beginnt wie bescheuert an der Mittelkonsole rumzukratzen. Also rupfen ihm die Beamten die gesamte Konsole auseinander und legen alles, was sie finden – Kaugummi, Schlüssel, Kugelschreiber, Einkaufswagenchip – hoch aufs Autodach, um rauszufinden, bei welcher Sache der Hund hinterhergeht. Und es ist der Kugelschreiber.

»Da hab ich gedacht, jetzt wird große Katastrophe«, sagt Wlad.

Ich sag: »Wieso?«

Aber er sagt: »Wartest du Geschichte ab, Oli.«

Er macht sich eine seiner steuerfreien Zigaretten an, die er sich von draußen schicken lässt, ohne dass ein Beamter hier drin schnallen würde, dass die überhaupt kein Steuersiegel haben. Das ist schon wieder so irre, denk ich, das glaubt mir keiner.

»Ja, dann erzähl«, sag ich.

»Diese verdammte Scheißhund«, sagt Wlad.

Jedenfalls stellt sich raus, dass der Köter leider kein reinrassiger Drogenhund ist, sondern auch noch 'ne Sprengstoffausbildung hat, aber das kapieren die Beamten erst, als sie den Kugelschreiber auseinandergebaut haben und da drin eine Patrone finden. Es ist ein Kleinkaliberschießkugelschreiber, ein klassisches Russending, in dem Sinne jetzt keine effektive Waffe, du hast nur einen Schuss, der dazu noch mordsmäßig ungenau ist, aber im Nahkampf kannst du das Ding einsetzen wie 'n Bolzenschussgerät.

An dem Tag haben die Beamten den Wlad zwar laufen lassen, aber ab da hatten sie ihn auf dem Radar, und es dauerte nur noch ein paar Wochen, bis sie die Tür seiner schönen Villa aufsprengten, die er sich am Stadtrand gekauft hatte, ihn rauszerrten und für sein Zigarettengeschäft wegen Steuerhinterziehung verurteilten. Jetzt sitzt er also schon wieder im Knast.

Die Russen sind, was den Vollzug angeht, noch mal 'ne ganz eigene Gruppe unter den Gefangenen. Araber, Türken und Kurden haben zwar auch so ihre Vorstellungen davon, was ein Mann zu erreichen hat. Das läuft schon so – suchst du Frau, kaufst du Haus, brauchst du nur noch Allah und den Glauben –, aber bei vielen ist das am Ende doch nur Getexte. Die Russen verstehen bei so was keinen Spaß. Da bist du nur ein Mann, wenn du Geld hast und deine Familie verteidigen kannst, und für den Rest interessieren die sich nicht.

Araber, Türken und Kurden wissen, dass sie sich die Haftzeit nur schwerer machen, wenn sie sich emotional total unter einen Kodex stellen und hier drin die ganze Zeit auf Krieg machen. Die würden immer mit einem Beamten rumblödeln, wenn sie sich damit auch nur einen kleinen Vorteil verschaffen können. Das würde ein Russe niemals machen. Die reden eigentlich nicht mal mit Gefangenen, wenn das keine Russen sind. Die gehen durch den Knast wie die Unberührbaren. Ich hab noch keinen Russen gesehen, der sich hier in irgendeiner Art und Weise kindisch benommen hätte oder peinlich aufgeführt, der einen Nervenzusammenbruch gehabt oder sonst in irgendeiner Art und Weise Schwäche gezeigt hätte. Das wäre für die wie Verrat.

Seit Wlad bei mir in der Zelle wohnt, klopfen immer wieder ein paar dieser Kandidaten bei uns. Sie kommen rein, bleiben an der Tür stehen, reden mit Wlad ein paar Worte, die ich nicht verstehe.

»Dobryj djen.

»Dobryj djen.«

»Kak djela?«

»Choroscho.«

Wlad geht zum Schrank, gibt ihnen Zigaretten, sie verabschieden sich und die Tür ist wieder zu. Als wär ich nicht im Raum.

Hinterher erklärt er mir dann manchmal, dass das jetzt jemand war, der ihm eine Paketmarke vertickt hat oder für ihn ein Handy aufbewahrt, mit dem Wlad von hier drinnen seine Geschäfte steuert. Selbstverständlich sind Handys im Knast absolut verboten, einige Beamte haben so Scanner am Gürtel, mit dem sie die Teile im Umkreis von fünfzehn Metern orten können. Wenn sie was aufspüren, sitzt du sofort im Bus nach Atzleben. Es ist also ein echt hohes Risiko, was die Kollegen da für Wlad eingehen, und dafür bezahlt er sie halt mit Zigaretten. So eine Paketmarke zu verticken, wird dagegen nicht so hart geahndet, ist natürlich aber genauso wenig erlaubt. Jeder Gefangene hat halt nicht mehr als drei Pakete im Jahr frei. Aber du findest immer eine Geldstrafe, die dir für einen Koffer, das ist die Knasteinheit für fünfzig Gramm Tabak, ihre Marke verkauft, was heißt, dass sie sich auf ihren Namen deine Sachen reinschicken lässt. Offiziell muss sie das Paket natürlich selber in der Kammer abholen, aber wenn der Andi und ich morgens den Tee und den Muckefuck auf die Stationen gebracht haben, ist es kein Problem, die Lieferung abzuholen. Auf diese Weise sieht es im Schrank vom Wlad inzwischen aus wie in der Feinkostabteilung vom KADEW, da liegen Lebensmittel im Gesamtwert von zweitausend Euro, würde ich sagen. Im Grunde lebt der Wlad hier drin besser als jeder Beamte draußen.

»Knast muss man sich leisten können«, sagt er immer.

Darum hab ich mich zuerst so gewundert, als er fragte, ob ich ihn ins Essenausgeberteam holen kann. Aber auf das kleine Geld, das du dir da für den Einkauf verdienen kannst, hatte er es logischerweise nicht abgesehen. Es ging ihm um das T-Shirt.

»Nur weil ich hier bin, kann ich nicht rumlaufen wie Scheiße«, sagt er, als ich wieder mit neuen Shirts aus der Kammer ankomme, während er mit seinem weinroten Oberteil dasitzt.

Der Wlad hat echt einen sitzen bei allem, was mit Aussehen zu tun hat. Jeden Morgen macht er sein Bett, als seien wir bei der Roten Armee oder so. Wir haben keine Spannbetttücher, daher ist das immer schwierig mit der Faltenfreiheit, aber er hat da eine Methode entwickelt, wie du ein stinknormales weißes Laken zu einem Spanntuch baust. Du nimmst es hinten, machst einen Knoten rein, drehst dann das Tuch, verbindest die Knoten, und durch diese oberkomplizierte Ausdrehbewegung spannt sich dieses ganze Bett, und es sieht immer gemacht aus. Danach steht er noch eine halbe Stunde vor dem kleinen Spiegel, der in seinem Schrank klebt. Seine Fingernägel sind alle exakt gleich lang, da siehst du nie Dreck drunter, und wenn er sich an den Tisch setzt, stellt er sich seinen Aschenbecher, das Feuerzeug und die Zigarettenschachtel jedes Mal auf dieselbe Weise hin, daneben liegen immer noch ein Apfel und irgendein Dokument. Es sieht aus, als sei die Zelle ein Büro und er würde Geschäftsverkehr erledigen.

»Kannst du jetzt besorgen weißes T-Shirt?«, fragt er also.

Nun war die Situation die, dass die JVA gerade ein bisschen renoviert wurde. Die Waschküche, die wir für den Tee und den Muckefuck hatten, wurde einmal komplett umgebaut. Keine Ahnung, woher die JVA auf einmal das Geld hatte, aber als der Andi und ich wieder reindurften in den Raum, standen wir vor einer riesigen Spülmaschine aus geilstem Edelstahl, so ein Profiteil, das dir innerhalb kürzester Zeit fünfzig Teller durchziehen kann. Bisher hatten sich die Gefangenen immer selber um ihr Geschirr gekümmert. Jetzt hatte die Verwaltung für das Mittagessen eigene Teller, eigene Tabletts und eigene Schüsseln bestellt, in die wir das Essen geben konnten. Die Gefangenen sollten dann nur noch ein Tablett nehmen und das ganze Zeug nach dem Essen auf einen Wagen stellen, damit wir es spülen können.

»Das ist wesentlich mehr Arbeit«, sag ich zum Scherer.

Ich steh in seinem Büro. Auf seinem Tisch liegt das Anliegen, das ich daraufhin gleich in die Schreibmaschine gehackt hatte.

»Und jetzt wollen Sie also mehr Leute?«, sagt er.

»Der Andi und ich, wir sind total überarbeitet«, sag ich.

Ich komm mir vor, als würden wir hier Gewerkschaftsführer und Arbeitgeberboss spielen. Der Scherer macht aber auch gut mit.

»Und an wen hatten Sie diesmal gedacht?«, sagt er.

Als ich dann anführe, dass der neue dritte Mann praktischerweise gleich mein Zellengenosse Wlad werden sollte, kommt mir der Scherer nur noch so halbernst damit, dass die gesamte Essenausgabe dann in den Händen von drei Kumpels läge, was überhaupt nicht gehe. Ich kontere, dass es bisher mit Andi und mir doch gut gelaufen sein, und nach zehn Minuten hab ich den Wlad drin.

Am Nachmittag darauf geht das neue Essenausgeberteam mit mir als Vorarbeiter runter zur Kammer, um ihr neues Mitglied einmal komplett ausstatten zu lassen. Andi und ich holen uns auch ein paar neue T-Shirts, als der Wlad plötzlich Ärger macht. Er steht am Tresen, auf dem ihm der Kammervorarbeiter gerade seine T-Shirts gelegt hat, und reibt den Stoff zwischen Daumen und Zeigefinger, als müsse er die Qualität prüfen.

Dann schaut er auf und sagt: »Zieh ich nicht an so was.«

Der Vorarbeiter gleich gereizt: »Wieso nicht?«

Und Wlad: »Ist schlechter Stoff.«

Die drei Kollegen, die hinter dem Vorarbeiter in der Kammer stehen, grinsen sich schon einen ab. Das ist jetzt wieder so eine Situation, wo aus Nichts eine Machtgeschichte wird und der Vorarbeiter reagieren muss. Er ist so ein stinknormaler Typ Anfang vierzig, der absolute Durchschnittsmann, bei dem weißt du, der hat seine Leasingraten im Kopf, da sind alle Rentenversicherungsunterlagen aufgehoben, da ist kein Alkohol, keine Drogen und eigentlich auch kein Bezug zum Knast. Ich hab nie gefragt, warum der sitzt. Ich kenne ihn nur, weil er damals, als ich zu dem Marok in die Zelle bin, derjenige war, der an der Tür stand und sich einmischte. Danach hab ich nie wieder Probleme mit ihm gehabt. Es ist einfach wichtig, dass du guten Kontakt zur Kammer hast, allein wegen der gezockten Pakete. Du erfährst ja nie, wenn was angekommen ist, solange es nicht für dich ist. Am Ende kommt dir die Geldstrafe von wegen, sie hätte gar nichts gekriegt, während sie auf deinem Paket voll Tabak sitzt. Als letzte Woche für das Chamäleon ein Paket kam, das eigentlich für mich gedacht war, konnte ich ihm sagen, hier, pass auf, um drei wirst du auf die Kammer gerufen, da ist meine Lieferung da. Aber mit solchen Überlegungen scheint Wlad sich gerade nicht aufzuhalten.

»Hast du nicht Spann-T-Shirt?«, fragt er den Vorarbeiter.

Der antwortet knapp: »Hab ich nicht.«

Darauf der Wlad: »Dann musst du bestellen.«

Er hat dem Kammertypen auf Fabrikat und Nummer genau gesagt, was er will, und eine Woche darauf war das Zeug tatsächlich da. Seitdem läuft der Wlad die ganze Zeit in diesem eng anliegenden Leibchen herum, das aus so Stretchstoff genäht ist. Ich hab mir die grauen Hosen an den Beinen ein Stück umgenäht, damit man die weißen Socken sieht, und der Andi hat sich von draußen sogar ’ne Sonnenbrille von Ray-Ban reinschicken lassen.

In diesem Aufzug sitzen wir in der Freistunde auf der Bank, während das ganze Haus in weinroten Oberteilen an uns vorbeizieht. Wir kommen uns vor wie die Paten der Veranstaltung.

Da sagt Wlad: »Brauchen wir jetzt noch neuen Spüler.«

Ich denk erst, er meint noch irgendeine neue Maschine, aber er meint keine Maschine, er meint noch einen Menschen.

Er sagt: »Einer, der sammelt Teller ein.«

Der Andi verwundert: »Das ist doch deine Aufgabe.«

Und ich sag auch: »Der Andi hat recht.«

Doch der Wlad: »Brauchen wir trotzdem neuen Mann.«

Das Problem ist, dass, wie immer, wenn du in dem Laden was umstellen willst, die Kundschaft sich echt schwer umgewöhnt. Statt dass uns die Gefangenen nach dem Essen die Teller einfach zurückbringen, behalten sie die auf der Zelle und uns fehlt Geschirr. Wir haben inzwischen schon mehrfach von der Zentrale durchsagen lassen, dass wir die Teller wiederhaben müssen, weil wir sonst kein Essen mehr austeilen, aber da hält sich natürlich keiner dran. Eigentlich brauchst du jemanden, der von Zelle zu Zelle geht, um das Zeug komplett einzusammeln, aber ich sehe auch, dass das kein Job für Wlad ist. Er steht zwar insgesamt nicht mehr als zwei Stunden pro Tag an der Spülmaschine, womit für ihn die Essenausgeberei eigentlich ziemlich lau ausgegangen ist, das Ranschaffen des Geschirrs sollte man aber besser nicht in seine Hände legen. Wenn man nicht will, dass das Ganze schnell in Handgreiflichkeiten endet.

Oder wie Wlad sagt: »Oli, geh ich doch nicht rum und bettle um dreckige Teller, weißt du. Was wir unternehmen mit Spüler?«

»Wir holen uns einen vierten Mann«, sag ich.

»Aber das kriegen wir niemals durch«, sagt Andi.

Womöglich hat er damit recht. Ich werde sehen, was mir einfällt, wenn ich mich gleich für ein Anliegen, das sich gewaschen hat, an die Schreibmaschine setze. Einen Namen hab ich schon im Kopf. Einer, der seine Augen überall hat. Der perfekte Mann im Grunde, solange ihm das Flugbenzin nicht ausgeht.

Wir sitzen noch eine Weile in der Sonne. Es ist ein so schöner Tag. Wenn ich auf dem Boden liege und in den Himmel sehe, könnte es überall sein. Vor drei Jahren war ich um diese Zeit Segeln im Mittelmeer. Wo werde ich in drei Jahren um diese Zeit sein? Ich frage mich, was die Leute machen, die ich draußen noch kenne. Ich stelle fest, das über die Zeit immer mehr Kontakte nach draußen abreißen, während drinnen neue Kontakte, und das ganz zwangsläufig, entstehen. Ich bin von einigen Freunden so was von enttäuscht, dass die Freundschaft über meine Inhaftierung hinaus auch nicht mehr bestehen wird. Es sind grade die, auf die man gewettet hätte, von denen man nichts hört, nicht ein Brief in Monaten. In weniger Fällen verhält es sich andersrum, du sitzt vor einem Brief, einer Karte, die du nie erwartet hättest, und bist dazu gezwungen, dir zu überlegen, ob du dieser Person geschrieben hättest – dabei ertappst du dich, dass du es nicht hättest. So gesehen ist Knast, wie vielleicht auch Krankheit, eine interessante, aber auch sehr verletzende Probe fürs eigene Umfeld und natürlich auch für dich selbst. Bin immer sehr gerührt, wenn ich unerwartet Post bekomme und immer wieder sehr enttäuscht, wenn erwartete Post nicht kommt. So hält sich Freude und Depression die Waage, Liebe und Hass, alles auf ein paar Quadratmetern.

Zu extreme Emotionen versuche ich zu kontrollieren. Sie fressen einen auf, du hast zu viel Zeit, zu wenig Ablenkung.

Banale, stumpfe Arbeit lenkt ab. Lesen hilft. Seit Jahren finde ich wieder die Ruhe, die es braucht, sich mit einem Buch auseinanderzusetzen, sich absolut ins Geschriebene hineinzutrauen, ein Ort für die eigene Fantasie. Schreiben hilft auch. Ich schreibe Lieder, Gedichte, jeden Tag ein bis drei Liebesbriefe – Bestandsaufnahmen an meine Süße. Leider kann ich die Lieder hier nicht einsingen. Es gab mal einen Knast-Band-Raum, er wurde geschlossen, das Projekt Knast-Mucke verworfen. »Warum?«, frage ich den Sozialdienst. Die Band hat sich untereinander fast totgehauen, der Bassist wollte den Drummer mit der Hi-Hat erschlagen. »Das ist doch normal, das ist draußen auch so«, versuche ich der Sozialarbeiterin zu erklären, aber es hilft nicht. Der Band-Raum bleibt geschlossen. Schade. Auch im Sport verhält es sich so. Fußball wurde aufgrund von zu derbem Kontakt schon längst vor meiner Zeit hier verboten. Basketball hat auch nicht so gut funktioniert, für zwei Spieler ging es nach ein paar ausgeschlagenen Zähnen auf Zelle 12 und 13. »Nachschlag« dank Knast-Sport.

Wir dürfen nur noch Volleyball spielen. Ich liebe es: Tätowierte Brecher, dünne Jungs, die mit Messer in der Unterhose spielen, Geschrei, Geprolle und Gelache im Hochsommer. Wer nicht mitspielt, guckt zu, und die Kaninchen haben wahrscheinlich auch ihren Spaß. Knast-Romantik könnte man das wohl nennen und mir fallen ein paar Freundinnen ein, denen das hier mehr als gut gefallen würde – aber leider werden sie das nie so zu sehen bekommen. Unsere Sport-Beamten sind recht lässig, die haben auch längst das Handtuch geworfen und spielen mit. Sie sind Teil der seltsamen

Mannschaften, werden beleidigt wie jeder andere und beleidigen genauso zurück. Beim Spiel vergessen alle, wer und wo sie sind.

Die ganzen Geschichten schreibe ich immer noch meiner Süßen. Jeden Tag einen Brief, aber es ist schwer. Ich bin eingesperrt, ich kann nicht weg, und trotzdem entferne ich mich stärker von ihr.

Als ich ihr bei ihrem letzten Besuch die Tätowierung gezeigt habe, die ich mir extra für sie gestochen habe – einen Kalender, über dem ihre Initialen standen – wäre sie fast aufgestanden und gegangen. Ich wollte sie überraschen, ich war doch wochenlang an dieser Tätogeschichte dran. Dann sitz ich ihr gegenüber im Besucherraum und zieh so ganz vorsichtig mein Hosenbein hoch, damit sie meinen Unterschenkel sehen kann. Aber statt dass sie sich freut oder sonst irgendwas, sagt sie, sie will nicht, dass ich mich selber tätowiere wie ein Knasti. Das war schon enttäuschend.

# 14

Andi, Wlad und ich stehen bei Herrn Scherer im Büro. Er hat uns über die Zentrale ausrufen lassen, und wie er da so sitzt, so gerade und ernst, soll es jetzt offenbar nicht drum gehen, dass das Chamäleon zum vierten Essenausgeber befördert wird. Es geht wohl auch nicht um Hähnchenschenkel. Auf seinem Schreibtisch, auf dem normalerweise seine selbst gebastelten Zigarettenschachtelautos parken, liegen ein paar Anliegen. Von unserer Seite des Tisches sieht keins von denen so aus, als würde es aus meiner Schreibmaschine stammen.

Der Scherer wird auch gleich sehr streng: »Meine Herren, ich habe hier mehrere Beschwerden liegen, dass Sie Ihre Arbeitssachen auch während der Freistunde tragen, dass Sie sie auch bei Besuchen tragen, und dass Sie also eigentlich überhaupt nicht mehr aussehen wie das allgemeine Erscheinungsbild hier.«

Das kann man nun wirklich schwer abstreiten. Wir tragen die Essenausgebershirts ja nicht nur zu den Anlässen, die er grad genannt hat, wir stehen jetzt auch in den Klamotten vor ihm und Mittag ist schon Stunden her. Wir sind also ganz klar im Unrecht, was erst mal nur bedeutet, dass wir umso härter diskutieren müssen. Wlad und Andi bleiben stumm. Ist ja auch meine Aufgabe.

Ich steig auf Verdacht daher sofort mal härter ein: »Hören Sie zu, Herr Scherer, die Sache ist doch ganz einfach.«

Die Essenausgabe beginnt um zwölf. Danach haben wir exakt eine Stunde, um das gesamte Haus zu versorgen, bevor sich direkt die Freistunde anschließt. Aber wenn wir mit dem Essenausgeben fertig sind, haben wir selbst noch nichts gegessen und sind auch noch nicht auf dem Hof. Daher fanden wir es eigentlich irre großzügig von uns, dass wir auf das Umziehen verzichten, anstatt auf eine volle Freistunde zu bestehen, die uns von Gesetz wegen zusteht. Eine Freistunde pro Tag muss jeder Gefangene haben.

»So, wie ich das sehe«, sag ich zum Scherer, »gibt es da nur zwei Möglichkeiten: Entweder, Sie verlegen für das ganze Haus die Essenszeiten, oder wir kriegen unsere eigene Freistunde.«

Ich muss sagen, dass ich zu dem Zeitpunkt eigentlich zu allen Beamten da drinnen ein super Verhältnis entwickelt hab. Natürlich darfst du nie mit denen in den Krieg ziehen, aber solange du sympathisch bleibst, geht viel. Sogar mit der Lesbe, die mich früher so gehasst hat, versteh ich mich inzwischen topp. Letztens hatten wir einen Fall mit Verdacht auf Schweinegrippe im Haus, da meinte ich so auf dem Gang zu ihr, da hätt ich jetzt aber echt Panik vor und sie solle mich doch bitte rauslassen.

Und sie so auf autoritär: »Nee, mach ich nicht.«

Ich noch grinsend: »Ja gut, also, wenn Sie mich nicht rauslassen, dann fliehe ich halt. Dann gehe ich übern Zaun.«

Aber sie todernst: »Dann erschieße ich Sie, Herr Stein, dann hole ich mein Gewehr und erschieße Sie.«

Da meine ich: »Das würden Sie doch niemals machen.«

Aber sie: »Ich würde ein ganzes Magazin leer schießen.«

Und dann müssen wir beide voll grinsen, dass wir inzwischen solche Unterhaltungen miteinander führen.

Jetzt aber schaut der alte Scherer mich in seinem Büro aus leeren Augen an. Er kann es nicht fassen. Als wir reinkamen, wollte er uns doch nur die T-Shirts wegnehmen. Jetzt muss er froh sein, wenn er uns am Ende keinen Hofgang für uns drei allein erlaubt hat. Ich guck mit Absicht nicht rüber zu Andi und Wlad, sonst muss ich nur grinsen. Aber es ist so geil, was man alles argumentieren kann.

Der alte Scherer sagt nur: »Aber…«

Es ist ja klar, worum es hier geht. Wir stehen da auf dem Hof, drei Freunde, die das gesamte Essen im Haus kontrollieren und sich nun auch noch optisch total vom Rest abheben. Das ist exakt das, was die Beamten immer zu vermeiden versuchen. Da wirst du für die anderen Gefangenen nämlich ganz schnell zum Symbol dafür, dass es bei dir im Moment einfach komplett besser läuft als bei ihnen allen. Aber jetzt merkt man eben wieder, was Knast für eine Scheißveranstaltung ist. Missgunst lauert echt überall. Natürlich haben wir, bevor wir in die Freistunde gehen, immer noch Zeit, die weißen Hosen auszuziehen, die weißen T-Shirts aber angeblich nicht. Das weiß der Scherer auch, dass das irgendwie komisch ist. Es fällt ihm nur grad nicht auf.

Er wehr sich noch: »Dafür haben Sie halt diesen Job.«

Und ich sag: »Aber wir sind immer die Leidtragenden.«

Da gibt er auf: »Versuchen Sie es halt zu vermeiden.«

Andi, Wlad und ich versprechen, uns diesbezüglich wirklich zu bemühen, und drehen uns schon zur Tür, als ich den alten Scherer noch wie nebenbei frage, wer sich da eigentlich beschwert hat.

Aber da passt er auf: »Das werd ich Ihnen nicht sagen.«

Es dauert nicht lange, bis wir wissen, wer versucht, uns anzuscheißen. Der Andi redet ein bisschen mit unserem Hausarbeiter, dem Österreicher, der hört viel und diesmal hat er gehört, dass über uns drei in der Kammer gequatscht wurde. Ich rede ein bisschen mit dem einzigen Typen, der von unserer Station in der Kammer arbeitet. Das ist so eine arme Sau, die wegen Fahrerflucht sitzt, Typ Familienvater, hat besoffen 'ne Frau umgesenst, sitzt hier nur so seine Zeit ab und will nicht auffallen.

Ich rauch eine mit ihm und sag: »Sag mal, Dicker, was war denn da los bei euch unten in der Kammer?«

Aber er gleich vorsichtig: »Wieso?«

»Hab gehört, dass es Stress gab wegen unseren T-Shirts.«

»Ach naja, der Holger.«

»Was ist denn mit dem Holger?«

Es stellt sich heraus, dass der Holger, wie er den Kammervorarbeiter nennt, da unten große Reden schwingt von wegen, dass das jetzt aufhört mit diesen Sondernummern, eng anliegende T-Shirts, Stretchstoff, sonst irgendwas. Offenbar fühlt sich der da unten sehr sicher, dass er einen so auf dicke Hose macht.

Der Kammervorarbeiter ist von der Optik her gesehen eigentlich ein Banker. Keiner, der im Knast andern was sagen dürfte. Kein Brecher, nur mittelmäßig muskulös, voll der Schreibtischtäter. Hat sich, wie man hört, in die Kammer überhaupt nur über 'ne Beschwerde reingeschrieben, sich da zum Vorarbeiter hochgeschleimt und sich nach und nach nur noch seine Leute reingeholt. Auch alles so kraftlose Wichser, die Angst vor ihm haben, weil er ihnen vom Intellekt her überlegen ist. Hat da einen richtigen kleinen Hofstaat am Laufen, der Holger, scheint aber trotzdem weder bei den Beamten noch bei den Gefangenen sonderlich beliebt zu sein. Straftat schwerer Betrug, würde ich mal sagen.

»Nee«, sagt der Hopp, »das ist doch 'n Kifi.«

Es ist total früh. Wir kommen grade wieder aus der Metzgerei und laufen über den großen Hof. Andi und ich schieben den Bollerwagen, der Hopp latscht so nebenher und ist bester Laune. Gleich gibt's Frühstück, und danach hat er Schichtende.

Ich sag: »Was ist der?«

Und der Hopp: »Mensch, Stein, 'n Kinderficker.«

Selbstverständlich darf der Hopp das auf gar keinen Fall machen, was er da grade gemacht hat. Ein Beamter darf den Gefangenen nicht verraten, warum jemand einsitzt, und zwar gar nicht, überhaupt nicht. Gut, bei mir wär's egal, da weiß es sowieso jeder. Aber wenn dir einer Drogen auf der Zelle versteckt, weil er weiß, dass du schon wegen Drogen drin bist, ist das ein anderer Schnack, als wenn er dem Holger Drogen auf die Zelle legt, der damit nie was zu tun hatte. Allerdings macht das, wofür der Holger sitzt, natürlich auch irgendwie Sinn.

Die Kinderficker sind im Knast allein wegen ihrer Straftat schon persona non grata. Meistens sind das konservative Spießbürger, die draußen die Polizei rufen, wenn du sonntags die Bohrmaschine rausholst, und die dann über Monate dokumentiert haben, wann du die immer anmachst. So sind die drauf. Die sind null trainiert, dass sie sich darüber Respekt verschaffen könnten, aber die sind nicht dumm, verglichen mit anderen Gefangenen können sie sich gut ausdrücken. Also fangen sie an, Anliegen und Beschwerden zu schreiben, weil sie sich anders nicht schützen können. Das sind Schreibtischtäter, die schreiben dich in Grund und Boden. Du kannst im Gefängnis ohne Probleme von jemandem 'ne Anzeige kriegen, und der Sache muss dann nachgegangen werden. Das ist saugefährlich. Die Beamten können ihre Sterne verlieren, ihren Dienstgrad, die haben ja auch Akten, in denen alles eingetragen wird. Im Endeffekt mögen die mich und den Andi viel mehr, aber sie stufen den anderen als viel gefährlicher ein. Mit Leuten wie uns können die immer reden. Wenn ein Beamter Scheiße baut, wüssten die, wir würden den nicht verpfeifen. Bei dem können sie sich nicht sicher sein. Jemand, der so 'ner Kleinigkeit wie den T-Shirts nachgeht, muss nur erfahren, dass einer Drogen oder andere Substanzen vertickt, und schon hängt der sich da dran. Und wenn die Beamten dem dann nicht nachgehen, kriegen die auch 'ne Anzeige. Was der mit dem Stift anstellen kann, ist also für alle richtig gefährlich. Die meisten Gefangenen machen so einen Scheiß nicht, weil die von Anzeigen die Schnauze voll haben. Hau mir ab mit Beamten, hau mir ab mit Anzeigen und hau mir ab mit Anliegen – Ruhe! Aber die Kinderficker sind ganz anders drauf.

Auf einmal haben wir also die Situation, dass wir Essenausgeber uns mit dem Vorarbeiter auf der Kammer im Knast duellieren. Natürlich ist die Kammer für uns superwichtig, auf der anderen Seite können wir uns so was nicht gefallen lassen.

Als wir mit dem Frühstück auf die 3. Station kommen, müssen der Andi und ich uns da gar nicht weiter absprechen. Normalerweise hast du beim Frühstück immer drei, vier Sorten Wurst zur Auswahl, Schwein, Rind und noch Pute oder so was. Die Gefangenen können schon auch sagen, wenn sie irgendwas nicht wollen, aber wo jetzt gerade der Kinderficker kommt und nichts ahnend um Salami bittet, werf ich ihm doch glatt die verkackte Mortadella auf den Teller. Er guckt überrascht.

Ich geh ihn gleich an: »Is was?«

Und er: »Ja, ich hab doch gesagt, ich hätte gerne Salami.«

Aber der Andi: »Jetzt haste halt was anderes.«

Und ich: »Noch Fragen?«

Aber da schaut der Hopp zu uns rüber. Mit der Zeit kriegt so ein Beamter ein ganz feines Gespür dafür, wenn sich irgendwo was zusammenbraut. Jedenfalls ist klar, dass der Kinderficker von nun an bei jedem Essen das absolute Minimum bekommt. Die beschissenste Kartoffel, die kleinste Möhre, das behindertste Stück Fleisch liegen am Ende immer auf seinem Teller.

Es dauert zwar ein paar Tage, aber dann scheint der Holger kapiert zu haben, dass hier ein kleiner Krieg im Gange ist, denn als der Wlad das nächste Mal runter auf die Kammer geht, um das Paket, das für ihn angekommen ist, und gleich die weißen Unterhemden, die er bestellt hat, abzuholen, bekommt er plötzlich beides nicht. Der Holger steht total froh hinter seinem Tresen.

Er so bedauernd: »Da sind mir leider die Hände gebunden.«

Aber der Wlad wird gleich laut: »Was ist jetzt kaputt?«

Es stellt sich raus, dass in dem Paket Wlads heiß geliebte extra scharfe Chilisoße drin war. Damit badet er seit Wochen seine Lebensmittel, nie gab es deswegen Ärger, jetzt hat dieser verpisste Kinderficker seinen Kammerbeamten drauf hingewiesen, und auf einmal zählt Chilisoße als Waffe und ist verboten.

»Anweisung des Kammerbeamten«, sagt der Holger.

Und Wlad: »Und was ist mit Unterhemd?«

Darauf der Holger: »Kann ich leider nicht bestellen.«

Und Wlad: »Ich bleib hier, bis du bestellst, was ich sage.«

Er ist jetzt total geladen. Du kannst sehen, wie er atmet. Aber was ihn so auf Zinne bringt, ist nicht mal, dass er das Scheißpaket oder die Hemden nicht kriegt, sondern dass man jemandem, der so brandgefährlich ist wie er, allen Ernstes unterstellt, er hätte es nötig, anderen Leuten Chilisoße in die Augen zu sprühen.

»Passt du auf, wo du hingehst, Freund«, sagt er.

Er zeigt auf den Kinderficker, als würde er ihn mit dem Finger jetzt an die Wand nageln, aber da kommt der Kammerbeamte.

»Was ist hier los?«, fragt er.

Der Kinderficker eingeschüchtert: »Der Häftling hier bedroht mich. Er weigert sich, die Kammer zu verlassen.«

Da muss Wlad die Sache vertagen.

Innerhalb weniger Tage spricht sich herum, dass wir mit der Kammer Krieg angefangen haben. Auf einmal bekommen auch Leute, mit denen wir gut bekannt sind, keine neuen Klamotten mehr. Der Abu und der Österreicher laufen wieder in rosa Unterhose rum, und es ist total klar, dass jetzt gehandelt werden muss.

Als Erstes trifft es leider die arme Sau, den Familienvater, der auf der Kammer arbeitet. Es passiert abends, als die Station beim Duschen ist. Eigentlich wollen Andi und Wlad dem Typen nur deutlich machen, dass er da auf der Kammer nicht nur für sich alleine, sondern quasi als Abgesandter seiner Station tätig ist, für die er dementsprechend ein paar Dinge zu organisieren hat. Aber die beiden sind derartige Brecher, dass sich die ersten sofort aus dem Duschraum verziehen. Der Familienvater steht in nasser Unterhose vor Wlad, er ist einer von denen, die nicht wollen, dass man beim Duschen ihren Schwanz sieht. Ein Bild des Jammers.

Wlad ist erst mal nett: »Hör zu, uns scheißegal, was der Holger sagt. Du gibst uns anständige Sachen, sonst scheppert's.«

Der Familienvater jault: »Er ist doch der Vorarbeiter.«

Was dann plötzlich mit Wlad los ist, kann ich nicht sagen. Soweit ich das sehe, pisst sich der Familienvater in der nächsten Sekunde in seine ohnehin schon nasse Unterhose, als Wlad auf einmal ausholt und ihm aus dem Handgelenk heraus rechts und links zwei verpasst, sodass er sofort ein blaues Auge hat.

Der Typ denkt, jetzt wollen wir ihn killen, und rennt schreiend aus dem Duschraum und nach vorn zur Zentrale. Er klopft dort gegen die Scheibe, die Beamten kommen raus, und der Typ heult rum von wegen, er würde unten in der Dusche kaputt gehauen.

Zu dem Zeitpunkt sind fünf Leute in der Dusche. Die Beamten sperren den Raum ab, lassen alle einzeln auf ihre Zelle gehen und fragen sie vor der Zentrale ab, ob sie was gesehen haben, während der Familienvater hinter ihnen steht und Angst hat. Die Leute sind alle von der 4. Station. Natürlich hat keiner was gesehen.

Als Wlad kommt, sagt er gleich offen: »Wir haben ein bisschen mit Wasser rumgespritzt, und dann ist der Vollidiot hingefallen.«

Die Beamten: »Sie haben ihn nicht geschlagen?«

Und der Wlad: »Warum soll ich schlagen Mann, der hinfällt?«

Die Beamten fragen den Familienvater nun, ob er wegen dieses Vorfalls 'ne Anzeige erstatten will. Er weiß nicht genau, was er will. Er fragt die Beamten, was sie sagen würden. Die Beamten sagen, sie haben es nicht gesehen. Die Zeugen schweigen alle, und derjenige, der es gewesen sein soll, sagt, er war es nicht. Klar kann man da 'ne Anzeige schreiben, die Frage ist nur, ob es was bringt. Womöglich muss er sich dann von der Station verlegen lassen, weil der Ärger, den er macht, sowieso zu ihm zurückkommen würde. Da denkt der Typ noch mal 'ne Minute nach, und am Ende schreibt er keine Anzeige, sondern ist froh, dass er überlebt hat, und die Beamten sind froh, dass ihnen das Arbeit spart.

»Warum bist du denn wegen dem Typen so ausgerastet?«, frag ich Wlad, als wir wieder auf der Zelle sind.

»Bin ich nicht ausgerastet, Oli«, sagt der Wlad.

»Aber der Typ hat doch eh gleich geheult.«

»Ging mir nicht um Typ«, sagt Wlad.

»Worum denn dann?«

Und da erklärt mir Wlad ganz ruhig, dass er diesem Familienvater nur aufs Auge gehauen hat, damit am nächsten Morgen der Holger auf der Kammer schon mal sieht, wohin das führt, wenn man sich mit uns anlegt, und zwar direkt in den Schmerz hinein.

Ein paar Tage später stehen Andi und ich bei der Essenausgabe. Es ist Mittag, wir verteilen Bratwurst und Kartoffelbrei, dazu wieder mal Äpfel. Als der Kinderficker ankommt, halt ich meine riesige Schöpfkelle fest in der Hand. Der Andi klatscht ihm die kleinste Wurst, die wir haben, auf den Teller, dazu kommt von mir ein Klecks Brei, und der Andi reicht ein Äpfelchen rüber.

Sagt der Kinderficker: »Da ist ein Loch drin.«

Sagt der Andi: »Ja, und?«

Sagt der Kinderficker: »Ich will 'n anderen.«

Sag ich: »Verpiss dich, Alter.«

In dem Moment geht bei dem Kinderficker irgendein Film im Kopf los. Er stößt sein Tablett so nach vorn, irgendwas davon fällt runter und in den Bottich mit dem Kartoffelbrei. Ich will dem verkackten Typen mit der Schöpfkelle sofort eins voll auf die Hände hauen, ich erwisch ihn nur leider nicht mehr.

Aber er schreit trotzdem voll rum: »Herr Hopp, der hat mich geschlagen! Ich werde angegriffen!«

Da wird der Hopp wach. Er hatte danebengestanden und gedöst. Jetzt sieht er mich mit dem Löffel ausholen.

Er geht dazwischen: »Herr Stein, was ist hier los?«

Der Kinderficker macht auf Drama: »Ich wurde angegriffen!«

Und der Andi zu ihm: »Alter, ich bring dich um!«

Der Hopp schaut uns an. Ich stehe da, der Andi steht da, das ist unsere Essenausgabe, davor steht der Kinderficker und hält sich die Hand, und der Hopp ist total abseits und weiß überhaupt nicht, was passiert ist. Er sieht nur, dass es hier grade voll abgeht. Ein paar Sekunden davor war alles ruhig, jetzt brennt die Luft.

Er sagt: »Stein, was ist hier verdammt noch mal los?«

Ich bin total aufgebracht, hochroter Kopf, Puls auf hundertachtzig und am Hals stehen mir die Adern raus. Dieser Vollidiot simuliert, dass ich ihn geschlagen hab, der wirft sein Zeug in mein Essen rein, und diese Kombination aus Scheiße, die der mir hingeworfen hat, sollen die anderen Gefangenen jetzt fressen.

Ich schrei ihm ins Gesicht: »Verpiss dich, du scheiß Vergewaltiger, Kinderficker, Arschloch.«

Der Hopp merkt jetzt auf einmal, was das für ein Riesenfehler war, dass er ausgequatscht hat, wofür der Typ einsitzt.

Er brüllt mich an: »Herr Stein, beruhigen Sie sich sofort!«

Und der Kinderficker brüllt: »Wo ist mein Essen?«

Und ich brüll: »Alter, für dich gibt's überhaupt nichts mehr!«

Hinter uns sind die anderen Gefangenen längst alle auf Krawall aus. Als sie noch ihr eigenes Geschirr hatten, haben sie bei so was immer die Teller gegen die Becher gehauen. Bei der Essenausgabe trifft die ganze Station zusammen, Kämpfe sind da natürlich ein Happening. Der Hopp will endlich Ruhe reinbringen und schickt den Kinderficker auf seine Zelle, aber als der die Reihe nach hinten abläuft, kneifen ihn zwei in den Rücken, um ihn zum Ausrasten zu bringen, damit er mich vielleicht doch angreift. Es ist 'ne sehr schadenfrohe Veranstaltung und immer dann lustig, wenn du nicht grad beteiligt bist. Aber ich bin wegen Körperverletzung vorbestraft, für mich ist das hier 'ne gefährliche Situation. Der Kinderficker dreht sich wütend um, aber dann weiß er nicht weiter und er macht doch nichts. Er geht einfach auf seine Zelle.

Am Tag darauf müssen der Kinderficker und ich zum Herrn Karl, dem Oberboss, um die Sache zu klären. Wir reden auch miteinander, aber jeder nur, was ihm Recht gibt, und am Ende entschuldigt sich keiner beim anderen. Die Sache bleibt vertagt.

# 15

So ein Knast ist ein lebender Organismus. Er nimmt Sachen auf, und er scheidet Sachen aus, manche davon unverdaut.

Andi, Wlad, Abu und ich sitzen zusammen auf der Zelle. Es ist Nachmittag, und Andi und Wlad spielen Schach um Tabak. Seit einigen Tagen machen sie nichts anderes mehr. Ich hab einmal versucht mitzugehen, aber seit ich wie ein Verrückter Kaffee trinke, kann ich mich kaum noch konzentrieren. Ruck zuck sind bei mir die Figuren weg, und so viel Tabak hab ich nicht, dass ich mir leisten könnte, das mal in Ruhe zu üben.

»Bist du hektisch wie ein Frau«, sagt Wlad immer.

Da wird plötzlich die Tür aufgestoßen, und ein ganz sonderbarer Mensch kommt rein. Der Optik nach ist er Kurde, gekräuselte Haare, kleines Bäuchlein, Körpergröße einssiebzig, Ohrenspannweite einssiebzig. Er sieht aus wie seine eigene Karikatur.

Er steht in der Tür und ruft: »Hey, ihr Chivatos!«

Da steht der Andi auf, stürzt auf den Kleinen zu und schnappt ihn sich. Der Andi hat riesige Arme, und als er den Typen im Schwitzkasten hat, kann man von dem kein Gesicht mehr sehen. Sie fangen voll an zu fighten, rollen über den Boden, der Abu steigt noch mit ein und schlägt dem Kurden auf den Oberschenkel. Aber man sieht, dass die sich kennen und es Spaß ist. Nach ein paar Minuten beruhigen die sich wieder.

Ich geh zu dem zerdrückten Kleinen hin: »Hallo, der Oli.«

Und er: »Ich bin der Gonzo.«

Der Gonzo kennt den Andi und den Abu aus Atzleben, wo er auch wegen Drogen saß. Er ist grade frisch von dort angekommen. Das war sozusagen deren Wiedersehen.

»Diese verdammten Chivatos«, sagt er immer wieder.

Du siehst sofort, mit dem wirst du 'ne Menge Spaß haben. Auch während die ihn geboxt haben, hat der nur gelacht. Körperlich ist er uns allen unterlegen, aber egal, wo ich ihn die nächsten Tage treffe, er nimmt immer volle Kampfposition ein.

»Hey, Chivato«, sagt er, als er beim Frühstück in der Schlange steht, »gibst du mir mehr Wurst?«

»Hey, Chivato«, sagt er beim Mittag, »was ist denn mit dem anderen Hähnchenschenkel passiert?«

Dann muss er wieder lachen.

Der Gonzo ist ein absolutes Schlitzohr, ein Gauner, wie er im Bilderbuch steckt, nur Scheiße im Kopf, aber man kann ihm nie böse sein, weil er diesen unglaublichen Humor entwickelt hat, auch was das Wegstecken eigener Tiefpunkte im Leben angeht, und da gab es einige. Die Bullen haben ihn schon eine Weile wegen seiner Drogengeschäfte überwacht, ohne dass er deswegen aufgehört hätte. Er hat nur aus Sicherheitsgründen nicht mehr vom Handy aus telefoniert. Als er also mit 'nem Großhändler einen Termin ausmachen will, wann er das nächste Zeug entgegennehmen soll, geht er dafür in eine Telefonzelle an der Straße. Er redet gerade mit dem Dealer, als ein Busfahrer plötzlich die Kontrolle über seinen Bus verliert und in die Telefonzelle hineinfährt. Drei Telefonhäuschen reißt es komplett weg, hätte der

Gonzo da dringestanden, wäre Feierabend gewesen. Aber er steht im vierten, darum zertrümmert es ihm nur beide Beine. Er kommt ins Krankenhaus, wo die Schwestern in seinen Taschen nach seinem Personalausweise suchen, weil er kaum ansprechbar ist. Aber den Personalausweis hat er absichtlich nicht dabei, nur dreißigtausend Euro in bar. Daraufhin rufen die Ärzte die Polizei, und für Gonzo geht es aus dem Krankenzimmer direkt in die Zelle.

»Gonzo, bitte erzähl doch noch mal die Geschichte von dem Bus«, sagt der Andi. »Hast du den nicht kommen sehen?

Wir sitzen alle auf der Zelle und warten drauf, dass die große Gonzo-Show beginnt. Jeden Tag ein Best of aus Missgeschicken.

Er fängt an: »Nein, hab ich nicht kommen sehen, diese Scheißbus. Auf einmal hab ich nur gespürt: Woah. Dann bin ich aufgewacht, und die fragen mich die ganze Zeit: Wie heißen Sie? Hab ich gesagt: Ich weiß es nicht. Haben die gesagt: Kann nicht sein. Sag ich: Doch. Sagen die: Und woher haben Sie das Bargeld?«

Wir pissen uns vor Lachen in die Hosen bei der Vorstellung, wie ein Ausländer, der vom Bus überfahren wurde, mit dreißigtausend Euro und lauter Spickzetteln, wo die Telefonnummern draufstehen, die er sonst im Handy hat, ins Krankenhaus kommt. Natürlich muss der Gonzo auch lachen, und dann zeigt der so sein Bein, und von diesem Bein fehlt einfach ein Stück, wie wenn da ein Haifisch reingebissen hätte, weil das halt so zertrümmert war.

»Die werd ich verklagen«, sagt er voll empört, »diese Scheißstadt mit ihrem Scheißbus.«

»Ja, Gonzo, wie lange sitzt du denn schon?«

»Dreieinhalb Jahre.«

»Warum hast du denn da noch nichts gemacht mit der Stadt?«

»Ähm, ja, weil ... Ihr wollt mich doch nur verarschen!«

Und dann nimmt er wieder Kampfposition ein.

Der Gonzo für sich allein ist jetzt vielleicht nicht wahnsinnig gefährlich. Auf der anderen Seite ist er niemand, bei dem ich Schusswaffengebrauch für ausgeschlossen halte. Der tritt halt aufgrund seiner Herkunft und dem ganzen Kurden-Getue draußen in Gruppen bis zu zwanzig Mann stark auf. Die hauen dich komplett kaputt. Da ist dann schnell richtig Sense. Im freien Leben ist der Gonzo einer der Allerletzten, mit denen ich Ärger haben wollte. Der ist zwar kein absolutes Alphatier, aber als Betawolf geht der auch mit, wenn ein Ehrenmord stattfindet.

»Ist so«, sagt er, »muss ich halt mitgehen, bin Kurde.«

Wenn ich den nicht im Knast kennengelernt hätte, sondern in Freiheit und ihm 'nen Spruch von wegen Segelohren reingedrückt hätte oder so, hätte ich 'n Messer dringehabt. Keine Frage. Das wäre dann schon der bestmöglichste Fall gewesen, dass es nur in 'ner Schlägerei endet, bei der ich zusammengewichst werde.

Der zweite Neuzugang, der in dieser Woche auf unsere Station kam, ist ein Pole, guter Mann von der Statur her, nur im Kopf vollkommen verwirrt, IQ höchstens zweistellig. Er hat die Angewohnheit, immer so in die Leute reinzulaufen, was im Geschlossenen ein absolutes Tabu ist. Du schubst niemanden, du trittst niemandem auf den Fuß, du hast nur zwei Gründe, jemanden zu berühren, entweder du bist mit ihm befreundet oder du prügelst dich mit ihm. Vor allem auf unserem Gang kann Letzteres immer passieren. Wir sind die heftigste Station im Haus, nur Atzlebener, nur schwere Jungs, Hells Angels, Russen, Bankräuber, Leute, die viel mit Drogen gemacht haben. Was Geldstrafe oder Junkie ist, haben wir versucht, gleich rauszuekeln.

Der Andi und ich verteilen gerade das Mittagessen, Nudeln mit Gulasch, da läuft dieser verpeilte Pole wie ein Betrunkener an der Schlange vorbei, drängelt sich vorn rein, das gibt schon Gemurre, und als Nächstes beschwert er sich, dass ich ihm zu wenig Essen gebe. Er lässt echt kein Fettnäpfchen aus, der Pole.

Ich sag: »Ich hab dir absolut korrekt gegeben, Alter.«

Aber er prollt mich so voll: »Mach mehr drauf, Mann.«

Ich hau ihm noch 'ne Kelle drauf, weil ich denke, der Typ ist jetzt drei Tage da, der kann die Sprache nicht richtig, der braucht noch 'n bisschen Zeit, um zu lernen, wie die Dinge hier ablaufen. Aber dann lässt er beim Weggehen so seinen Ellenbogen stehen, dass er unseren Arab anrempelt. Der Arab, ein hochgefährlicher Mann, muss unheimlich groß im Heroinhandel gewesen sein, redet aber nie über seine Straftaten. Bei dem weißt du einfach, dass er sehr lange sitzt, sehr verschwiegen, sehr ruhig, sehr freundlich, passt wunderbar auf unsere Station, berührt nie jemanden.

Der Arab schaut auf, und alle schauen den Arab an, nur der Pole torkelt so weiter, als sei nichts gewesen. Der dreht sich nicht um, da kommt keine Entschuldigung, gar nichts.

»Alter«, sagt Wlad zu ihm, »kannst du nicht machen.«

Der Wlad mischt sich normalerweise nie in so was ein. Er kann nur eins nicht leiden, und das ist unhöfliches Verhalten.

Doch der Pole prollt weiter: »Was geht dich das an?«

»Ich sag dir nur Warnung«, meint Wlad.

Leider versteht der Pole es offenbar nur, wenn es ihm einer richtig zeigt. Dafür haben sich ihm jetzt schon zwei Lehrmeister angeboten. Vielleicht ist er so was wie ein Schmerzforscher.

Am Nachmittag besuche ich eine neue Vorstellung der Gonzo-Show. Diesmal geht es darum, wie der Gonzo sich einmal von seinem Dealer die doppelte Menge Gras hat aufschwatzen lassen, weil er meinte, dass damit das Geschäft größer wird.

Er steht in unserer Zelle wie ein Stand-up-Comedian auf der Bühne. Seine Ohren leuchten rot im Gegenlicht. Wlad, Andi und ich haben unsere Plätze eingenommen. Es geht los.

»Hab ich mir gesagt: Gut, machst du keine dreißig, machst du sechzig Kilo. Aber dann, du trägst die Scheiße, das wiegt. Ich stehe in der U-Bahn, hab mir extra Ticket gekauft. Ich denk: Heide, Heide, was ist das für 'ne Scheiße, das ist ja Arbeit. Aber kannst du nicht stehen lassen, Freund anrufen, nichts. Ich mit den Taschen durch die U-Bahn, Schweißausbruch, hab ausgesehen wie Junkie. Alle Leute gucken mich an, reißt von der einen Tasche der Henkel ab. Die Platten sind gut verpackt, aber die Naht ist gerissen, und dann hat's gestunken auf einmal. Ich denk: Scheiße, Alter, wer das nicht riecht. Überall ist der Geruch, und ich denk: Warum warst du nicht zufrieden mit dreißig Kilo?«

So redet der Gonzo, immer weiter, während ich vor Lachen auf dem Tisch liege, der Andi liegt auch auf dem Tisch, wir können nicht mehr, nur der Wlad sitzt da und hat ein Gesicht aus Beton.

Ich hau ihn an: »Mensch, Wlad, jetzt lach doch mal!«

Aber er: »Was soll ich da lachen? Das ist traurig.«

Und ich: »Aber Wlad, ist doch saulustig, wie er das erzählt.«

Aber er: »Nein, ist nicht lustig, was er erzählt, ist große Katastrophe. Der Kerl ist ein Idiot.«

Und jetzt schaltet sich der Andi ein: »Kannst du dem Gonzo nicht 'nen Job geben, Wlad, wenn er wieder raus ist?«

Aber er: »Kann ich gleich gehen zu Herrn Karl und sagen: Darf ich noch bleiben zehn Jahre mit Sicherheitsverwahrung?«

Die Stimmung ist also wieder sensationell, als der Andi und ich noch mal in die Gemeinschaftsküche losziehen, um ein paar Hähnchenflügel in die Röhre zu schieben. Es ist so gegen fünf, in der Küche sind nur ein paar Piccos und der Arab. Der Arab ist dafür bekannt, dass er sehr, sehr gut kocht und zwar nur für sich allein. Er hat auch schon seine ganzen Lebensmittel neben dem Waschbecken aufgebaut, Wurst, Käse, Oliven, Salat, alles nur vom Feinsten, als der Pole in die Küche kommt. Er geht zur Spüle, schiebt dem Arab die Sachen zusammen und dreht den Wasserhahn auf, um sein Besteck abzuspülen, und natürlich spritzt er dem Arab das Essen mit Wasser voll.

Darauf sagt der Arab: »Entschuldige, warum machst du das?«

Er spricht ganz leise, und es ist, soweit ich mich erinnere, das erste Mal, dass ich ihn überhaupt hab reden hören.

Der Pole guckt den Arab nur an und murmelt was.

Da wird der Arab noch leiser: »Tust du mir einen Gefallen bitte? Komm nicht in die Küche, wenn ich koche, ja?«

Jetzt kriegt der Pole die Zähne auseinander und rülpst so los: »Fick dich, halt die Fresse, ich mach hier meine Sachen sauber.«

Im nächsten Moment kracht es.

Der Arab gibt dem Polen drei Dinger mit Vollgas ins Gesicht. Die Piccos rennen aus der Küche. Der Andi und ich stehen daneben, mit Haut so heiß wie unter der Sonnenbank. Da nimmt der Arab den Mülleimer, der ist aus Metall, und schlägt ihn dem Polen, der schon am Boden liegt, einmal voll über den Schädel.

Dann nimmt er seine Feinkostsachen und geht raus, als wäre nichts passiert. Andi und ich folgen ihm über den Gang in Richtung unserer Zelle, ganz langsam und normal, nur nicht rennen.

Die Beamten, die in der Zentrale hinter ihrer Panzerglasscheibe sitzen, können den ganzen Gang runter sehen, in die Küche sehen sie nicht, und es gibt dort auch keine Kamera. Es müsste 'ne Weile dauern, bis die was merken. Aber da schwirren schon die dummen Picco-Vögel aus, laufen aufgeregt vor der Küche hin und her, die Unruhe überträgt sich in den Fernsehraum, und es dauert nur drei Minuten, bis der Herr Müller, der diensthabende Beamte, seinen Platz in der Zentrale verlässt und in der Küche steht.

In der Küche hängt der Pole quer auf einem Stuhl, Nase angebrochen, Zahn halb weg, völlig blutende Lippe.

Der Müller fragt ganz freundlich: »Was ist hier passiert?«

Aber der Pole hat scheinbar wirklich 'nen Knacks in der Birne und sagt, ich zitiere nicht wörtlich, weil ich es nur erzählt gekriegt habe: »Fick dich, Scheißpolizei, fick dich!«

Der Müller packt den Polen am Schlafittchen, haut ihm eins in den Nacken, legt ihm Handschellen an und schleift ihn an den Armen einmal über den Gang nach vorn, wo es neben der Zentrale so eine Art Putzkammer gibt. Da drin verschwindet er mit ihm.

Der Andi und ich stehen hinter der Tür zu meiner Zelle, wir haben sie einen Spalt aufgelassen, aber wahrscheinlich hätte wir auch so gehört, wie heftig es jetzt in dem Zimmer scheppert.

Da drängt sich der Wlad an uns vorbei. Er hat irgendwas in der Hand, das ich nicht erkennen kann, aber ich sehe ihn damit über den Gang gehen und in der Zelle des Polen verschwinden. Als er danach wieder herauskommt, hat er nichts mehr in der Hand.

»Was war das denn?«, frag ich Wlad, als er zurück ist.

»War nur Messer, das der Pole vergessen hat.«

»Du hast dem 'n Messer untergeschoben?«

»Wollt ich nur, dass er es hat, bevor er geht nach Atzleben.«

In dem Augenblick geht draußen die Putzkammer wieder auf. Der Müller zieht den Polen an den Armen auf den Gang raus und legt ihn so an der Wand ab. Jetzt hat der Typ Fesseln an Händen und Füßen und sieht noch viel beschissener aus als vorher. Der Müller muss den richtig zusammengewichst haben da drin. Zehn Minuten später kommt der Notarzt, fünfzehn Minuten später findet die Zellenkontrolle ein Messer im Schrank des Polen.

Du stehst in der Zelle und lachst mit den anderen, gleichzeitig hast du auch Gänsehaut. Innerhalb von Minuten hast du gesehen, wie Knast auch sein kann. Wenn du nicht die Fähigkeiten hast, mit Leuten klarzukommen, zu erkennen, was kann ich mir bei wem herausnehmen, nicht die Fähigkeit hast, wie rede ich mit Beamten. Der Typ hat was weiß ich wie viele Zähne verloren und 'ne komplett gebrochene Nase, die war schon fast nach innen gekehrt. Er wurde von einem sehr einflussreichen Gefangenen zusammengeschlagen, dann wurde er von einem Beamten zusammengeschlagen, das ist das Schlimmste, was passieren kann. Du musst Angst haben vor den Gefangenen und Angst vor den Beamten. Niemand schützt dich, nur der Knast schützt sich selber.

Als ich am Abend wie an jedem Abend den Brief an meine Süße schreibe, bin ich richtig dankbar. Ich denke, wie glücklich ich eigentlich jeden Tag sein müsste, dass mein Vollzug so gut läuft und was ich für ein verdammtes Glück hab, die richtigen Leute kennengelernt zu haben. Ich sitz noch nicht lange, bin aber schon richtig etabliert. Ich bin Vorarbeiter Essenausgabe, ein absoluter Traumjob, ich hab eine Position und eine Funktion, ich hab meinen Zirkel aus vier, fünf Leuten. Ich lache viel, mir geht's richtig gut. Ich sitze hier und fresse Zartbitterschokolade, weil ich gute Kontakte habe, während der Pole grade ins Krankenhaus wandert. Der Unterschied zwischen dem, wie es ihm und wie es mir geht, sind nur ein paar Meter, aber in dem Fall bin ich auf der richtigen Seite. Ich denke nicht mehr an draußen. Da gibt's nur noch meine Süße. Ansonsten ist Knast wichtiger. Da ist meine Zelle, da sind meine Jungs. Es ist beängstigend, was mir grade so klar wird. Vielleicht schreib ich den Brief besser doch noch mal.

Es ist ein ganz komisches Gefühl, als der Müller uns am nächsten Morgen begegnet und uns mit einem Blick klarmacht, dass ab jetzt so ein Gentlemen's Agreement zwischen uns herrscht, für das ein anderer über die Klinge gesprungen ist. Natürlich war dem Müller klar, dass der Typ auf der Station nur Feinde hatte und dass ihn die Gefangenen nicht verpfeifen werden. Der sieht, dass die Station den Polen nicht haben will, und in dem Moment sind der Müller und der Arab sozusagen befreundet. Für die Leute war das einfach ein Ereignis, über das noch Tage getratscht wird, für das Individuum ist es eine Katastrophe.

Bei so Sachen stelle ich mir die Frage, ob geschlossener Vollzug Sinn macht.

Man ist 24 Stunden sieben Tage die Woche von krimineller Energie umgeben. Woher man eine AK-47 bekommt, hätte ich letztes Jahr nicht beantworten können, jetzt würde ich »'ne gebrauchte oder 'ne neue« zurückfragen können und das, ohne mich aktiv damit auseinandergesetzt zu haben. Dimensionen verändern sich. Während ich Drogenmengen bisher nur in Grammeinheiten und eben die Straßenpreise kannte, sitzt man hier zwangsläufig direkt beim Großhändler auf der Zelle. Bessere Qualität, größere Menge, viel besserer Preis. Knast als Schule? Auf jeden Fall. Für den, der das will, ist Knast – Geschlossener – eigentlich Pflicht. Wie ein Fachmessenbesuch. Die Leute hier trifft man ja nicht beim Bäcker, oder vielleicht schon, aber man wird sie nicht erkennen.

Ich habe den Bezug zu Verbrechen, zu Sühne, Gerechtigkeit, legal und illegal verloren. Ich komm nur mit Lügnern, Kifis und den Verrätern nicht klar. Ein ehrlicher chronischer Bankräuber, sympathisch. Ich will alles wissen. Die Neugierde, wie es sich wohl anfühlen muss, einen Geldtransporter zu stehlen und mit seinen zwei Komplizen nach dem Überfall die ergaunerten 1,8 Millionen Euro in 'ner Garage zu zählen. Die Lebensläufe, auf die man hier stößt, die Erfahrungen sind spannender als jeder Krimi, trauriger als jedes Drama, es ist echt, sehr oft zu echt, faszinierend.

Ich sitze noch so in Gedanken auf der Zelle, als die Tür aufgeht und Ablenkung reinkommt. Es ist natürlich der Gonzo!

»Oli, hast du noch irgendwelche Süßigkeiten?«

Ich hab immer Süßigkeiten im Schrank, Schokolade, Haribo, das weiß der Gonzo. Normalerweise würde ich mit ihm ein paar Scherze machen von wegen, wie er denken kann, dass ich meine gute teure Schokolade so 'nem Drogendealerschwein gebe. Aber danach ist mir heute nicht. Ich geh zum Schrank und geb ihm 'ne ganz besondere Zartbitter von Wlad. Er kennt die gar nicht, aber das Label verrät ihm, dass es was Teures ist.

Er gleich so: »Super, kann ich die ganz haben?«

Und ich: »Ja, die kannst du ganz haben.«

Dann verdrückt sich der Gonzo aus der Zelle wie eins von diesen Tierchen, das was erbeutet hat, das die anderen nicht sehen sollen, damit sie's ihm nicht wegnehmen, als er, dummerweise muss man sagen, auf dem Gang dem Andi in die Arme läuft.

»Gonzo, was hast du da?«, fragt der Andi.

Und der Gonzo: »Nichts.«

Aber der Andi schnallt natürlich sofort, dass der Gonzo was bunkern will. Er versucht ihm, die Hand hinter dem Rücken vorzubiegen, aber der Gonzo windet sich raus und rennt weg.

»Was hat denn der Chivato schon wieder abgestaubt?«, fragt der Andi, als er zu mir auf die Zelle kommt.

»'ne Schokolade, Luxus, Zartbitter.«

»Der kriegt so was geschenkt und gibt nichts ab?«

»Kennst ihn doch. Der zieht sich das Ding komplett rein.«

»Na warte, Kurde!«

Zwanzig Minuten später kommt der Gonzo wieder an, um so rumzugucken, was es Neues gibt. Da gibt ihm der Andi eins mit.

Er so zum Gonzo: »Du bist aber 'n komischer Muslim, was?«

Und der: »Wieso? Wollt ihr mich schon wieder verarschen?«

Jetzt der Andi fast schon besorgt: »Nee, es ist nur, die Schokolade, die du da vorhin gegessen hast, also du weißt aber schon, dass die aus Schweinemilch gemacht ist, 'ne?«

Gonzo sofort in Aufruhr: »Oli, wieso hast mir nichts gesagt? Ich darf doch nichts vom Schwein essen.«

Und ich: »Gonzo, was soll ich denn dazu sagen? Du wolltest die Schokolade unbedingt haben. Ich hab gedacht, du nimmst das mit der Religion nicht so ernst, wenn es um Schokolade geht.«

Da wird der Gonzo starr: »Aber ich darf das nicht!«

Und der Andi: »Gonzo, ist doch nicht so schlimm, Allah ist ja jetzt nicht sofort sauer auf dich. Du wusstest das doch nicht.«

Aber der Gonzo hängt schon fest: »Ich darf das echt nicht!«

Er überlegt, ob er sich den Finger in den Hals steckt, aber das bringt ja bei Schokolade nichts. Dann will er sofort auf seine Zelle und beten. Er rennt in heller Panik auf den Gang, lässt die Tür offen stehen, und wir hören noch sein ängstliches Gemurmel.

»Allah u akbar, Allah u akbar.«

Danach lachen der Andi und ich so ab, wie wir das noch nie zuvor getan haben. Ich kriege keine Luft mehr, ich hab

Krämpfe in der Lunge, ich denke, ich kann nie wieder aufhören, so schüttelt mich das. Da steht auf einmal der Arab in unserer Zelle.

Er sagt ganz leise: »Verarscht ihr den Gonzo?«

Und der Andi erschreckt: »Wieso?«

Der Arab ernst: »Gonzo hat mich als Muslim aufgesucht.«

Und ich: »Ach, der Gonzo ist doch gar kein Muslim.«

Aber der Arab: »Doch, der Gonzo ist Muslim.«

Und ich wieder: »Wie kann denn so was Muslim sein, das ist unmöglich, der sündigt doch jeden Tag tausendmal.«

Aber der Arab bleibt dran: »Was habt ihr ihm erzählt?«

Und der Andi: »Gar nichts.«

»Habt ihr ihm erzählt, dass es Schweinemilch gibt?«

Es ist erst einen Tag her, da hat der Arab einen Mann für ein paar Spritzer Wasser zusammengewichst. Ich bin nicht sicher, ob für den Schweinemilch nicht schlimmer ist. Aber dann erzählt er, wie er Gonzo auf dessen Zelle hat beten sehen und wie er ihm klarmachen wollte, dass es keine Schweinemilch gibt, aber der Gonzo war so voller Panik, er hat ihm nicht geglaubt.

»Jungs«, sagt der Arab, »so was macht man nicht.«

# 16

Unter uns allen ist der Kupp eigentlich das beste Beispiel für gelungene Resozialisierung. Draußen war er ein harter Drogendealer. Keiner, der sich stellt, nur weil die Bullen mit dem Auto hinter ihm her sind. Sie haben ihn zwischen einer Häuserwand und ihrer Motorhaube erwischt, seitdem ist sein Knie kaputt, und er muss Schmerzmittel nehmen, von denen er inzwischen abhängig ist. Jeden Tag geht er während der Freistunde rüber zu den Geldstrafen und tauscht Pillen. Er ist Mitte vierzig, ein gemütlicher Typ mit großen Händen. Sitzt jeden Abend in der Zelle und schaut Pornos. In seinem Schrank lagert eine solche Anzahl Filme, dass ich das als Bibliothek bezeichnen würde. Sie sind alle mit Buchstaben und Nummern beschriftet, damit er sie findet. Aber das macht ihn jetzt noch nicht zum Mustergefangenen.

Der Kupp ist unser Gärtner. Er ist dafür zuständig, dass der Gefängnishof sauber ist, keine Zigaretten rumliegen, keine Äpfel, kein Mist, der aus dem Fenster geworfen wird. Das muss alles eingesammelt werden. Früher hat unser Hof einfach immer wie Scheiße ausgesehen. Es gab nur ein bisschen Wiese, überall waren Löcher von den Kaninchen, und der ganze Rest war grau. Aber dann wurde der Kupp im Frühjahr Gärtner und ließ sich von der Kammer eine kleine Schaufel geben. Die Zelle von Wlad und mir liegt direkt zum

Hof raus, und den ganzen März und April über haben wir den Kupp in der Erde rummachen sehen.

Ich sag also: »Hey Kupp, was verbuddelste denn da?«

Er schaut so auf: »Blumenzwiebeln.«

Und ich sag: »Kommst du von *Schöner Wohnen*, Mann?«

Im Mai aber gingen an den Stellen, an denen der Kupp auf der Erde rumgerutscht war, überall Blumen hoch. Unser Haus ist von einem eigenen Zaun umgeben, und überall entlang des Zauns hatte der Kupp richtige Beete angelegt, sauber abgesteckt und eingefasst. Morgens nach dem Frühstück verabschiedete sich der Kupp immer mit dem Satz, ich geh raus in meinen Garten. Und wenn er jetzt abends auf seiner Zelle Pornos schaute, dann stand da immer ein frischer Blumenstrauß auf dem Tisch. Er hatte auch für mich immer 'ne gute Blume am Start, wenn meine Süße mich besuchen kam.

Irgendwann hat ihm das mit dem Blühen nicht mehr gereicht, er wollte was, das man richtig ernten konnte, und so hat er den alten Scherer bequatscht, ob er sich nicht Tomatensamen bestellen darf. Das war die Zeit, als der Holger unten auf der Kammer schon wegen unserer T-Shirts am Kotzen war, nun kam der Kupp und wollte Gemüse im Knast pflanzen. Außerdem brauchte er eine kurze Hose, weil es ihm sonst zu warm wird. Aber er hat das durchgekriegt. Er hat die Tomaten in der Zelle großgezogen und, als es warm genug war, rausgepflanzt. Von da an hatten wir außer den Blumenbeeten auch zwei riesige Rechtecke, die mit Tomatenreihen gefüllt waren. Die Dinger hatten bald so kleine gelbe Blüten, und der Kupp band sie mit seinen dicken Händen ganz vorsichtig an Stöcke an. Es hat richtig gut ausgesehen, als langsam der Sommer einsetzte, ganz und gar nicht mehr wie früher.

Einmal kommen der Herr Karl und der alte Scherer während der Freistunde zum Zaun gelaufen und rufen den Kupp zu sich.

Der Karl ist superfreundlich: »Herr Kupp, ist ja toll, was Sie alles in Bewegung gesetzt haben. So kenn ich das hier gar nicht.«

Der Kupp fühlt sich geschmeichelt. »Ja, Herr Karl, wenn ich schon den ganzen Tag draußen bin, muss ich ja nicht nur Kippen sammeln, da kann ich ja auch anständige Sachen machen. Macht doch Spaß, wenn man sieht, dass was wächst und so.«

Der Oberboss ist wirklich total beeindruckt, dass da einer von den Gefangenen mal Verantwortung für seine Umgebung übernimmt. Das gefällt ihm sowieso am meisten, wenn einer Verantwortung übernimmt, und er sagt dem Kupp, er solle ruhig ein Anliegen schreiben, wenn ihm was an Werkzeugen fehlt oder so.

In den nächsten Tagen bekommt der Kupp dann nicht nur die komplette Reihe Harken, Schaufeln, Nägel, Drähte, Faden und so weiter, auch an Samen kriegt er jetzt, was er will. Dazu schenkt ihm der Karl noch einen Hilfsarbeiter obendrauf, der ihm beim Unkraut jäten helfen soll, was im Endeffekt natürlich heißt, dass der Kupp gar nicht mehr auf der Erde rumkraucht. Der läuft nur noch seine Beete ab, während wir in unseren Zellen schwitzen. Ohne nasses Handtuch auf'm Kopf hältst du es in dieser Hitze überhaupt nicht aus. Was im Sommer für Temperaturen im Knast herrschen, das ist nicht mehr lustig. Die Luft steht, die Leute stinken, es ist richtig übel, und der Kupp ist draußen und wird braun.

Als er sich letztens einfach mitten in den Hof legt und

sonnt, ruft ihn die Zentrale aber per Lautsprecher zu sich. Die Beamten überwachen ja auch den Hof mit Kameras und fragen den Kupp, was das soll. Aber er sagt, er habe jetzt vier Stunden gearbeitet und müsse einfach mal fünf Minuten liegen. Dann bitten die ihn, sich das nächste Mal wenigstens nicht mitten in den Hof zu legen, sodass alle Häftlinge ihn sehen können. Der Kupp ist eben so ein sympathischer Kerl, bei dem siehst du schon am Grinsen, dass der nur Unsinn im Kopf hat. Jetzt sitzt er grad wieder vor seinem Beet und macht mit irgendwelchem Draht rum.

»Hey Kupp, was wird denn das nun wieder?«, ruf ich rüber.

»Hey Stein«, sagt er, »habt ihr 'n Kaffee für mich?«

Ich reich ihm durch die Gitter 'ne Tasse von dem frisch gebrühten Kaffee, den das Chamäleon immer für uns macht, seit er als vierter Mann ins Essenausgeberteam aufgenommen wurde. Das Chamäleon ist sozusagen mein neuer Franz und damit auch für die Ordnung und Sauberkeit meiner Zelle verantwortlich. Bezahlt wird wie gehabt in Zigaretten.

Der Kupp kommt ans Fenster und erzählt, dass seit einiger Zeit seine schönen Tomaten immer weniger werden. Er hatte erst die verdammten Kaninchen im Verdacht, aber erstens sind die Tomaten fast noch grün und zweitens weiß er nicht, wie die Kaninchen mit ihren blöden Pfoten Tomaten pflücken wollen. Dann hat er beim letzten Hofgang eine von den Geldstrafen erwischt, wie sie sich im Vorbeigehen einfach 'ne Tomate abgezwackt hat.

»Stell dir vor«, sagt der Kupp, »die fressen die grün.«

»Kriegt man davon nicht die Scheißerei?«, frag ich.

»Frag mal den Hausarbeiter, der auf der 2. Station die Klos schrubbt«, sagt Kupp, »der geht da nur mit Gummistiefeln rein.«

»Und was willst du jetzt machen?«, frag ich.

Da erzählt mir der Kupp, dass er per Anliegen eine Rolle fetten Draht und das entsprechende Werkzeug bestellt hat, damit er große Körbe flechten kann, die er über die Pflanzen stülpen will. Dann wären sie im Sicherheitsbereich quasi noch mal umzäunt.

»Du willst deine Tomaten einknasten?«, frag ich.

Und er sagt: »Sie sind hier drin einfach nicht sicher.«

Aber wer ist das hier schon? Zwischen all der Langeweile, die herrscht, dem täglich grüßt das Murmeltier, kommt es immer wieder zu Ausbrüchen und Kräftemessen auf extremen Niveau. Und Provokation ist das Lieblingsstilmittel. Als mich der eigentlich unscheinbare Typ in der Küche anmacht, ich hätte sein Gemüse geklaut, kontere ich noch: »Ich hab dein Scheißgemüse nicht angefasst, ich hasse Gemüse.« Aber zu dem Zeitpunkt war es schon zu spät. Wie absurd, ich wolle ihm Gemüse zum Kochen stehlen. Der Gefangene Mitte 40 hält mir ein rasiermesserscharfes Brotmesser an den Hals. Das Knast-Brotmesser ist so weich, das man damit niemals jemanden abstechen könnte, es würde vorher verbiegen, weil es so butterweich ist, eben ein Buttermesser, das macht es aber auch gefährlich. Mittels eines stinknormalen Kaffeebechers bekommt man es aber auf Rasierklingenschärfe, grade weil es eben so weich ist. Nicht mal ein Zentimeter zwischen der Klinge und meiner Hauptschlagader. Glücklicherweise hat der Typ mit seiner anderen Hand nicht meinen Hinterkopf zu fassen bekommen. Ein Schritt zurück und ein kurzer Blick zu meiner Linken, da blubbert, kurz vorm Überlaufen, unser Zwei-Liter-Stationswasserkocher. Ich greife ihn und jetzt steht Rasierklinge gegen zwei Liter kochendes Wasser ... Zweifel, ob ich ihm das

Ding in die Fresse kippe – bei nur einem Schritt in meine Richtung – gibt es auch nicht. So stehen wir voreinander, ebenbürtig, irgendwie. »Hab dein Gemüse nicht angefasst«, sag ich. »Glaub mir, oder du frisst den Wasserkocher!« Die Situation beruhigt sich. Ich verlasse die Gemeinschaftsküche. Irgendwie so ein unwirklicher Moment. Einen Tag später haben wir uns darauf geeinigt, dass es wohl ein Missverständnis war. Das war es auch, aber eben ein knappes …

Ein paar Tage später liegen wir während unserer Freistunde so im Hof in der Sonne. Wlad macht Liegestütze, ich les ein Buch und der Andi chillt einfach nur ab, es geht alles so sein Ding, als auf einmal direkt über uns ein Polizeihubschrauber auftaucht. Lass es zwanzig Meter Abstand sein, weiter ist der nicht weg. Es wird mordsmäßig laut. Da bringt sich über dem Frauenknast noch ein zweiter Hubschrauber in Stellung, der steht auch so tief, und da klatschen sich der Andi und ich ab, weil in dem Moment vollkommen klar ist: Hier haut grad irgendwo einer ab!

Der Andi springt unter dem Hubschrauber auf und ab: »Da hat einer den Schuh gemacht, Alter! Da macht einer den Schuh!«

Wir glotzen von unten den Hubschrauber an, wir sehen die Gesichter der Beamten, wir sehen die Kamera an seiner Kufe, die hin und her schwenkt wie irre. Wie eine Libelle steigt der Hubschrauber hoch, zieht ab, bleibt stehen, guckt, kommt zurück. Drüben vom Frauenknast hören wir, wie die Ladies ihr Geschirr gegen die Gitter schlagen, dong, dong, dong, weil sie so viel Chaos stiften wollen wie möglich. Es sind locker fünfhundert Meter von denen bis zu uns, aber wir hören die. Auf einmal siehst du den ganzen Knast völlig in Aufruhr, alle freuen sich tierisch einen ab, während träge der Apparat der JVA anspringt.

Die Justizvollzugsanstalt besteht aus mehreren Häusern, von denen eins das sogenannte Zugangshaus ist. Dort sitzen die Typen, die sie auf der Straße bei irgendwas aufgegriffen haben. Du hast 'ne Bank überfallen, die Bullen kassieren dich ein, kommst du ins Zugangshaus. Du bist 'ne Geldstrafe und hängst am Bahnhof rum, kommst du ins Zugangshaus. Da bleibst du dann zwischen einem und drei Tagen, bevor du irgendwohin weitergebracht wirst. In dem Sinne ist das Zugangshaus halt das Beschissenste, was es gibt. Du bist so kurz da, dass du keinen Fernseher beantragen kannst, stattdessen sitzt du die ganze Zeit in so einer Art Ausnüchterungszelle und schaust auf eine Sieben-Meter-Mauer mit Stacheldrahtkrone, die um das ganze Ding gezogen ist.

»Alter, krass«, sagt der Andi und zeigt rüber.

Ich sag erst: »Wo, Alter, wo?«

Dann sehe ich es auch. Von der Mauer um das Zugangshaus verläuft eine saubere Blutspur von oben nach unten. So, als wäre irgendwas, das man angestochen hat, dran runtergerutscht. Da muss sich einer am Stacheldraht alles aufgerissen haben.

Wenn einer aus dem Zugangshaus flieht, ist das 'ne ultimative Ansage, man weiß ja noch gar nicht, was die Person alles gemacht hat. Also denken logischerweise alle, wenn der so dreist flieht und richtig sein Leben riskiert, wenn der Einsatz so hoch ist, dann wird der auch irgendwas gemacht haben.

In dem Moment kommt aus den Lautsprechern die Ansage, dass sich alle verfügbaren Kräfte sofort auf der Hauptzentrale einzufinden haben. Alles wird abgezogen, völliges

Chaos, keine Struktur mehr. Wir hören Tore aufgehen, Beamte hetzen im Laufschritt über den Hof. Auf unserem Hof steht auf einmal nur noch ein einziger Mann für fast zweihundert Gefangene. Normalerweise müsste unsere Freistunde sofort beendet werden, aber dafür ist keine Zeit, überall geht voll der Fez ab. Wir stehen unter dem Hubschrauber, zeigen schon den Mittelfinger, allerseits herrscht Riesenstimmung, da angelt sich der Pitbull eine von Kupps Tomaten und wirft sie nach oben auf den Hubschrauber.

Der Kupp schreit: »Bist du wahnsinnig, Alter?«

Aber der Pitbull will sich nicht aufhalten lassen. Schon hat er die Hände an den Gitterkörben, der Kupp ist hinter ihm, ich denke, das ist Anarchie, das ist Anarchie, da dreht der Hubschrauber ab und fliegt außer Reichweite, und der Wlad und ich beruhigen den Kupp.

»Ist doch nur Gemüse, Mann«, sagt der Wlad.

Am Ende sind wir nicht nur eine, sondern ganze zwei Stunden im Hof. Die Beamten haben schlicht vergessen, uns wieder reinzuholen. Diese Aufregung plötzlich zeigt dir, dass du inzwischen so an die Monotonie im Knast gewöhnt bist, dass deine Sinne gar nicht mehr so scharf sind wie am Anfang. Du stehst auf, du gibst das Essen aus, die gehst zur Freistunde, du sitzt an der Schreibmaschine, du hängst mit deinen Leuten rum, du hast den Andi, den Wlad, den Kupp, du hast den Krieg mit dem Kinderficker, aber eigentlich gammelst du die ganze Zeit nur ab. Es ist wie in dem Film »Und täglich grüßt das Murmeltier« und zwar für alle.

Die Beamten überlegen ja auch nicht ständig: Welcher Häftling bricht grad aus? Wer will sich umbringen? Wo handelt einer mit Drogen? Die sitzen da seit zwanzig Jahren, machen sich ’nen Kaffee, klappen die Zeitung auf und lesen sich später mal ein paar Anliegen durch. Genauso wie du am Anfang als Häftling reinkommst und denkst: Wo muss ich hier auf dem Gang mein Leben verteidigen? Gar nicht. Die Leute sind nur scheiße drauf, wenn irgendwelche Einkaufsscheine zu spät kommen.

Am Abend sitzen wir auf der Zelle und gucken Nachrichten. Sie sagen, dass es ein ausländischer Schwerkrimineller mit was weiß ich wie vielen Strafen war. Er saß schon in Atzleben, kam dann frei und wurde wieder aufgegriffen. Im Zugangshaus sollte er auf seine Abschiebung warten. Hat er nicht gemacht.

»Er ist nach wie vor flüchtig«, sagt der Polizeisprecher.

Sie senden ein Interview mit dem Ministerpräsidenten, der dazu extra vor unseren Knast gefahren wurde. Die Mauer im Rücken erzählt er, dass die Haftbedingungen jetzt unbedingt verschärft werden müssten und dass Fernseher auf den Zellen Luxus seien. Er gibt ’ne richtig peinliche Nummer ab, der Mann, aber durch ihn und die Flucht kommt unser Knast in die Medien, und so was bedeutet Stress. Das läuft immer gleich: Aktion – Reaktion.

Die Tage darauf gehen immer wieder Beamte durch den Gang und führen zeitgleich in mehreren Zellen Kontrollen durch. Sie reißen die Türen auf, holen die Klamotten aus dem Schrank, die Lebensmittel, schrauben die kleine Dose auf, in der ich meine Utensilien für die Tätowiermaschine aufbewahre. Sie kippen alles auf den Tisch, kapieren aber nicht, wozu das Zeug gut ist, und lassen es liegen. Der Wlad und ich stehen nur dabei. Dann klopfen sie mit so einem Metallstab die Gitter ab, um zu hören, ob sie irgendwie angesägt sind. Als ob von uns einer fliehen würde.

Zwei Wochen später sitzen der Wlad und ich nachmittags auf der Zelle und spielen Schach. Inzwischen sind wir auf unserer Station die Großmeister. Wenn Andi oder der Österreicher dazukommen, wird normalerweise gleich um einen Koffer, also fünfzig Gramm Tabak, gezockt, aber inzwischen will keiner mehr gegen uns antreten, wir sind einfach zu gut. Wlad scheint als Russe so was wie ein Schachgen zu besitzen, er sitzt einfach da, guckt, zieht, guckt wieder, während hinter seiner Stirn eine Kombination nach der anderen durchgerechnet wird. Er lässt sich nie aus der Ruhe bringen, egal, ob er gewinnt oder verliert. Das ist bei mir vollkommen anders. Ich spiele zwar nicht mehr so aggressiv wie am Anfang, wo ich nach fünf Minuten meistens ohne Läufer, Springer oder Dame dastand, weil ich sie total ungeschützt ins Feuer geschickt habe, aber ich werfe immer noch alles wie in einer riesigen Angriffswelle nach vorn, dass ich, wenn das nicht im ersten Anlauf klappt, danach zwangsläufig einbreche.

Da wird auf einmal die Tür aufgerissen und in unserer Zelle steht der Kupp, das Gesicht weiß wie die Wand.

Er sagt nur: »Jungs! Jungs!«

Wlad ist sauer: »Was störst du Spiel, Gärtner?«

Aber ich sehe, der Kupp klappt uns gleich zusammen, wenn er sich nicht hinsetzen kann. Er ist absolut verzweifelt.

»Ich hab ’n Mordsproblem an der Hacke«, sagt er, »ihr könnt euch nicht vorstellen, was mir grad passiert ist.«

Und zwar Folgendes: Wie an jedem Tag geht der Kupp heute Morgen in seinen Garten. Nach den Tomaten will er nun auch die Blumen eingittern, weil die Kaninchen die ihm immer abfressen. Der Kupp hasst die Kaninchen. Tagsüber kann er sie noch vertreiben, aber nachts muss er von seinem vergitterten Fenster aus hilflos zuschauen, wie mindestens dreißig der Viecher aus ihren Löchern kommen und ihm seine schönen Beete rasieren. Sie fressen immer die Knospen, bevor daraus Blüten werden. Also hat der Kupp in der Kammer weiteren Draht bestellt und ist auch gerade wieder dabei, neue Zäune zu basteln, als plötzlich dieser junge Beamte neben ihm steht, der vor Kurzem zu uns ins Haus A kam. Er ist einer von diesen Milchbubis, denen noch Erfahrung fehlt und die darum oft zwischen sehr streng und sehr locker hin und her schwanken, was für den Gefangenen immer unangenehm ist, weil er nicht weiß, worauf er sich einstellen kann.

»Herr Kupp, was machen Sie denn da?«, fragt er also.

Und der Kupp sagt: »Ach, diese Scheißkarnickel.«

Der Kupp erzählt jetzt genauestens, was sie ihm in der vergangenen Nacht wieder alles abgefressen haben, was er umtopfen und neu bestellen muss und wo er überall Zäune aufstellen will. So langsam hat er einen richtig kranken Knast für Pflanzen am Laufen. Das ist richtig abgefuckt, dass Gefangene im Knast auch nichts Besseres zu tun haben, als anderen die Freiheit zu nehmen.

Die beiden reden noch ein bisschen übers Wetter, dass es so heiß ist und die Pflanzen eigentlich Regen brauchen, da fällt dem jungen Beamten auf einmal der Seitenschneider auf, mit dem der Kupp hantiert. Das ist so ein Ding zum Drahtdurchzwicken.

»Ist ja allerhand, was Sie hier ausgehändigt kriegen«, sagt er, beugt sich runter und nimmt den Seitenschneider in die Hand.

Der Kupp fragt noch blöd: »Wieso?«

Und der Beamte: »Naja, so als Häftling.«

Da ahnt der Kupp auf einmal, dass sich hier gleich eine Vollkatastrophe anbahnt, wenn er den Seitenschneider nicht sofort wieder in die Hand kriegt. Aber da ist es schon zu spät.

»Kann das Ding denn was?«, fragt der Beamte.

Im nächsten Moment steht er an dem Sicherheitszaun, der den Hof von Haus A umgibt, setzt den Seitenschneider in Brusthöhe an, drückt zu und zwickt original den Hauptzaun durch.

»Ist nicht wahr!«, sag ich, als der Kupp das erzählt.

Er sitzt immer noch auf dem Bett, macht sich mit den Händen nervös in seinem Gesicht rum, ist immer noch komplett durch den Wind, als könnte er die Geschichte selbst nicht fassen.

»Doch«, sagt der Kupp, »einmal sauber durchgezwickt.«

»Und was hat dann gemacht dieser Idiot?«, fragt Wlad, der die ganze Zeit kopfschüttelnd zugehört hat.

Und der Kupp: »Er meinte, oh, krass, das funktioniert ja, hat den Seitenschneider wieder hingelegt und ist weggegangen.«

»Na und?«, fragt der Wlad. »Wo ist Problem?«

Aber natürlich hat Kupp total recht damit, jetzt hier zu sitzen, als gehe er morgen für immer nach Atzleben. Der Beamte war vollkommen schockiert. Das ist kein Zaun, wie du ihn im Baumarkt bekommst. Das ist ein richtig krasser Gefängniszaun, und den hat er jetzt durchgezwickt. Ein Wärter schneidet den Gefangenen den Zaun durch. Logisch, dass der 'ne Weile braucht, bis er kapiert, was er da gemacht hat.

»Na und«, sagt Wlad wieder. »Wo ist verdammte Problem?«

Das Problem ist, dass der Kupp für den verkackten Seitenschneider verantwortlich ist. Er hat dafür unterschrieben, nur er darf den haben. Wenn jetzt die Beamten routinemäßig Schritt für Schritt den Zaun kontrollieren, werden sie das Loch finden. Die Einzigen, die auf den Grünstreifen vor den Zaun treten dürfen, sind der Kupp und sein Hilfsarbeiter, und der Einzige, der ein Werkzeug hat, das da durchkommt, ist der Kupp. Also hat er auch das Problem. Vor allem, wo alle jetzt so fickrig sind, weil einer getürmt ist.

»Was soll ich denn jetzt machen?«, jammert der Kupp.

Er ist echt verzweifelt. Der einzige Gefangene, der sich dem Knast so weit angepasst hat, dass er sogar Pflanzen einsperrt, ausgerechnet der könnte in Verdacht geraten, ausbrechen zu wollen.

Ich sag also zum Kupp: »Ja, nichts.«

Und der Wlad auch: »Gar nichts.«

Aber im Kopf von Kupp läuft jetzt schon der Atzleben-Film an. Die Beamten finden das Loch. Sie klopfen beim Kupp. Der erzählt ihnen, wie es war, aber er hat keine Zeugen. Der Beamte streitet alles ab. Er sagt natürlich nicht, dass er in seinen fünf Minuten Geistesabwesenheit spontan den Seitenschneider ausprobiert hat und damit riskiert, seinen Job zu verlieren. Er fragt, warum sollte ich vor den Augen eines Gefangenen den Hauptzaun durchschneiden? Geht das überhaupt? Wär das nicht irre?

»Ich bin echt am Arsch, Leute«, sagt der Kupp, »ich geh nach Atzleben, wegen Beschädigung von Staatseigentum oder sonst was. Die drücken mir das auf, Mann. Ich bin am Arsch.«

Und ich: »Scheiße, so unfair kann die Welt doch nicht sein.«

Zwei Stunden sitzen wir da und beratschlagen. Der Kupp ist fix und fertig. Er hat von seinen vier Jahren nur noch zwei Monate zu sitzen. Der würde nie einen Fluchtversuch unternehmen, aber klar, das Ding könnte man ihm als Testzwicker auslegen.

»Da passiert schon nix«, sag ich, obwohl ich das nicht glaube.

»Und wenn der Beamte mich anzeigt?«, fragt der Kupp.

»Quatsch«, sag ich, »das ist jetzt so 'n Geheimnis unter euch.«

Da kommt durch den Lautsprecher auf einmal die Durchsage, dass Postausgabe ist, und der Kupp stürzt auf den Gang, weil er mit dem Beamten reden will. Der hat ja immer noch Dienst.

Kaum ist der Kupp aus der Tür, müssen Wlad und ich lachen. Wir können gar nicht mehr aufhören. Wir stehen am Fenster und schauen, ob wir im Zaun das Loch entdecken, können aber nichts sehen. Den Typen, der vor Kurzem den Schuh gemacht hat, haben sie übrigens immer noch nicht gefunden, nur die Klamotten von ihm. Sie lagen noch innerhalb der Anstalt. Er muss also nackt geflüchtet sein. Vielleicht war er sogar nackt, als er über den Stacheldraht rübermachte. Ich versteh die Aktion nicht, aber Wlad meint, Flucht aus dem Knast sei in Deutschland nicht strafbar. Wenn du dabei aber Häftlingsklamotten anhast, dann drücken sie dir rein, dass du Anstaltseigentum entfernt hast. Flucht ist nicht strafbar, aber Diebstahl ist strafbar, Gefährdung anderer Personen ist strafbar und Zaundurchschneiden auch.

Als Kupp von der Postausgabe zurückkommt, sieht er nicht nur noch weißer aus als vorhin, er zittert jetzt auch.

Ich frag ihn: »Was hat er gesagt, Alter?«

Aber der Kupp sagt nur: »Ich bin weg, Alter. Ich bin weg.«

Irgendwann verstehen wir, dass er wie geplant zu dem Beamten hin ist und ihn so ganz auf vertraulich gefragt hat, was sie denn jetzt machen wollen, sie beide.

Da tut der Beamte überrascht: »Was denn machen?«

Der Kupp sagt noch: »Na, wegen vorhin.«

Aber der Beamte: »Ich weiß gar nicht, was Sie meinen.«

Der Kupp sitzt auf meinem Bett, ist voll panisch und hyperventiliert, und nichts, was wir ihm sagen, kommt überhaupt noch bei ihm an. Der Blick fällt total ins Leere. Als hätte er grade die Diagnose bekommen, dass er nur noch fünf Tage zu leben hat. Es ist schrecklich mit anzusehen, wenn erwachsene Männer plötzlich die Angst packt. Eben noch waren sie stabil, im nächsten Moment tut sich unter ihnen der Boden auf. Aber genau so geht es jetzt wahrscheinlich dem Beamten. Der ist auch am Arsch. Für den ist das sein persönliches Hiroshima. Wenn das rauskommt, ist er die Lachfigur der Anstalt. Die Karriere kann er vergessen. Bestimmt hat der schon die Bänder von der Kamera auf dem Hof gelöscht. Und für die Anstalt ist die Sache auch 'ne Vollkatastrophe. Es muss nur die Presse davon Wind bekommen, dass in dem Knast, vor dem der Ministerpräsident eben noch schärfere Haftbedingungen gefordert hat, Gefangene mit Seitenschneidern rumrennen, die ohne Probleme den Sicherheitszaun durchzwicken.

Der Kupp spricht jetzt nur noch in Wiederholungen: »Der behält das nicht für sich, Alter, niemals behält der das für sich. Der fickt mich, Alter, der fickt mich mit der Sache.«

Ich versuch ihn zu beruhigen: »Alter, was soll der denn auch sagen? Dass er jetzt mit dir unter einer Decke steckt?«

Aber der Kupp: »Der wird sagen, dass ich das war.«

Wenn das ein cooler Beamter wäre, dann würde er zum

Herrn Karl hingehen und sagen, hier, hallo, Beamter Doof, ich hatte fünf Minuten Geistesausfall, und jetzt ist 'n Loch im Zaun, der Kupp kann nichts dafür. Aber wahrscheinlich ist das nicht. Insofern muss auch gar nichts passieren, solange das Loch nicht entdeckt wird. Zum Glück ist der Kupp mit dieser Geschichte nur zu uns gekommen, Leuten, denen er vertrauen kann, und hat es niemandem sonst erzählt. Das wäre innerhalb von Minuten rum gewesen, das hätte 'ne Eigendynamik angenommen, die sich nicht mehr stoppen lässt, das hätten die Beamten gehört, und dann hätte es nur noch die Entscheidung gegeben, ob es der Kupp oder der Beamte war, und im Zweifelsfall wäre es dann immer der Kupp gewesen.

Die ganze Nacht schläft der Kupp nicht. Er weiß, dass sie das Loch sowieso finden werden, einfach, weil es an so einer Stelle ist, in Brusthöhe, wo man es gar nicht übersehen kann. Es wird also sowieso rauskommen. Als er am nächsten Morgen so einen kleinen Beamten am Zaun entlangschleichen sieht, gehen ihm voll die Nerven durch, und er unternimmt einen ziemlich krassen Move, den ich ihm gar nicht zugetraut hätte. Er schreibt ein Anliegen für ein sofortiges Gespräch mit Herrn Karl.

Beim Poker würde man sagen, das ist jetzt 'ne klassische All-in-Nummer.

»Will er sich melden selbst nach Atzleben?«, sagt Wlad.

»Keine Ahnung«, sag ich.

»Sitzt er morgen gleich in Bus.«

Das ist natürlich wieder Wlads Russendenke von wegen, wenn du jemals auf die Hilfe von 'nem Beamten angewiesen bist, ist sowieso alles schon zu spät. Aber ich würd den

Karl nicht unterschätzen. Das ist ’n Philosoph, der Mann. Der war bisher immer am besten, wenn jemand seine Hilfe brauchte.

»Und?«, frag ich, als der Kupp zurückkommt. »Wie war’s?«

»Schwer zu sagen«, meint der Kupp.

Du kannst ihm ansehen, dass was passiert ist, nur nicht, ob es das Richtige war. Er erzählt also, wie er zum Karl ins Büro geht, sagt, dass er nie einen dranhängen würde, auch keinen Beamten, aber dass er sich wahnsinnig Sorgen macht, morgen in Atzleben zu sein. Dann beichtet er ihm die ganze Geschichte, und danach wartet er darauf, dass der Karl ihm irgendwas sagt.

Und der Karl fragt ihn mit dieser Vaterstimme, die ich schon so gut kenne: »Herr Kupp, das soll ich Ihnen glauben?«

Aber der Kupp kämpft: »Wissen Sie, Herr Karl, ich hab eine Frau draußen, ich hab lange gesessen. Ich hab diesen kompletten Garten hübsch gemacht. Natürlich hab ich mir, wenn ich diesen Seitenschneider in der Hand hatte, fünfhundert Mal überlegt, ob der da durchgeht. Aber ich würde das niemals machen, auch aus Neugierde heraus nicht, ich weiß, welche Konsequenz das hat.«

Ich kann mir den Karl richtig vorstellen, wie er jetzt überlegt. Er kennt den Kupp, er weiß, dass der ein unglaublich kaputtes rechtes Bein hat und deswegen versucht, an die heftigsten Schmerzmittel zu kommen, die es im Knast gibt. Der Kupp ist eigentlich die ganze Zeit drauf, bei dem musst du aufpassen, dass er nicht alle möglichen Medikamente einsammelt, aber der ist keiner, der flieht. Ich glaube, der Karl wusste sofort, dass das sein saudummer Beamter war. Wenn er den Kupp also draußen halten will, muss er es schaffen, dass daraus kein offizieller Vorgang wird, bei dem fällt der Kupp nämlich hinten runter. Er muss aber auch aufpassen, dass er es nicht unter den Tisch fallen lässt, denn dann ist es nämlich sein Arsch, der gefickt wird, wenn es rauskommt. Insofern ist es total wichtig, dass die Nummer geheim bleibt. Und da fallen ihm natürlich gleich die Personen ein, mit denen der Kupp so rumhängt.

Ich denk, boah, das wird heut wieder so ein Tag, wo was passiert, was deine ganze Haft verändert, da schaltet sich Wlad ein.

Er sagt so in die Stille: »Steht der Karl draußen an Zaun.«

Ich schieße vor zum Fenster und muss lachen, weil das so absurd ist. Da stehen direkt gegenüber doch tatsächlich der Karl und der Scherer am Zaun, der Karl mit seinem rosa Ralph-Lauren-Hemdchen, der Scherer mit seiner Beamtenuniform, sie fahren das Gitter mit den Händen ab, suchen das Loch und finden es natürlich gleich, während der Kupp durch unsere Zelle rumtigert, weil er sich nicht ans Fenster traut.

Er fragt immer nur: »Was siehst du? Was macht er?«

Der Kupp steht zitternd auf unserer Zelle, und das ist auch sein Zustand, als er wenig später wieder zum Karl gerufen wird.

Der Karl teilt ihm mit, dass er den Beamten einbestellt hat. Er sagt dem Kupp nicht, ob er ihm glaubt oder nicht, nur dass der Kupp sich keine Sorgen machen soll, er werde das schon regeln. Morgen ruft er ihn noch mal, dann weiß er mehr.

»Nur eins noch«, sagt der Karl, »haben Sie schon jemandem von der Geschichte erzählt?«

Der Kupp überlegt, was passiert, wenn er was sagt, aber

das wird ihm so unübersichtlich, dass er einfach die Wahrheit sagt.

»Ich hab das leider schon Oli und Wlad erzählt.«

»Das sind zwei Leute zu viel«, sagt der Karl sauer. »Irgendjemand wird es weiterplappern. Das ist immer so. Dann würde ich vorschlagen, dass Sie mit denen reden, wenn das Ihre Freunde sind. Erklären Sie denen, davon ist Ihre Zukunft jetzt abhängig.«

Der Karl hat sicher gedacht, dass er den Kupp damit erst mal beruhigt hat, aber bei dem bricht die Panik jetzt richtig aus. Der ist davon überzeugt, dass der Karl ihn abschießen will. Es ist einfach zu gefährlich für den Laden. Die Karriere des Beamten steht auf dem Spiel. Der wird sich an Kupp rächen wollen. Oder Kupp glaubt nur, dass er sich rächen will, und quatscht rum. Auf einmal müssen alle Angst voreinander haben, der Gefangene vor dem Beamten, der Beamte vor dem Gefangenen, so was ist nie gut, vor allem, wenn man sich nicht aus dem Weg gehen kann.

»Jetzt schießen sie mich ab«, sagt Kupp. »Die können mich gar nicht hierbehalten, ich bin der Zeuge vor Ort. Die wollen mich nur beruhigen, aber wenn ich in Atzleben bin, hört mir keiner mehr zu. Da kann ich erzählen, was ich will, ich bin dann auch nur einer, der da sitzt und sagt, er sei unschuldig.«

Der Kupp redet sich immer weiter in die totale Angst hinein, als wolle er, dass ich ihm sage, dass es anders kommen wird. Es ist eben nur so, dass ich glaube, es kommt exakt so. Ich mag den Kupp, und mir tut es leid für ihn. Aber Wlad denkt noch weiter.

Er so ganz ruhig: »Gut, dass du uns hast erzählt Geschichte.«

Und der Kupp: »Wieso?«

Und Wlad: »Bleibt Geschichte hier, auch wenn du weggehst. Musst du auch nicht weggehen.«

Keine Ahnung, ob es am Ende wirklich so ist, ob der Karl den Kupp überhaupt abschießen wollte und es nur nicht gemacht hat, weil wir wissen, wie es war, oder ob er von Anfang an vorhatte, die Sache im Sinne vom Kupp zu deichseln, einfach weil er ihm geglaubt hat. Jedenfalls schickt er ihn zwei Tage in den Urlaub, danach geht der Kupp direkt in den Regelvollzug. Es gibt keinen Akteneintrag und kein Verfahren. Er zieht ihn einfach aus dem Verkehr und löst das Problem, ohne dass an einem was hängen bleibt. Ich sag doch, der Mann ist ein Philosoph.

»Sie waren ein guter Gefangener«, sagt der Karl zum Schluss, »Sie haben einen tollen Garten gemacht. Ich bin stolz auf Sie.«

Der Kupp ist richtig angefasst, als er uns kurz darauf davon erzählt. Da hat er schon alle Sachen in seiner Zelle zusammengepackt. Der Mann, der kein Loch in den Zaun schnitt, kommt nun doch auf die andere Seite des Zauns. Er steht in unserer Zelle und will sich verabschieden. Da holt er auf einmal ein Geschenk für mich raus, eine Porno-DVD, handsigniert, seinen Lieblingsfilm.

# 17

An einem Tag im Herbst hab ich plötzlich keinen Bock mehr, Muckefuck zu machen. Jeden Tag das Gestaube und der Scheißgeruch, das muss jetzt mal aufhören. Andi und ich stehen in der Küche, morgens kurz vor sechs, und schütten das braune Granulat in die Kanister, um sie mit heißem Wasser aufzugießen.

»Ich mach das nicht mehr«, sag ich zum Andi.

Und er so abwiegelnd: »Nee, klar.«

Aber ich: »Ganz im Ernst, Dicker, ich schaff das ab.«

Wir brühen zweimal täglich Muckefuck, morgens und nachmittags, jeweils zehn Liter pro Station, das sind achtzig Liter Muckefuck am Tag. Allein die Schlepperei auf die Gemeinschaftsküchen ist schon der Wahnsinn, aber dann schütten wir von dem Zeug ja jeden Tag mindestens sechzig Liter wieder weg, weil die Plörre sowieso nur die Geldstrafen trinken. Jemand, der sich richtigen Kaffee leisten kann, würde das nie anrühren.

Kaum sind wir mit der Frühstücksausgabe fertig, klemm ich mich also hinter die Schreibmaschine, um ein Anliegen aufzusetzen. Andi und Wlad kennen das inzwischen. Sie sind jedes Mal begeistert, wenn ich im original Beamtenton so ein Ding aufsetze, bei dem es darum geht, dass wir irgendwas kriegen, was uns eigentlich nicht zusteht, was man uns aber nicht ablehnen kann, weil ich so gut argumentiere.

Es gibt niemanden im Haus, der mehr Anliegen schreibt als ich, nur noch Holger, der Kinderficker, aber der will sich nur beschweren, ich will verbessern.

»Das klappt niemals«, sagt der Andi.

»Unmöglich«, sagt der Wlad.

Dann wartet mal ab.

Die beiden sitzen rechts und links von mir am Tisch. Das ist jetzt so 'ne Art Public Writing, denke ich, aber ich weiß, was ich meinem Publikum schuldig bin. Schon als ich den Betreff in das Formular eintrage, johlen Andi und Wlad auf. Ich schreibe hier nämlich zum Thema: »Muckefuck-Optimierung«.

Und dann geht's los:

»Sehr geehrte Bereichsleitung,

ich möchte Sie darauf hinweisen, dass wir täglich einen Überschuss/Verschwendung von ca. 60 Litern Muckefuck haben. Das sind in Paketen umgerechnet sechs Kilo am Tag, auf zehn Tage gerechnet über eine halbe Tonne, und auf einen Monat gerechnet fast zwei Tonnen hergestellter Muckefuck. Das liegt daran, dass der Muckefuck auf den Stationen sehr unterschiedlich beliebt ist. Nun kenne ich ja die Preise für Muckefuck nicht, ich bin aber der Meinung, dass man das ganze System optimieren könnte: Da jede Station auf ihrer Gemeinschaftsküche über einen eigenen Wasserkocher verfügt, könnte man den Häftlingen, die das wünschen, bei der Essenausgabe eine kleinere Dose Muckefuckpulver aushändigen. So hätten sie die Möglichkeit, ihren Muckefuck nach Belieben selbst zu brühen. Das wäre ökonomisch sinnvoll und würde der JVA über das Jahr sicher einiges an Geld sparen, das sich an anderer Stelle besser einsetzen ließe.

Mit freundlichen Grüßen,

Oli Stein, Vorarbeiter Essenausgabe«

Ich bin noch nicht fertig, da kullern sich Andi und Wlad schon auf dem Tisch. Die finden das albern, wie ich mich hier aufführe, aber ich bin sicher, ich krieg das hin, dass sich das Thema Muckefuck irgendwann für uns erledigt hat.

Als ich am nächsten Tag zum alten Scherer ins Büro gerufen werde, bin ich gespannt. Das mag 'ne kleine Sache sein, aber die Erwartungshaltung ist groß. Der Scherer sitzt schon wieder so gemütlich in seiner Uniform da, dass ich für einen Moment denke, das Letzte, was der an diesem Morgen gebrauchen kann, ist, dass jemand das Muckefuck-System der JVA umstellen will.

»Was haben Sie sich denn da wieder ausgedacht?«, sagt er.

Er hat mein Anliegen vor sich, das geht über zwei Seiten und die entscheidenden Stellen hat er sich mit einem Textmarker angestrichen, als sei dahinter irgendeine Nachricht versteckt. Hab ich noch nie gesehen bei ihm. Der alte Scherer ist misstrauisch.

Ich sag: »Wieso denn ausgedacht? Mir ist einfach aufgefallen, dass wir von dem Zeug die ganze Zeit so viel wegschütten. Ich bin ja nicht dafür da, die JVA zu verbessern, aber ich kann Ihnen nur sagen, das ist halt schon heftig, was da weggeht.«

Er versucht durch ein paar Fragen herauszufinden, wo an der Sache mein persönliches Interesse ist, aber er kommt nicht drauf, und als ich ihm erzähle, dass drüben im Lager von der Metzgerei so kleine Plastikdosen liegen, in die wir normalerweise Fleischsalat reinmachen, und dass man die nutzen könnte, um den Leuten ihren Muckefuck beim Frühstück gleich in die Hand zu drücken, da sieht er, dass ich alles sauber geplant habe, und gibt auf.

»Das klingt ja alles sehr logisch, Herr Stein«, meint er noch so streng. »Na, dann probieren Sie das mal aus.«

Ich sag: »Großartig.«

Dann kehre ich feierlich in die Zelle zurück und verkünde den Jungs, dass wir morgens jetzt immer eine Viertelstunde länger pennen können, weil wir keinen Muckefuck mehr machen müssen, nur Tee aufbrühen, weil der immer getrunken wird. Damit hab ich soeben unsere Arbeit locker mal halbiert.

Am nächsten Tag gehen wir morgens wie immer in die Metzgerei, um das Essen zu holen. Es ist inzwischen manchmal schon derbe kalt. Mein erster Sommer im Knast geht langsam zu Ende. Was hab ich mir nicht alles vorgestellt, als ich mich mit meinen zwei Taschen im Frühling an der Schleuse vom Haupttor gemeldet hab. Wie wenig ist davon eingetreten. Und wie viel, das ich mir nie hätte ausmalen können, ist stattdessen entstanden.

Vor ein paar Tagen hab ich überraschenderweise eine Karte von den beiden Escortgirls bekommen, bei denen ich gewohnt hab in der Zeit, als ich täglich auf den verdammten Stellungsbefehl gewartet hab. Das scheint mir schon so lange her zu sein. Jeden Tag hab ich mich zugesoffen, damit ich am Abend genug Mut hatte, um überhaupt den Briefkasten zu öffnen. Ich hab so gewartet auf diesen Scheißschrieb und hatte gleichzeitig so viel Angst davor. Als ich dann einmal abends einfach heulend im Treppenhaus liegen blieb, haben die Mädels die Tür aufgemacht und mich reingeholt.

Sie wohnten unter mir und haben manchmal meine laute Musik gehört.

»Was ist denn mit dir?«, haben sie gefragt.

Und ich so total verrotzt: »Bei mir ist grad alles scheiße.«

Ich hab ihnen sofort die komplette Katastrophe aufgeblättert, als ich bei ihnen auf dem Sofa saß, und mich die nächsten Tagen von dort auch nicht mehr runterbewegt. Die Mädels kamen aus Polen und meinten, sie würden als Zahnarzthelferinnen arbeiten. Aber wenn das stimmte, war das eine Praxis, die erst abends um neun aufmachte und in der man hohe Stiefel für zweitausend Euro tragen musste. Mal ganz abgesehen davon, dass man mit den Behandlungen offenbar so viel verdiente, dass man sich solche Klamotten überhaupt leisten konnte. Wir haben nie drüber geredet, die Mädels und ich, es war einfach klar, wohin sie gingen. Und wenn sie zurückkamen, haben sie den ganzen Mist in die Badewanne geworfen, sich eine halbe Stunde geschrubbt und mit rosa Plüschsöckchen und Trainingshose vor den Fernseher gesetzt, wo ich nur in Unterhose und mit meiner Stange Marlboro den Tag verbracht hatte. Sie waren zwei Obergeschosse, sie hätten Models sein können, aber sie hatten sich für einen anderen Weg entschieden. Irgendwie hatten wir alle Dreck am Stecken, aber innerhalb dieser Wohnung konnten wir so sein, wie wir sind.

»Wir hoffen, dir ist in Zwischenzeit nicht Laus über Leber gelaufen«, stand auf der Karte, die sie mir jetzt aus einer Stadt in Polen schickten, wo sie auf Urlaub zu Hause waren.

»Ich muss mal mit dem Wetzel reden«, sage ich, als ich in die Metzgerei verschwinde. »Es ändert sich was beim Muckefuck.«

Die beiden Beamten, die Andi, mich und den Bollerwagen heute begleiten, bleiben verwundert zurück.

»Entschuldigung, was hat sich geändert?«, ruft der eine.

Der Andi springt gleich in Moderatorenmanier ein: »Ja, sehr komplizierte Geschichte. Ist aber alles mit der Bereichsleitung abgesprochen, können Sie gern nachprüfen.«

Aber in dem Moment schalten die beiden Beamten schon ab. Sie holen ihre Zigaretten raus, lassen den Andi einfach weiterlabern und mich unbewacht in die Metzgerei reinlaufen. Der Wetzel guckt echt überrascht, als ich in seinem Büro stehe und sage, dass ich das komplette Muckefuck-System im Haus A optimiere.

Aber ich rede einfach weiter, wie ein Unternehmensberater: »Sie werden sehen, Herr Wetzel, dass wir in Zukunft nicht einmal mehr ein Drittel der Beutel brauchen.«

Und der Wetzel: »Worüber Sie sich alles Gedanken machen.«

Ich will ihm jetzt am liebsten meinen ganzen Plan erklären, um dann am Ende auf die verkackten Plastikdosen zu kommen, die ich dafür brauche und die in seinem Lager liegen, aber so genau will der Wetzel das alles gar nicht wissen.

Er so genervt: »Ja, gehen Sie halt ins Lager. Sie wissen doch, wo das ist. Lassen Sie mich bitte in Ruhe, ist viel zu früh.«

Die Essenausgabe danach gehört zu den schönsten, die ich bisher im Knast erlebt habe. Der ganze Zoo stellt sich an, und wir erklären ihm, dass die Fütterung jetzt anders abläuft. Wir verkaufen die Sache total positiv. Jeder kann so viel Muckefuck haben, wie er will, dann kann er ihn sich selber machen, wann er will. Dadurch ist er immer schön heiß und gut und steht nicht ab.

»Muckefuck ist voll für 'n Arsch«, schreit da einer der Strafhäftlinge aus der Schlange. »Frühstück her!«

Aber die Geldstrafen sind total happy: »Ist ja super. Wie viel kriegt man denn?«

»So viel du willst.«

»Wahnsinn!«

»Alter, halt's Maul! Gib Frühstück!«

Als wären wir von 'ner Hilfsorganisation in Afrika, teilen wir die Plastikdosen mit dem Muckefuck aus. Will einer zwei oder drei, kriegt er zwei oder drei. Alle reagieren total positiv. Innerhalb weniger Tage wird das neue System total angenommen.

»Stellt sich nur die Frage, ob das zu 'ner Ersparnis führt«, sagt der alte Scherer, als ich wieder in seinem Büro sitze.

Ich lehne mich zurück. Komisch. Seit ich an diesem Muckefuck-Projekt sitze, hab ich weniger das Gefühl, ich bin in einem Knast. Es kommt mir eher vor, als sei ich ein junger engagierter Mitarbeiter, der in einer verstaubten Firma vorankommen will. Daran merkt man natürlich, wie absurd der ganze Scheiß ist. Denn eigentlich wollten wir ja nur weniger Arbeit haben.

»Das kann ich Ihnen erst sagen, wenn ich die Zahlen kenne«, sag ich so zum Scherer. »Fragen Sie mich in einem Monat noch mal, wenn die Studie sozusagen komplett ist.«

Einen Monat später stehe ich beim Wetzel im Büro. Wie immer ist er in seine Zeitung vertieft, aber ich bring ihn schon hoch.

Ich aufgeregt: »Herr Wetzel, schauen Sie mal in Ihr Lager!«

Und er muffelig: »Was soll da sein?«

Ich sag: »Kommen Sie mit!«

Wir latschen los ins Lager, und der Wetzel kommt mir damit, dass ich bestimmt wieder nur Äpfel geklaut habe und dass er das jetzt langsam zur Anzeige bringen wird. Aber dann stehen wir vor dem Regal, in dem die Paletten mit dem Muckefuck liegen. Es ist so voll, dass die Tüten schon auf den Gang quellen. Hier liegt inzwischen nicht nur immer noch das, was wir eingespart haben, sondern auch, was die ganze Zeit über immer weiter angeliefert wird. Der Wetzel, der ja für den Einkauf der gesamten JVA zuständig ist, ist voll von den Socken.

Er nur so: »Das sieht aber richtig scheiße aus. Was ist denn da passiert?«

Und ich ganz stolz: »Vor 'nem Monat hab ich Ihnen doch erklärt, dass wir das Muckefuck-System revolutioniert haben.«

»Was haben Sie mir da erklärt?«

»Na, dass die Häftlinge den Muckefuck jetzt einzeln bekommen. Wir stellen einfach nicht mehr umsonst Muckefuck her.«

»Was machen Sie?«

»Ich hab's Ihnen doch erklärt, wissen Sie's nicht mehr?«

»Denken Sie, ich höre zu, was Sie mir immer erzählen?«

Der Wetzel wetzt in sein Büro zurück und starrt in seinen Computer, ob mit seiner Dispo was nicht stimmt. Aber es stimmt alles. Wir brauchen insgesamt eine Tonne Muckefuck weniger als früher. Das ist mengenmäßig so viel wie ein Auto, was man jetzt nicht mehr wegschmeißt. Trotzdem hat der Wetzel erkennbar keinen Bock, jetzt an seinem System was zu ändern, nur weil ich an meinem System was geändert habe.

Er jetzt total genervt: »Stein, was soll denn das alles? Was mischen Sie sich denn da nur ein?«

Und ich: »Aber wir sparen doch Geld, Herr Wetzel.«

Und er: »Ja, und?«

Er braucht einen ganzen Tag, um das zu verarbeiten. Aber danach lobt erst er mich, und kurz darauf sitze ich beim Karl im Büro. Er grinst übers ganze Gesicht. Ein Häftling, der die Justizvollzugsanstalt verbessert, so was hat er auch noch nicht gehabt. Ich bin 'ne wirkliche Bereicherung für seinen Knast.

»Herr Stein«, sagt er, »passen Sie auf, dass Sie nicht so weitermachen, sonst behalten wir Sie noch hier.«

Und ich: »Herr Karl, auf keinen Fall, ich mache diese Sachen nur, um so schnell wie möglich hier rauszukommen.«

Es ist ein guter Gang zurück in meine Zelle. Ich gehe auf die Station. Der Beamte drückt mir von der Zentrale aus die Tür auf. Ich schaue in den Gang. Rechts und links Türen, dahinter meine Leute, alles mein Bereich. Ich sitze im Gefängnis, aber ich bin noch selten in meinem Leben freier gewesen als an diesem Ort. Ich bin kein Fremder, ich habe eine Aufgabe, ich habe eine Stellung, ich erkenne den Sinn hinter allem, was um mich herum passiert. Es geht mir gut. Ich bin ganz ruhig. Ich bin hier.

# 18

Neun Monate nach meiner Selbststellung bin ich angekommen. Meine Zelle ist nicht mehr klein und hässlich. Sie ist mein Zuhause, mein Rückzugsort, ich fühle mich wohl in ihr, wenn jetzt draußen der Herbst weht. Ich habe zwei gute Freunde gefunden, mit denen ich jeden Tag teile, nein, einfach alles: Essen, Träume, Ängste und die sensationelle Laune, das Beste aus Scheiße zu machen, das Gelächter von Jungs auf 'ner Klassenfahrt mit 13. Ja, sie kennen mich wohl besser als viele Menschen da draußen in der Freiheit. Mit den Beamten, den anderen Gefangenen hat man sich arrangiert, reine Routine. Das Einzige, was diesen Vollwaschgang überlebt hat, ist die Liebe zu meiner Freundin, ich klammere mich daran, wie andere hier zu einem Gott beten oder auf den Himmel hoffen. Ich schreibe ihr jeden Tag mehrere Seiten, sie schreibt jeden Tag zurück. »Stabile Frau« wie Wlad sagt, oder nur »heiraten«.

Chamäleon hat seine Entlassung leider keine 24 Stunden überlebt. Andi und ich mussten ihn einen Tag nach seiner Entlassung anhand seiner Halskette identifizieren. Es war das Geld, 400 Euro, die er hier in vier Monaten in der Essenausgabe verdient hat. Sein Körper war es nicht mehr gewohnt. Der erste Schuss in Freiheit war sein Goldener. Solche Ereignisse ziehen alle hier runter, wie den Typen, den sie auf dem Klo vom Betttuch runterschneiden mussten, aber sie gehören hier leider dazu.

»Sechs Monate reißt du auf einer Arschbacke ab« hallt es nach. Dragan hatte Recht. Meine Reise sollte viel länger dauern als erwartet, zum Glück habe ich den Strom abgestellt. Ich rechne längst nicht mehr in Tagen, die kleinste Maßeinheit sind 14 Tage, Einkauf und der Besuch meiner Freundin. Aber eigentlich streiche ich nur noch Monate ab, andere streichen Jahreszeiten und andere eben einfach Jahre. Winter ist die beste Zeit zu sitzen, da verpasst man draußen am wenigstens, zumindest fühlt es sich so an. Silvester schmeißen uns die Angels Bier, Schnaps und Drogen über die Mauer. Das meiste haben die Beamten gefunden, den Rest nicht.

»Nu davaj – Mach's gut!«, schrei ich Wlad über den Hof hinterher, als sie ihn entlassen, er nimmt den ersten Flug nach Moskau. Erst nimmt dir der Knast deine Lieben und Freunde, dein Leben, dann nimmt er dir deine Jungs. Ein guter Tag, ein Freund ist frei, ein trauriger Tag, ein Freund ist weg. Andi und ich lassen uns sofort zusammenlegen, auf Piccos und Geldstrafen habe ich keinen Bock mehr … am selben Abend noch teilen wir die Zelle 313.

Ein Weihnachten, ein Silvester, zwei Geburtstage später rückt meine Entlassung näher. Ich rechne wieder in Tagen. Wie damals, als ich die Tage bis Haftbeginn gezählt habe. Ich habe Angst, ich bin unsicher, bin aufgeregt. Ich kann mir nicht mehr vorstellen, wie es draußen ist.

Die letzten 24 Stunden in Haft. Ich vermache Andi alles, was ich besitze: meinen TV, meine CDs, DVDs, Tabak, alles. Ich fühle mich beschissen: Einerseits freue ich mich rauszukommen, andererseits habe ich das Gefühl, einen Kollegen zurückzulassen. Bevor ich das letzte Mal in meine Zelle gehe, rufe ich meine Freundin an, aus der Telefonzelle, aus der ich sie vor 20 Monaten das erste Mal angerufen habe. »Morgen um diese Zeit bin ich wieder bei dir«, sage ich, und dann bekomm ich keine Luft mehr, ich muss einfach nur noch heulen, laut, ja laut. Jetzt darf ich das, denn es ist mein Knast, es sind meine Emotionen.

Danke an:
Stephan, Sab & Martin für eure Unterstützung.
Sabine & Karl Heinz für eure Geduld.

**Danko Rabrenović**

# Der Balkanizer

**Ein Jugo in Deutschland**

**Immigranten-Autobiografie mit Balkan-Sound**

Klappenbroschur – ca. 200 Seiten
Hörbuch (Autorenlesung) – 2 CDs

Pointiert und umwerfend komisch erzählt der Radiomoderator und Musiker Danko Rabrenović – für seine Fans »der Balkanizer« – seine Geschichte(n) als Migrant in Deutschland und klärt über die kulturellen Gegensätze zwischen Deutschen und »Jugos« auf: Warum bestehen Deutsche im Restaurant darauf, getrennt zu zahlen? Werden »Jugos« als Romablasmusik-Fans geboren? Warum schimpft man auf dem Balkan genital- und in Deutschland analfixiert? Was ist ein Gastarbeiter-Spagat? Und ganz nebenbei entknotet er herrlich selbstironisch und amüsant das exjugoslawische Sprach- und Herkunftswirrwarr. Ein ebenso unterhaltsamer wie erhellender Bericht aus Deutschlands zweitgrößter Einwanderer-Community, der Deutschen und »Jugos« schonungslos, aber mit einer guten Portion Humor den Spiegel vorhält.

**Robert Griess**

# Stappers Revolte

**»Noch nie hat die Unterschicht so treffsicher zurückgeschlagen.«** ***Münchner Abendzeitung***

Klappenbroschur – ca. 300 Seiten
Hörbuch (Autorenlesung) – 3 CDs

Stapper probt die Revolte. Der Familienvater auf Hartz IV lässt sich nichts mehr gefallen! Ob im Bioladen, im Nobelrestaurant oder beim Tantra-Tai-Chi: Stapper wird zum Phantom der Wohlstandsgesellschaft, das mit anarchischem Spaß überall Angst und Schrecken verbreitet. Doch dann gewährt dieser moderne Don Quijote der Großstadt seinem Mittelschichtsfreund Schober Asyl und verliebt sich ausgerechnet in eine vegetarische Power-Pilates-Prinzessin. Plötzlich hat Stapper Feuer unterm Dach und die Revolte auch in den eigenen vier Wänden ... Robert Griess hat mit »Stappers Revolte« eine so aktuelle wie unterhaltsame Unter- und Mittelschichts-Saga voller satirischer Kabinettstückchen geschrieben. Ein hochkomischer Polit-Psycho-Action-Milieu-Roman zwischen Aufstand und Ayurveda.